DIE
PHANTASTISCHEN
ROMANE

FRITZ HABECK

Der Gobelin

PAUL ZSOLNAY

Umschlag und Einband: Tino Erben
Filmsatz: Wulfenia, Feldkirchen
Druck: Leykam AG, Graz
Bindung: Engelbert Trescher's Witwe, Wien
Printed in Austria
ISBN 3-552-03426-9

CIP-Kurztitelaufnahme der Deutschen Bibliothek
Habeck, Fritz:
Der Gobelin / Fritz Habeck. — Wien; Hamburg:
Zsolnay, 1982
(Die phantastischen Romane)
ISBN 3-552-03426-9

Der Gobelin

1

Irgend jemand, ich kenne nicht einmal seinen Namen, hatte den Einfall, in einem städtischen Depot nach einer alten Gaslaterne zu fragen. Alle rieten ihm ab, weil die Amerikaner solche Antiquitäten schon in den sechziger Jahren restlos aufgekauft hätten, aber er bekam die Laterne, ließ sie von einem Schlosser biegen, stellte sie in eine Ecke seines Lokals und nannte dieses „Zur Schiefen Laterne". Außer diesem Namen, der an ein früheres Nachtlokal erinnerte, bot er gepflegtes Faßbier mit Wiener Spezialitäten, und bald war die Schiefe Laterne ein Geheimtip unter echten und gelernten Wienern, freilich nicht so geheim, daß Mangel an Kundschaft bestanden hätte; im Gegenteil, man mußte fast immer den Tisch mit Fremden teilen.

An jenem Abend goß es in Strömen, ich hatte keinen Hut, keinen Mantel, keinen Schirm, sollte um sechs bei einem Empfang sein, dachte mit Abscheu an die dort gebotenen Appetithappen, die nach stundenlangem Lagern in einem Kühlschrank alle gleich schmecken würden, bestellte mir ein Taxi, das trotz Schlechtwetter schon eine Viertelstunde später kam, ließ mich zwei Blocks fahren, gab wegen der kurzen Strecke ein überhöhtes Trinkgeld und hastete mit aufgestelltem Kragen ins Lokal, das nun, wahrscheinlich des Regens wegen, noch stärker als gewöhnlich besetzt war. Nur zwei Plätze hatte ich zur Auswahl, einen in der Mitte, den anderen unmittelbar neben der schiefen Laterne, an einem Tisch für zwei Personen, für den ich mich entschied. Hier saß eine alte Dame vor einem Krügel Bier, und da man heute auch Putzfrauen Damen nennt, muß ich erklärend hinzufügen, daß sie eine Dame von früher war, offenbar sogar eine höhere Dame, weil sie ein Krügel trank, während mehr auf ihren Ruf bedachte Damen höchstens ein Seidel bestellen würden. Wie richtig mein Urteil war, merkte ich sofort, als sie mich ansprach, denn ich konnte nicht feststellen, ob ihr Akzent nun ungarisch, kroatisch, italienisch oder polnisch war; eine so perfekte Mischung hatte einzig die kaiserliche Armee hervorgebracht.

„Sie sind doch der Greith", sagte sie. „Was für ein Zufall, daß ich Sie einmal persönlich sehe, nicht nur im Glotzophon. Ich komme oft hierher, wegen dem Bier, die haben ja noch ein Herz für solides Pivo, richtige Temperatur, fester Schaum, man findet das selten heutzutage, aber daß gerade Sie neben mir Anker werfen, das nenne ich eine besonders aufmerksame Bedienung."

Ich war gewohnt, solche Einleitungen abzubiegen. „Wo sind Sie her, gnädige Frau? Sicher nicht aus Wien. Debrecen, Krakau, Agram, Rovereto?"

Sie lachte laut, trank, wischte den Schaum von der Oberlippe. „Durchgefallen! Aus Triest natürlich!"

Ich erinnerte mich an den Ausspruch eines alten Österreichers, daß das Kaiserreich, wenn die Feinde es nicht nach dem Ersten Weltkrieg zerstückelt hätten, gewiß an Triest zugrunde gegangen wäre, bedauerte trotzdem diesen Hafen, der ohne Österreich zum Absterben verurteilt war, konnte aber in diesem Sinn nichts erwidern, weil die alte Dame Triest mit einer kleinen Handbewegung unter den Tisch fegte. „Weiß schon, weiß alles! Brauche mir ja nur Ihr Gesicht anzusehen. Trotzdem: Ich bin immer noch stolz darauf, typisch Österreich, viel mehr als Wien. Mein Großvater war Admiral, das hat mich gebrandmarkt fürs ganze Leben. Admiral in Österreich, klingt doch wie Skimeister aus den Niederlanden. Heuer haben sie eine Ausstellung für den alten Kaiser. Eigentlich sollten sie mich dorten in eine Vitrine setzen, mit meinem Krügel, ich war ja schon zwanzig, wie er gestorben ist, aber von mir wollte ich eigentlich gar nicht reden, ich freue mich, daß ich Ihnen sagen kann, wie mir Ihre Kommentare gefallen. Ihnen macht das wahrscheinlich nichts aus, wenn Ihnen eine alte Frau sowas gesteht. Von mir aus, ich reagier halt ein bisserl unkontrolliert, hat mir die Mamá nicht abgewöhnen können. Bis zum heutigen Tag bin ich ein schwer erziehbares Kind geblieben. Also: Ich höre Sie gern und manchmal frage ich mich, was ich mir in dem abscheulichen Guckkasten noch anschauen soll, wenn Sie einmal nicht mehr sind. Es hat mich gefreut, Herr Greith. Tschau!"

Sie leerte ihr Krügel und ging.

Vierundachtzig, dachte ich. Und ich bin fünfzig. Die Arme, was wird sie tun, wenn ich einmal nicht mehr bin?

2

Mein Fach war die Außenpolitik, und dabei helfen bekanntlich Korrespondenten, Presse-Agenturen, Reisen und vor allem Bekannte, die an den Quellen sitzen. Um an solche Bekannte heranzukommen, muß man eine ganze Menge gesellschaftlicher Verpflichtungen auf sich nehmen, die zwar meistens lästig, aber für den Erfolg wesentlich sind. Von dieser Art war auch mein Empfang an diesem Abend, Händeschütteln, freundliche Worte, Verbeugungen, ich charmierte mich durch, ließ mich um acht ins Funkhaus bringen und verfaßte dort für mich selbst ein Gedächtnisprotokoll über ein Gespräch mit einem Legationsrat der Vereinigten Staaten. Selbstverständlich hatte mir der Mann nichts von den Zielen der amerikanischen Außenpolitik verraten, wenn man aber die Szene kennt, kann man aus absichtlichem und unabsichtlichem Verschweigen, aus absichtlichen und unabsichtlichen Hinweisen etliches heraushören, das dann, mit anderen Informationen in Verbindung gebracht, Anhaltspunkte für eine Deutung der Vorgänge gibt.

Meine Sekretärin war auf meine Bitte um acht noch einmal ins Funkhaus gekommen, ich diktierte ihr zwei Briefe, und als sie mir meldete, daß sie einem Herrn mit offenbar offiziellem Auftrag die mutmaßliche Uhrzeit meiner Rückkehr mitgeteilt habe, daß der Herr nun erschienen sei und draußen warte, bat ich den späten Besucher in mein Büro. Schon nach wenigen Worten ergab sich, daß er keinen offiziellen Auftrag hatte, auch nicht Winkler hieß, welchen Namen er nach seinem Eintritt genannt hatte, und lediglich aus Begeisterung über meine Fernsehkommentare hier war. Ich vermutete in ihm einen glücklosen Autor, der mir sein sorgsam gehütetes Manuskript zwecks Weiterleitung an die Kulturabteilung überreichen wollte, und fragte ihn ziemlich scharf, wer ihn denn an mich gewiesen habe, worauf er mir freistellte, in ihm einen Beamten der Städtischen Gaswerke zu sehen. Schon wollte ich ihn dieser Frechheit wegen hinauswerfen, da begann er von meinem jüngeren Sohn Christoph zu reden, zählte alle Daten auf und schloß damit, daß er lediglich aus persönlicher Zuneigung und ohne jeglichen dienstlichen Auftrag zu mir gekommen sei, um mich zu warnen.

„Warnen?“ fragte ich. Seine genaue Kenntnis und sein Gehaben hatten mich endlich mißtrauisch gemacht, und als er antwortete, merkte ich sehr deutlich, daß ich hier weder einem Autor noch einem harmlosen Angestellten der Städtischen Gaswerke gegenübersaß, sondern einem Beamten der Staatspolizei, unter Hitler Geheime Staatspolizei oder Gestapo genannt, in der Republik entschärft, aber immer noch mit allen politisch relevanten Handlungen und Unterlassungen der freien Republikaner vertraut. Christoph habe Umgang mit Rechtsradikalen, die in aller Öffentlichkeit Nazi-Lieder singen, Sprengstoff aus den Kasernen des Bundesheeres entwenden und sogar auf dem Stephansplatz mit Pistolen herumfuchteln.

„Christoph hat keine Pistole."

„Eltern wissen nie etwas. Wenn die Herren Buben Banken ausrauben, erklären die Väter das für unmöglich, weil der Sohn nicht einmal einen Kugelschreiber stehlen würde; wenn das Fräulein Tochter in der Schulklasse Heroin verhökert, schwört die Mutter, daß ihre Gerti aus Angst vor Drogen nicht einmal Kopfwehpulver nimmt."

„Haben Sie Beweise?"

„Wenn ich die habe, ist es zu spät. Ich will Sie rechtzeitig warnen. Weil wir Sie alle gern haben. Reden Sie mit Ihrem Christoph."

Mit diesen Worten im Ohr fuhr ich nach Hause und fand dort Sandra. Sie war von Christoph angerufen worden, weil es Helga wieder einmal nicht gut gehe, hatte Helga im durchaus normalen volltrunkenen Zustand angetroffen, sie zu Bett gebracht, dann mein Spätessen hergerichtet und auf mich gewartet.

„So geht es nicht weiter", sagte sie.

Das wußte ich selbst, erkundigte mich nach Christoph, erfuhr, daß er in seinem Zimmer sei, und fragte, ob sie in den Radionachrichten etwas vom Ausgang der Wahl im Kuratorium gehört habe.

„Du hast einen neuen Intendanten. Herwig Klima. Wer ist das?"

Ich zuckte mit den Schultern. „War einmal geschäftlicher Direktor bei einem Verlag. Vom Fernsehen hat er keine Ahnung."

„Warum nimmt man ihn dann?"

„Die Partei weiß, was sie tut. Für leitende Posten braucht man keine Fachkenntnisse."

Das war immer schon so.

„Ein schwacher Trost. Was willst du von Christoph?"

Ich erzählte ihr von dem Besuch des freundlichen Staatspolizisten und fügte einige Bemerkungen hinzu, die nicht frei von Selbstmitleid waren. Wenn man vor kurzem fünfzig geworden ist und rückblickend bei aller Selbstkritik immer wieder zu dem Ergebnis gelangt, daß man wirklich sein Bestes getan hat, nicht nur im Beruf, sondern auch innerhalb der Familie, dann fragt man sich, womit man es verdient haben könnte, daß Frau und Söhne so katastrophal versagen. Helga war früher sehr tüchtig gewesen, hatte während der Studienzeit die zwei Buben geboren und trotzdem ihr Doktorat gemacht; sie war auch nachher noch als tüchtige Journalistin anerkannt worden, bevor sie mit dieser unseligen Trinkerei begonnen hatte. Mit den Söhnen war von Anfang an alles schief gegangen, denn sie hatten sich höchstens für Automobile interessiert, die Schulzeugnisse waren weit unter dem Durchschnitt geblieben, und schließlich hatten beide nach dreimaligem Mißerfolg in der Sechsten das Gymnasium verlassen müssen. Schön, damit stehe ich nicht allein, heutzutage geht das vielen Eltern in unseren Kreisen so, und man erklärt es sehr glaubhaft mit dem allgemeinen Wohlstand. Ich habe den Zweiten Weltkrieg und die schwere Zeit danach voll bewußt erlebt: Bei Kriegsende war ich fünfzehn. Wie sagt Brecht? Zum Essen Brot zu kriegen und nicht einen Stein, das ist des Menschen nacktes Recht auf Erden. Wir haben am eigenen Leib gespürt, daß da kein Recht ist, daß alles erkämpft werden muß. Erst Bomben, dann Hunger, aber nirgends ein Recht, nicht aufs Leben, nicht einmal auf Brechts Stein. Und meine Söhne? Sie kennen nicht das Problem des bloßen Überlebens; Nahrung, warme Unterkunft und Vergnügen sind ihnen selbstverständlich, und weil sie weder an Gott noch an das Gesetz des Dschungels glauben, fragen sie vergeblich nach dem Sinn. Mein Vater hat mir deutlich seine Verachtung gezeigt, wenn das Zeugnis durch bloß einen Dreier verunziert war, und ich habe diese Verachtung verstanden, mich bemüht, sein Lob zu verdienen, ihm keinesfalls Schande zu machen. Damit ist es offenbar vorbei.

Wie bei den vorhin genannten Eltern unserer Kreise üblich, schickten auch wir die Buben in eine Maturaschule, aber obwohl Konrad mit dreiundzwanzig endlich seine Reife erhielt und sogar an der Hochschule für Welthandel inskribierte, gab er das Studium doch schon nach einem Semester auf und wurde Croupier, ohne das als Schande für den Vater zu empfinden. Christoph hat bis jetzt bloß einige Teilprüfungen für die Matura geschafft. Was habe ich verbrochen, daß ich so hart gestraft werden muß?

„Du hast sie umgebracht", antwortete Sandra. „Du hast alle drei umgebracht."

3

Mein Vater sagte einmal: Das intellektuelle Existenzminimum ist ein Doktorat.

Für diesen Satz ist eine Erklärung notwendig. Mein Urgroßvater hatte mit Schnapsbrennen ein Vermögen verdient, ließ seinen Sohn studieren und wollte ihn nachher als Teilhaber einsetzen. Der Sohn verlobte sich mit der gänzlich mittellosen Tochter eines Gymnasiallehrers, Urgroßvater drohte mit Enterbung, Großvater heiratete trotzdem, verzichtete in groben Worten auf die Erbschaft, ging in den Staatsdienst und fiel im Ersten Weltkrieg. Seine Frau sah ihre Lebensaufgabe darin, mit einer winzigen Pension und Nachhilfestunden in Französisch meinem Vater das Studium zu ermöglichen. Es gelang ihr, Vater machte sein Doktorat und wurde ebenfalls Gymnasiallehrer. Als der Schnapsbrenner starb, hinterließ er dem Enkel einen beträchtlichen Pflichtteil, von dem mein Vater ein Haus in der Mödlinger Goethegasse kaufte, wo ich geboren wurde und wo meine Eltern heute noch wohnen. Vater leidet an Arteriosklerose und leichter Paranoia, Mutter an unheilbarer Bulbärparalyse, an der sie innerhalb dieses Jahres sterben wird.

Selbstverständlich war meine Beschwerde, für welches Verbrechen ich so hart gestraft werden müsse, nicht biblisch ernst gemeint, ihre Theatralik beabsichtigt und voll der Ironie, hinter die sich heute viele flüchten, weil alle Wertmaßstäbe außer dem Monatseinkommen unmodern geworden sind. Nein, nein, ich hebe nicht die Faust gegen den Himmel, ich lächle ein wenig über mich selbst, immerhin aber muß man mir zugestehen, daß ich in Kindheit und Jugend gefühlsmäßig anerkannte Werte nicht so einfach verstandesmäßig degradieren kann, was immer die Vernunft mir rät. Da ist zunächst mein Großvater, der auf ein Vermögen verzichtet, da ist meine Großmutter, die sich jahrzehntelang abrackert, weil ihre Kinder unbedingt Akademiker werden sollen, da ist schließlich mein Vater, der nur in der Literatur lebt. Alle drei stehen anklagend vor mir, weisen mit ausgestreckten Zeigefingern auf mich und machen mich für das Versagen meiner Söhne verantwortlich. Was nützt es, wenn ich ihnen vorhalte, daß uns binnen kurzem eine Flut von Akademikern überschwemmen wird, die wir gar nicht alle beschäftigen können, und daß ein guter Facharbeiter wesentlich bessere Chancen hat als ein simpler Magister? Sie verstehen mich nicht. Und das Böse daran: mit dem Herzen bin ich ihrer Meinung.

Als ich auf der Universität nicht Germanistik, sondern Rechtswissenschaft belegte, war mein Vater enttäuscht. Nachdem er sich damit abgefunden hatte, hoffte er darauf, daß ich mich nicht der Praxis sondern der Wissenschaft zuwenden würde. Meine Entscheidung für die Journalistik brachte eine Verstimmung, die Jahre dauerte. Reporter für Lokales und Gerichtssaal: was für ein Abstieg in Vaters Augen! Ein wenig Innenpolitik, Umbruch, Redakteur Innenpolitik, immer noch Verrat an der Familie. Endlich Chefredakteur und Leitartikel, zu denen er mir manchmal gratulierte. Die Aussöhnung kam erst, als ich vor fünf Jahren Kommentator für Weltpolitik im Fernsehen wurde, er mir zuhörte und zustimmte. Nun verfolgten Millionen Menschen im Inland und im benachbarten Ausland meine Berichte. Das ist nicht überheblich, das ist einfach wahr. Hunderte Zuschriften bestätigen, daß meine Darstellung der Vorgänge in der Welt objektiv, klar und selbst für den Nichtgeschulten verständlich war. Warum sollte ich heucheln? Ich bin stolz auf meinen Erfolg.

Genug davon. Bevor ich weiter erzähle, noch ein Wort zu Sandra, laut Taufschein Alexandra. Sie ist vierzig, nicht schön, nicht häßlich, aber eine Frau, die Vertrauen einflößt, mit der man sogar schweigen kann, ohne nervös zu werden, und wenn man sie als Kinderärztin zur betrunkenen Helga holt, dann einfach aus dem Grund, weil sie Helgas Schwester ist.

„Ich sie umgebracht? Bitte keine Psychologie von vorgestern. Ohne die starke Bindung an meinen Beruf hätten die drei mich umgebracht, nicht umgekehrt."

Sie lachte, stand auf, griff nach ihrer Tasche. „Meinetwegen. Du hast recht wie immer. Ich diskutiere nicht mit dir, Diskutieren ist dein Geschäft, nicht meines. Ich soll helfen. Die Buben machen mir keine Sorge, die lösen sich von dir und werden sich schon durchboxen, auch wenn sie keine Akademiker sind. Mein Problem heißt Helga. Sie geht vor die Hunde. Deinetwegen vor die Hunde."

Der Vorwurf war nicht gerade neu. „Ich habe sie geheiratet, ich habe für sie und ihre Jungen ausreichend Geld verdient, war ausreichend zärtlich, habe ausreichend oft mit ihr geschlafen, nicht nur am Hochzeitstag Blumen gebracht, ein neues Kleid oder eine neue Frisur bemerkt, im Haushalt geholfen, ihre Freundinnen ertragen und nach den häufigen Karambolagen die Blechschäden bezahlt. In der alten Ehe hätte das genügt. Heute verlangt man Partnerschaft. Und was war ihre Gegenleistung in dieser berühmten Partnerschaft? In der Sonne liegen, auf die Männer schimpfen und ihre Frustrationen pflegen, weil ich besser angekommen bin als sie. Wenn man Mißerfolg nicht verkraften kann, soll man sich nicht emanzipieren lassen."

Sie lachte wieder, voll Nachsicht und voll Sympathie, wie man sie einem Kind entgegenbringt. „Genügt, Tommi. Du bist ja gut, und weil das eben so dazugehört, leistest du dir eine Familie. Manchmal erinnerst du mich an einen Nußbaum, groß, breit, imponierend — aber wie ist es mit den Blumen in seinem Schatten?"

„Ich hätte gar nichts dagegen, wenn Helga eine Blume wäre. Kennst du Disteln, die gern selber Nußbäume sein wollen?"

„Arme Disteln. — Du hast dein spätes Nachtmahl, Helga hat ihre Spritze. Leider ist eine Spritze ein sehr kurzfristiger Spaß. Kreislauf, Leber, Herz, Magen, Gehirn — wie sollen die eine solche Alkoholüberflutung auf die Dauer aushalten? Nimm endlich zur Kenntnis, daß sie sich zu Tode säuft."

Darauf hatte ich nur gewartet. „Aber bitte! Ich nehme es zur Kenntnis! Und was soll ich tun? Trinkerheilstätte? War zweimal nicht genug, wenn sie schon am Tag der Entlassung wieder zur Ginflasche greift? Und Urlaub von meiner bedrückenden Gegenwart? Habe ich sie nicht allein nach Italien geschickt und eine Woche später auf die telegraphische Bitte unseres Konsulats zurückholen müssen, weil sie in stockbesoffenem Zustand von irgendwelchen Papagalli ausgeplündert worden ist? Alles mein Fehler, nicht wahr?"

„Nein, nein, nicht dein Fehler. Trotzdem aber bist du die Wurzel des Übels."

„Klar. Dominierendes Männchen, für Blumen tödlicher Nußbaum, einziges Mittel: Nußbaum umsägen. Ich gebe meinen Beruf auf und züchte Rosen, freilich nur minderwertige, mit denen ich mich blamiere. Heute kann nichts wahnsinnig genug sein, wenn nur die Emanzipationstanten beiderlei Geschlechts ihren Segen dazu geben."

„Offene Türen, und das solltest du eigentlich wissen. Mich kotzt dieses Gewäsch in Zeitungen und im Fernsehen genauso an wie dich, und ich kann mir das sogar leisten, weil ich nicht frustriert, sondern wirklich emanzipiert bin. Wir sägen also nicht an Nußbäumen, wir stellen ganz ruhig fest, daß Helga nicht mit dir und nicht ohne dich leben kann. Das klingt nach Gartenlaube, ist aber auch in unserer Zeit gar nicht so selten. Wenn sie imstande ist, sich von dir zu lösen wie die Buben, dann soll sie weggehen. Wenn ihr das nicht möglich ist, muß sie lernen, im Schatten des Nußbaums zu existieren. Dabei hilft ihr keine Trinkerheilstätte, kein Sanatorium und kein Eheurlaub. Man muß sie behandeln."

„Ach! Erinnere dich, daß sie zwei Psychoanalytiker in schwerste Depressionen getrieben hat."

„Ich denke an Logotherapie. Ich werde sie einweisen lassen."

„Auf der Klinik liegt ihre Krankengeschichte. Man schiebt sie sofort in die Trinkerheilstätte ab."

„Das glaube ich nicht. Jetzt habe ich eine Freundin dort."

Ich nickte. „Die internationale Verschwörung. Früher oder später werden wir euch Weiber umbringen müssen."

„Fang bei mir an, nicht bei Helga. Und jetzt Schluß. Halb sieben auf. Grüß mir den Christoph und denk daran: so schlimm sind die Buben nicht, gerade wir bösen Weiber wissen das meistens besser als die Väter. Tschau, Tommi, mach dir nichts draus, auch du wirst einmal erwachsen, es tut zwar weh, bleibt aber niemandem erspart."

4

Sandra konnte ich nie böse sein, selbst dann nicht, wenn sie mich wie einen halbwüchsigen Patienten behandelte. Bei ihr hatte ich immer das Gefühl, daß sie mich trotz aller Verschiedenheit schätzte oder sogar irgendwie gern hatte, und darum durfte sie mir auch all das sagen, was sie mir in diesem kurzen Gespräch an den Kopf geworfen hatte, durfte mich, als einziger Mensch außer mir selbst, milde ironisieren. Sie ist eben eine tüchtige Person, und Tüchtigkeit hat mir immer imponiert. Was Helga betraf, konnte ich Sandra nur wünschen, daß die internationale Verschwörung nützen würde, aber viel Aussicht auf Erfolg gab ich ihr nicht. Ob Mann oder Frau, ein Versager ist ein Versager, und wer versagt, der muß damit fertig werden, das ist seine Sache. Ich bin ein Spitzenjournalist. Wollte ich das immer schon werden? Keineswegs. Mein Knabentraum war Rittmeister bei den Ulanen. Es hat nicht sollen sein, und trotzdem mußte ich weiterleben, noch dazu in einem Beruf, in dem nicht etwa die frontale Attacke mit Lanze und Säbel, sondern der Messerstich in den Rücken zur allgemeinen Gepflogenheit gehört. Ich fürchte, ich werde auf diesen sagenhaften Rittmeister und die sagenhaften Ulanen noch mehrmals zurückkommen müssen, um mich ganz verständlich zu machen.

Zunächst ein paar Worte über die Buben. Konrads wegen wurde geheiratet. Als Helga mir mitteilte, daß sie schwanger sei, rief ich meinen Vater an und gab die Nachricht ohne Stellungnahme weiter; nach ein paar Sekunden Schweigen antwortete er ganz kurz, daß ich das Mädchen heiraten müsse, und legte auf. Mit meinem Schwiegervater, dem ehemaligen Direktor Karasek, lief die Sache ähnlich ab, nur sprach ich mit ihm persönlich, er fragte mich nach Eltern und Beruf, trank mit mir mindestens fünf doppelte Himbeerbrandy und befahl mir dann, seine Tochter zum Altar zu führen. Das tat ich im Juni, und im Dezember wurde Konrad geboren. Wesentlich erscheint mir an diesem Ablauf, daß weder Vater noch Schwiegervater die Möglichkeit einer Abtreibung angedeutet hatten.

Wir wohnten damals in der Villa der Karaseks, in der Mansarde, die durch den Tod von Helgas Großvater im Vorjahr frei geworden war, und wenn man Mansarde sagt, darf man, obwohl die Decken natürlich abgeschrägt waren, nicht an das Dachstübchen von Spitzwegs Poeten denken, denn da gab es zwei große Räume, ein Vorzimmer, Küche und Bad, also ein sehr bequemes Nest für Jungvermählte, praktisch eingerichtet, mit Blick über die Gärten des Villenviertels, und das alles, ohne für Miete, Beheizung, Gas, Strom und Telephon bezahlen zu müssen. Ich erinnere mich gern an diese Zeit, sie war so strahlend und voll Verheißung späteren Glücks, ich fand Anerkennung in meiner Redaktion, Helga studierte, Konrad wurde von der Schwiegermutter versorgt, und wann immer ich ein wenig Zeit erübrigen konnte, widmete ich mich dem Kleinen. Ich erzählte ihm Geschichten, ich baute mit ihm Kirchen und Schlösser, ich ging mit ihm ins Döblinger Bad, spielte sogar mit ihm Fußball, bastelte ihm aus dem Blatt einer hölzernen Jalousie und dem Blech einer Konservendose einen kleinen Säbel (wie für einen Ulanenrittmeister) und balgte mich mit ihm auf dem Teppich. Er war ein eher zurückhaltendes Kind, verschlossen, langsam im Ausdruck, aber ich glaubte sicher zu sein, daß er mich gern hatte. Im Sommer schien die Sonne, im Winter fiel dichter Schnee, und das Leben floß heiter dahin wie im Märchen.

Als Konrad vier und ich Redakteur geworden war, kamen Helga und ich überein, daß wir uns ein zweites Kind leisten könnten. Es kam also Christoph, und ich muß zugeben, daß ich für ihn — nein, aufrichtig: für beide Buben — nicht mehr soviel Zeit hatte wie früher. In der Redaktion ging es drunter und drüber, jeder intrigierte gegen jeden, die politischen Parteien mengten sich ein, und es sah so aus, als würde Hieblinger das Rennen machen, wenn aber Hieblinger Chefredakteur wurde, dann durfte ich mir die Entlassung gleich selbst ausschreiben, und wo würde ich als Namenloser unterkommen, die Karriere konnte damit zu Ende sein, bevor sie noch begonnen hatte, also mußte ich mich ganz einsetzen, mußte intrigieren wie die anderen, mußte wichtige Freunde in der Wirtschaft und in der Partei suchen und das Rattenrennen aufnehmen, wie es täglich in der Welt gelaufen wird. In solchen Zeiten hat ein Mann nicht sehr viel Sinn für seine Familie, er denkt an Rückendeckung und Flankenschutz, an Machtverschiebungen, an die Finten der Gegner, an die Doppelzüngigkeit und tödliche Verleumdung, die unser Berufsleben ausmachen, als ich aber den Krieg gewonnen hatte und Chefredakteur geworden war, mußte ich ja nun zeigen, daß ich mein Geld wert war. Es wurde darum nicht etwa leichter, sondern noch schwerer.

Die Literatur ist voll von Beispielen, wie wenig Brüder einander oft gleichen, und meine Söhne machten keine Ausnahme. Christoph war nicht verschlossen, nicht langsam im Ausdruck, er lernte schnell, plapperte sehr früh, verriet jedes Geheimnis, weinte oft, war voll Mitleid für andere, und wenn Konrad später versicherte, daß ich ihn zur Härte erzogen hätte, dann ist mir das bei Christoph nicht gelungen, konnte auch gar nicht gelingen, weil ich ja kaum mit ihm sprach. Er wurde das Kind der Mutter und der Großmutter, feinfühlig, leicht verletzlich, ein rührendes Wesen, das sich sofort für Fehler entschuldigte, die andere begangen hatten, und dann plötzlich wieder eine kalte Brutalität zeigte, die mit seinem Charakter in Widerspruch zu stehen schien. Ich erinnere mich da besonders an ein Erlebnis in einem deutschen Hotel, wo wir in der Halle saßen und zwei alte Damen den Dreijährigen als Engelchen sahen, ihn zärtlich ansprachen und damit nur erreichten, daß er zu mir kam und, auf die freundlichen Tanten weisend, verlangte: „Vater, Auto nehmen, z'sammführen."

Wenn Konrad in der Sechsten dreimal sitzen blieb, dann trugen die Mädchen Schuld daran, denn er war mit vierzehn so groß wie heute, dunkel, schlank, drahtig, schon wenig später mit dem Anflug eines Bärtchens auf der Oberlippe, und in der damals beginnenden moralischen Verwahrlosung konnte es nicht ausbleiben, daß ihn ein Mädchen dem anderen ins Bett empfahl. Er erfüllte diese Aufgabe wie ein Mann, konnte aber den zusätzlichen Anforderungen des Gymnasiums nicht entsprechen. Bei dem kleinen blonden Christoph, der noch mit achtzehn wie ein Knabe wirkte, waren es nicht etwa die Mädchen, die ihn am Lernen hinderten, sondern der vielgeplagte Sinn im Leben, den er verzweifelt suchte und natürlich nicht finden konnte. Er litt mit Negern, Indianern, Vietnamesen, Strafgefangenen und blöd geborenen Kindern, dachte immer darüber nach, wie man dieses fürchterliche Leben, dem sich sein Bruder so kühl stellte, in ein Paradies verwandeln könnte, und wenn ich nach den Methoden forschte, wie er das erreichen wolle, äußerte er manchmal Ideen, die man nur in Diktaturen verwirklichen kann.

Verschieden wie ihr Äußeres waren und sind auch ihre Interessen. Immer wieder im Lauf der Jahre habe ich mich erkundigt, was sie lesen. Konrad kam bis zu seinem Abgang vom Gymnasium nicht über Mickymaus-Hefte hinaus, ist dieser Art von Lektüre bis heute treu geblieben und hat bloß Taschenbuchausgaben englischer und französischer Kriminalromane hinzugefügt, weil sie ihm sowohl Entspannung wie Übung in den Fremdsprachen bieten. Christoph war von Märchen und Heldensagen begeistert, schwärmte für die drei Musketiere, wechselte später zu Schundheften über die Landser des Zweiten Weltkriegs und verschlingt seit ein paar Monaten politische und militärwissenschaftliche Werke ohne Rücksicht auf ihre Tendenz, von Lenin bis Chamberlain, von Churchill bis Manstein. Bildende Kunst lehnen beide ab, in der Musik begnügt sich Christoph nach wie vor mit Konfektionsimitationen primitiver Schütteltänze, Konrad hingegen hat angeblich Freude an der Klassik entwickelt. Ich kann angesichts dieser bei ihm eher befremdenden Vorliebe den Verdacht nicht unterdrücken, daß er es aus gesellschaftlichen Gründen tut, denn Gesellschaft bedeutet ihm sehr viel, und er hat uns auch bereits in seiner Volksschulzeit immer nur Freunde vorgestellt, die zumindest unseren Kreisen, meist aber dem Adel oder der Geldaristokratie angehörten, während Christoph bis heute Gelichter bevorzugt. Dazu paßt auch ihre Aufmachung: Konrad immer elegant, Christoph in ausgefransten, verwaschenen Drillich eingenietet; so sehr ist er von diesem Stil überzeugt, daß er, falls er nachmittags durch irgendwelche Umstände zu gutem Anzug gezwungen sein sollte, sich für den abendlichen Ausgang umkleidet, um wieder möglichst ungepflegt und abgerissen auszusehen. Sport nennen beide nur Massenverblödungsmittel, Geschäft oder Zirkusartistik; sie haben darum auch keine einzige Art länger als höchstens ein paar Wochen betrieben. Handwerklich war Konrad immer ungeschickt, Christoph hat seit seiner Kindheit gebastelt und repariert alles, was im Haus nicht funktioniert, ob nun schlecht schließende Türen, vom Wind umgedrehte Regenschirme oder Rundfunkgeräte. Die Einstellung zu den Frauen ist gleich geblieben; Konrad wechselt seine Freundinnen häufig und denkt nicht an Heirat, Christoph hat nur sentimentale Bekanntschaften und meines Wissens kein echtes Verhältnis.

Sollte bei dieser Beschreibung meiner Söhne der Eindruck entstanden sein, daß ich hier kühl abhandle, was üblicherweise mit größtem Gefühlsaufwand geschildert wird, dann war dieser Eindruck beabsichtigt, und ich möchte noch zusammenfassend hinzufügen, daß Konrads

Grundwert das Geld, der Grundwert Christophs aber die Gerechtigkeit ist. An diese gefährliche Ausgangssituation dachte ich, als ich der Bitte meines freundlichen Staatspolizisten nachkam und in Christophs Zimmer hinüberging. Leider fiel mir auf dem Weg dorthin noch ein Rat ein, den Konrad vor mehreren Jahren dem jüngeren Bruder gegeben hatte: „Mit Vater zu reden, ist zwecklos, er kennt alle Argumente, führt dich wie an einem Nasenring im Kreis und nach einer halben Stunde gibst du zu, daß alles falsch ist, was du für richtig, und alles richtig, was du für falsch hältst."

5

Mit aller Vorsicht leitete ich meinen Besuch ein, fragte nach dem Buch, das Christoph eben las, hörte mir höflich an, was ein mir gänzlich unbekannter Autor zum Thema der Übervölkerung zu sagen hatte, schlich wie eine Katze langsam um den heißen Brei und brachte schließlich meine Warnung so nebenbei an, als würde ich vor einem Ausgang bei bedecktem Himmel zu einem Regenschirm raten.

„Maßlos übertrieben", antwortete Christoph, der an seinem Schreibtisch sitzen geblieben war und sich bloß mir zugewandt hatte. „Ich habe ein paar Typen getroffen, die mich interessieren. Manche sind stur und von gestern, andere denken in die Zukunft."

„Aber es stimmt doch, daß sie alle rechtsradikal sind?"

„Was ist rechts? Was ist links? Was ist radikal? Wer klassifiziert da? Ich möchte mir über Verschiedenes klar werden; wenn ich nur die Zeitungen lese oder deine Kommentare anhöre, komme ich mir vor, als würde ich mich freiwillig hypnotisieren lassen. Hast du seinerzeit vorgeschriebene Meinungen übernommen?"

„Sicherlich nicht. Ich zweifle nur daran, daß diese Leute, von denen du da was lernen willst, genügend Kenntnis von den Schwierigkeiten haben, denen die heutige Welt gegenübersteht."

„Kann sein. Trotzdem interessieren sie mich. Sie vertreten Ansichten, die sonst totgeschwiegen werden, und gerade solche Ansichten reizen mich. Laß mich doch meine eigenen Erfahrungen machen. Nachher kann ich mir mein Urteil bilden. Bist du für Vorurteile?"

„Komische Frage und nur rhetorisch zu werten. Ich bin nicht hier, um mit dir zu diskutieren, sondern um dich sehr behutsam daran zu erinnern, daß dein Nahziel die Matura ist und die Welt ruhig noch ein wenig warten kann. Für dich selber mußt du dich jetzt einsetzen. Nach deiner Matura — besser: nach deinem Doktorat — zieh in den heiligen Krieg und rette die Welt."

„Wieder einmal sehr von oben herab. Diese dummen Buben! Und was tut der dumme Bub? Hat er Nazi-Lieder gesungen? Nein. Hat er Munition aus dem Lager unseres heiligen Bundesheeres gestohlen? Nein. Hat er mit einer Pistole herumgefuchtelt? Nein. Was ist also eigentlich passiert?"

„Ich rede von dem, was passieren könnte."

„Ja, das ist es. Genau das ist es!" Er sprang auf. „Schau, Vater, dieser Gedanke, daß etwas passiert, ist eure größte Sorge. Warum? Nehmen wir einmal an, es passiert etwas. Was schadet das? Schlechter kann es doch nicht werden, aber vielleicht verhindert es unseren Untergang. Keine Katastrophe ist so vernichtend wie die, auf die ihr uns mit offenen Augen zusteuert. Ihr braucht keine Atombombe, ihr müßt nur so ruhig, sachkundig und verantwortungsbewußt weitermachen, und in hundert Jahren ist der Planet unbewohnbar! Was werfen euch die dummen Buben vor? Daß ihr das Leben in den Flüssen und Ozeanen vernichtet, die Tiere ausrottet, die Wälder erstickt, das Trinkwasser verderbt, die Luft verpestet und mit euren Nahrungsmitteln sogar die eigene Nachkommenschaft vernichtet. Wenn man euch das vorhält und weder für Rußland noch für Amerika ist, dann nennt ihr uns rechtsradikal."

„Der richtige Name ist grün, unter rechtsradikal verstehen wir etwas ganz anderes, und wenn alles stimmte, was die Illustrierten so sachkundig und verantwortungsbewußt als Sensation verbraten, gäbe es uns schon seit zehn Jahren nicht mehr. Ich bin zu dir gekommen, weil . . ."

„Jawohl! Jawohl! Du bist zu mir gekommen und nicht ich zu dir!" Mit einer Kopfbewegung deutete er auf seinen Stuhl. „Warum setzt du dich eigentlich nicht? Uninteressant, was der dumme Bub sagen könnte?" Ich gehorchte. „Du willst also nur warnen und nicht diskutieren. Das ist gut. Bei einer Diskussion mit dir habe ich einen Flederwisch in der Hand, du ein Florett. Vielleicht könnten wir einmal reden, so wie wenn nichts wäre. Du steckst dein Florett ein und hörst mir zu."

„Bitte. Einverstanden. Ich höre."

Eine Weile wußte er nicht, wie er anfangen sollte, er ging auf und ab, blieb plötzlich stehen, den Rücken mir zugekehrt, und sprach gegen die Wand. „Rechtsradikal. Faschismus. Hitler." Er drehte sich um, kam auf mich zu. „Weißt du, was Hitler für mich ist? So was wie der Wallenstein im Geschichtsunterricht. Rechts und links? Das war früher etwas ganz anderes. Heute heißt es Amerika und Rußland, eine Schande für Europa. Weißt du, was Amerika und Rußland für mich sind? So was wie Papst und König im Mittelalter. Rettungslos vorgestrig. Machtblöcke. Besitzblöcke. Atommächte! Daß ich nicht lache. Heute könnte sich sogar das Fürstentum Liechtenstein seine eigene Wasserstoffbombe basteln."

Drohend sah er mich an, wartete darauf, daß ich widersprechen würde. Ich widersprach nicht.

Er lachte verächtlich. „Jeden Tag baut ihr Altäre für die

Jugend. Reine Heuchelei, reiner Wählerfang. Ist die Jugend zu renitent, dann knüppelt man sie nieder wie 1968; Hippies macht man mit dem Geschäft fertig. Paßt sie sich aber an, dann hat sie eben keine Ideale, diese arme entmenschte Versagergeneration. Konrad kennt nur das Geld. Bist du glücklich? Nein. Ich will für eine gesunde Zukunft kämpfen. Bist du glücklich? Nein. Du läßt dich von irgendeinem Beamten einschüchtern, weil ich nicht den richtigen Umgang habe! Ist Umgang ein Verbrechen? Muß ich erst bei der Polizei um Genehmigung ansuchen, mit wem ich reden darf? Ihr macht mich krank mit eurer berühmten Freiheit. Was für Söhne wünschst du dir eigentlich? Lauter Akademiker bis zum jüngsten Tag? Mein Lieber, du bist beklagenswert alt geworden, du bist ein Opfer deines Berufs, du bist gar kein Mensch mehr, du bist eine Institution, und weil du gescheit genug bist, weil du den Schwindel doch durchschauen mußt, weil du die Lage der Menschheit kennst, deswegen kann ich nur sagen: Sehr stolz bin ich auf meinen Vater nicht."

Ich nickte. „Gut. Ich bin auch nicht stolz auf dich. Lassen wir's."

Als ich aufstehen wollte, drückte er mich auf den Stuhl zurück. „Moment, hier bist du nicht im Fernsehen, wo dir niemand antwortet. Noch einmal: Du bist zu mir gekommen, nicht ich zu dir. Und ich bin noch nicht fertig. Du redest von radikal. Das sind alle, die sich nicht geduldig von euch in den Untergang hineinregieren lassen wollen. Du redest von links und rechts, und ich kriege einen Lachanfall, wenn ihr die Sowjetunion links nennt. Rechts wäre dann dieses komische Amerika, und rechtsradikal sind natürlich Hitler, Napoleon, Cromwell, Caesar und ähnliche Giftpilze. Warum verteufelt ihr eigentlich diesen Hitler? Ihr seid doch seine Erben. Er hat Millionen vergast. Ihr vergast Milliarden. Und du machst Kommentare daraus."

„Ja, das tue ich. Scheußlich. Widerlich. Korrupt. Aber

trotzdem habt ihr beide, lediglich mit der Basis eines verabscheuungswürdigen Einkommens, nicht nur das Gymnasium verachtet, sondern euch auch die Maturaschule bezahlen lassen. Und was rechts und links und radikal anlangt, möchte ich dir ein Jahr in einer linken oder rechten Diktatur wünschen, vielleicht weißt du dann, wovon du sprichst."

Das hätte ich nicht sagen sollen. Er erklärte mir sofort, daß es auf der ganzen Welt keine einzige echte Demokratie gebe und wahrscheinlich, von der Schweiz abgesehen, nie gegeben habe. In unserer Parteien-Oligarchie dürfe das Volk lediglich alle vier Jahre eine Partei durch die andere ablösen, die dann sofort ihre Leute auf gut dotierte Posten schiebe, worauf der fröhliche Tanz um Protektion und Korruption in neuer Besetzung lustig weitergehe. Das sei nicht etwa nur seine Meinung, sondern die Meinung von vier Fünftel der Bevölkerung. Wozu man ein Parlament mit an die zweihundert hoch bezahlten Abgeordneten und zahlreichen Angestellten unterhalte, sehe niemand ein, wenn doch sämtliche Entscheidungen in den Parteizentralen getroffen würden, und daß bei jedem Wahlkampf Millionen an Steuergeldern für Werbung ausgegeben werden müßten, stelle die Programme der Parteien auf dieselbe Stufe mit Waschmitteln und Deodorants: Da wie dort solle jemand mittels psychologisch ausgeklügelter Tricks zum Ankauf einer bestimmten Ware überredet werden. Daß in beiden Fällen nicht etwa das Wohl des Staatsbürgers, sondern der erhoffte Profit der werbenden Firma den Anstoß zur Werbung gegeben habe, sei doch wohl eine selbstverständliche Folgerung.

„Bist du fertig?" fragte ich, als er eine kleine Pause machte. „Vorhin hast du mir vorgeworfen, daß ich, durch das Fernsehen verbildet, keine Antworten erwarte. Du bist offenbar nicht besser."

Er schüttelte den Kopf und lachte. „Ich habe geglaubt, du willst nicht diskutieren?"

„Das will ich auch nicht. Nur zunächst eine kleine Korrektur: Ich habe nicht von Demokratie, sondern von Freiheit gesprochen und damit Rechtsstaat und Grundrechte gemeint, die freilich meines Wissens nur in westlichen Demokratien gewährt werden. Zweitens zu meinen Kommentaren: Hast du irgendwann einmal feststellen können, daß ich nicht objektiv berichte, sondern Partei ergreife?"

„Nein, das habe ich nicht feststellen können, und gerade das ist in meinen Augen der Fehler. Du solltest Partei ergreifen, Partei für die Zukunft. Du verschweigst das Wesentliche, und wenn man bewußt das Wesentliche verschweigt, dann lügt man. Sag morgen das Wesentliche. Übermorgen bist du entlassen."

„Mich entläßt man nicht so leicht. Vor fünf Minuten hast du mich eine Institution genannt. Die Entscheidung, was wesentlich ist, liegt bei mir allein, und das danke ich der Freiheit des Westens . . ."

Wie auf ein Stichwort unterbrach er mich sofort. „Schon wieder diese Freiheit, in der man durch bloßen Umgang verdächtig wird! Die Freiheit der Leserbriefe, die Freiheit der Meinungsäußerung am Stammtisch, die Freiheit der Homosexuellen und Sadisten, die Freiheit, die zwar nicht mir, aber jedem Verbrecher eine Waffe zugesteht, die Freiheit der Rauschgifthändler! Und wenn wir vom Rauschgift reden, dann sind natürlich wir Jungen die Schuldigen, nicht vielleicht ihr! Rauschgift ist ein schwieriges Problem, behauptet ihr. In einem halben Jahr ist dieses Problem verschwunden, wenn ihr jeden Dealer an die Wand stellt. Das ist leider unmöglich, denn die Freiheit des Dealers ist wichtiger als die toten Jugendlichen. Der Dealer gehört zu eurer Marktwelt, die Jugendlichen sind eure Gegner. Nach Lenin ist Religion Opium für das Volk; Hemingway sieht im Brot Opium für das Volk; ihr seid überzeugt, das beste Opium für das Volk ist Opium selbst, die Engländer haben diese Theorie ja in China vorexerziert. Panem et circenses?

Primitive Römer. Ihr habt vier Betäubungsmittel: Vollbeschäftigung, Gladiatorensport, Sex und Heroin. Die sollen doch verblöden und sich selber umbringen, wenn nur wir herrschen können, bis wir den Planeten kaputt gemacht haben. Euch allen ist die Zukunft egal. Ihr habt ja keine. Und uns laßt ihr mit nacktem Arsch im Schneesturm verrecken."

„Vorläufig könnte ich dir aufgrund meines unmoralischen Einkommens eine Decke borgen."

„Vielen Dank. Und damit du gleich alles weißt: Neulich war ich bei einem Vortrag über unsere bösen germanischen Vorfahren, die uns ja nicht nur viele Personennamen, sondern auch manche Wochentage wie Dienstag, Donnerstag und Freitag hinterlassen haben. Ein solches Interesse an ihrer Frühgeschichte dürfen sich Juden, Neger oder Indianer erlauben, bei uns wird man sicherlich sofort zum vogelfreien Rechtsradikalen erklärt. Wenn dich also demnächst wieder ein Diener der Staatspolizei besucht, dann gestehe ihm zwar mein Verbrechen, beruhige ihn aber gleich: Donar hat mir nicht befohlen, die Fabriksdirektoren zu ermorden, die unsere Flüsse fischfrei machen."

Ich hatte genug von Schlagworten. Seufzend stand ich auf und legte meinem Sohn die Hand auf die Schulter. „Es war nicht böse gemeint. Du weißt Bescheid. Sei wachsam."

6

Als ich zu Helga hinüberkam, schnarchte sie geruhsam. Ich überließ sie dem Gin, ging zu Bett, dachte nicht eine Minute an Christophs Probleme und schlief sehr bald ein. Um acht läutete der Wecker, ich wankte ins Bad, kochte nachher Kaffee, röstete zwei Schnitten Toast, frühstückte, las dazu etliche Seiten eines Nachrichtenmagazins, sprang in mein Auto und fuhr ins Funkhaus.

Der Posten am Tor kannte mich, ließ mich ohne Ausweisleistung durch. Im Parkkeller hatte ich meinen Platz mit Nummer, dann stieg ich hinauf, vorbei am nächsten Posten, Lift, ein Glaskasten zwischen Gestängen, oben endlose Gänge, links Türen, rechts Türen, Teppichboden, kein lebendes Wesen, ein scheinbar verlassenes Irrenhaus mit seinen Zellen. Eine davon war meine, ich trat zukunftsfreudig ein, meine Sekretärin begrüßte mich ebenso zukunftsfreudig und teilte mir mit, daß der neue Intendant mich um zehn zu sprechen wünsche. Ich überflog also meine Post und meldete mich um zehn zum Rapport wie mein Ulanenrittmeister bei seinem Oberst.

Die Chefsekretärin sah ein wenig unwillig von einem Terminkalender auf, nickte mir zu, warf einen schnellen Blick auf die kleine gläserne Halbkugel über der Tür zum Intendanten und zeigte mir, da das Licht grün war, mit einer lässigen Handbewegung an, daß ihrem Herrn mein Besuch genehm sei. Ich durfte passieren.

Wie Herwig Klima die Partei von seiner Fähigkeit zum Fernsehintendanten überzeugt haben mochte, blieb für alle ein Rätsel, denen die geheimen Fäden nicht bekannt waren, also auch für mich, aber im Grunde spielte das, wie ich schon Sandra erklärt hatte, keine große Rolle. Sicherlich war der Mann ein guter Diplomat und ein guter Organisator und als solcher wurde er gebraucht, nicht als Dramaturg, Regisseur oder Kameramann. Ich hatte ihn früher etliche Male getroffen und als eleganten, charmanten Plauderer in Erinnerung. Denselben Eindruck machte er auch jetzt, denn er sprang sofort auf, kam mir mit ausgestreckter Hand entgegen, führte mich hinüber zur Sitzecke und bot mir Kaffee an, den ich ablehnte.

„Ja, ja“, sagte er dann, „so sieht man sich wieder.“ Er erwähnte etliche Kommentare von mir, die ihm besonders gefallen hätten, erzählte zwei Anekdoten, aus denen man seine nahe Bekanntschaft mit führenden deutschen Politikern entnehmen konnte, und gestand mir schließlich ganz offen, daß er unser Medium selbstverständlich nur vom Bildschirm her kenne, aber angewiesen worden sei, ein wenig Wind zu machen. „Ist ja immer dasselbe, neue Besen kehren gut, man sucht einen neuen Mann und erwartet Wunder von ihm. Schön, ich war einverstanden, also werde ich jeden Tag um neun hier sein, bis Mitternacht bleiben und oft auch den Sonntag dazuschießen, aber allein kann ich es nicht schaffen. Gott sei Dank habe ich Leute wie Sie, die mir helfen. Für die Front sind Sie zu schade, ich hole Sie zum Stab, Sie sammeln das Material, stellen es zusammen, und reden wird der Petrovich. Lange genug hat man Sie unter Ihrem Wert eingesetzt, sie gehören an die Spitze, nicht in die Tretmühle, wo Sie aufgerieben werden. — Wenn Sie schon keinen Kaffee wollen, dann vielleicht einen kleinen Cognac, damit wir auf unsere Zusammenarbeit anstoßen können?"

Ich stimmte heiter zu, wir stießen an, und ich wehrte mich ein wenig, freilich nicht zuviel, weil ich ja genau wußte, daß die Karten längst verteilt waren, daß sie gegen mich lagen und ich nichts ändern konnte. Als ich in mein Zimmer zurückkam, fand ich dort Uwe Petrovich, der mich umarmte und mich bat, meinen Schreibtisch zu räumen; von nun an werde ich ja auf Zimmer 317 residieren. „Gratuliere", sagte er voll Herzlichkeit, entließ mich und behielt meine Sekretärin, die eingearbeitet und darum für eine reibungslose Übergabe notwendig sei; auf 316 erwarte mich die mir ab heute zugeteilte Frau Schmiedel, eine weitaus bessere Kraft und in Führungsaufgaben geschult. 317 war nur halb so groß wie mein früheres Büro und hatte keinen Teppich. Wie mir der Inspektor der Gebäudeverwaltung erklärte, bestehe laut Vorschrift für 317 kein Teppichrecht, auch die Vorhänge seien gesetzwidrig angeschafft worden, aber darüber wolle er hinwegsehen und sogar für einen Umtausch des abgewetzten Besuchersessels sorgen. Frau Schmiedel konnte nicht stenographieren und beherrschte die Rechtschreibung nur sehr notdürftig. In ihrem Zimmer 316 standen etwa acht Blattpflanzen, denen Frau Schmiedels Haarspray offenbar nicht schadete.

Ich ahnte, was meine zukünftige Aufgabe sein sollte, und erhielt in den nächsten Tagen die Bestätigung. Pflichtgetreu sammelte ich die einlangenden internationalen Nachrichten, faßte sie zusammen, baute ein Manuskript und lieferte es bei der Abteilung I-3 ab, um dann vor dem Fernsehapparat zu entdecken, daß Uwe Petrovich ganz andere Dinge verkündete. Versuchsweise blieb ich einen Tag weg. Es fiel niemandem auf. Ich riskierte zwei Tage, und wieder kümmerte sich niemand um mich. Zum Ultimo erhielt ich wie gewöhnlich meine Abrechnung: nicht nur das Grundgehalt der mir zustehenden Gruppe, sondern auch die durch Sondervertrag ausbedungene und nicht unbeträchtliche Zulage werde auf mein Konto überwiesen, lediglich einige unwesentliche Posten waren weggefallen.

Sie hatten mich auf gute österreichische Art ohne jedes Aufsehen kaltgestellt. Meine Millionen hörten einem anderen zu, und alles ging weiter wie zuvor. Mit einem kleinen Unterschied. Ich leistete Scheinarbeit, mein Zimmer hatte zwar gesetzwidrige Vorhänge, aber keinen Teppich, der Sessel wurde nicht ausgetauscht, und meine Sekretärin entdeckte zu ihrer Überraschung, daß ein Präzedensfall kein *Präsident*fall sei.

7

Ich ertrage Demütigungen schwer. Es mag lächerlich klingen, wenn ich hier von Zimmergröße, Teppich und Vorhängen rede, aber ich litt unter diesen Äußerlichkeiten mehr, als wenn mir das Gehalt gekürzt worden wäre. Außerdem hatte ich immer auf ein Ziel hingelebt und konnte mir nicht vorstellen, wie ich weiterhin bloß in Erwartung des Pensionsbezugs existieren sollte; es durfte doch nicht wahr sein, daß man mich mit Fünfzig einfach zum alten Eisen warf! Wie wahr es war, merkte ich innerhalb kürzester Frist: Der Posten am Tor verlangte meinen Ausweis, auf dem mir zugeteilten Parkplatz stand manchmal ein fremder Wagen, verschiedene Kollegen, die mich noch vor zwei Wochen geradezu devot gegrüßt hatten, kannten mich plötzlich nicht mehr, und meine frühere Sekretärin, mit der ich oft genug im Bett gelegen war, konnte sich für mich nicht mehr freimachen. Die zwei Tage unrechtmäßigen Urlaubs, die ich vorhin erwähnt habe, benutzte ich darum zu einem Flug nach Hamburg, wo ich meinen langjährigen Freund Jochen, der in der deutschen Journalistik bestens Bescheid weiß, um Rat fragte. Seine Antwort war ernüchternd. So sehr man meine Kommentare geschätzt habe, komme ich doch für einen ähnlichen Posten in der Bundesrepublik schon wegen meines merkbaren österreichischen Akzents nicht in Betracht; freilich wäre ich als Wiener Korrespondent mehrerer deutscher Zeitungen gern gesehen, da aber Österreich nur hin und wieder, zum Beispiel bei der Volksabstimmung über Atomkraft, interessant sei, könne man eine solche Aufgabe meiner bisherigen Beschäftigung keinesfalls gleichwertig gegenüberstellen. Eine Pension sei schließlich nichts Ehrenrühriges, Kündigung darum Wahnsinn, und da ich doch nicht mit Arbeit überlastet werde, sollte ich die Möglichkeit von Sachbüchern über bestimmte Themen erwägen. Er erinnere sich sehr gut, daß ich mehrmals im Iran gewesen und gewiß imstande sei, eine klare Analyse der Situation anzubieten. Wie er mich kenne, würde mich die Sache nicht länger als drei Monate in Anspruch nehmen, so lange werde das persische Problem wahrscheinlich noch „in" sein, und man könne darum bei dreimonatiger Lieferfrist einen Vertrag mit einem guten Verlag sofort abschließen. Vielleicht dürfe man von einem solchen Buch keinen großen Erfolg erhoffen, eine Stärkung des Namens bedeute es hingegen auf jeden Fall, und wenn das Pendel zurückschwinge, hätte ich dann berechtigte Aussicht, auf meinen angestammten Platz zurückgeholt zu werden. Das war selbstverständlich Trost, denn Jochen wußte so gut wie ich, daß man über aktuelle Probleme weder Bücher schreiben noch Filme drehen soll, weil der Weg auf den Markt fast immer zu lange dauert; die angemessene Form sind Reportagen von Ort und Stelle, aber erstens wollte ich nicht wieder als Reporter anfangen und zweitens hätte man mir die Reise nach Teheran nie gestattet. Ich flog also nicht gerade glücklich zurück, erhielt am nächsten Tag meine Gehaltsabrechnung, sah mich wenigstens geldmäßig so weit abgesichert, daß ich meinen Verpflichtungen nachkommen konnte, und mußte dann am Abend Sandras Frage beantworten, warum ein Herr Petrovich meine Kommentare spreche, was weder Helga noch Christoph aufgefallen war.

Ich berichtete von meiner Berufung in den Obersten Stab und konnte alles übrige verschweigen, weil zwei andere Themen vordringlich erschienen. Sandra war gekommen, um Helga ihre Einweisung in die Klinik mitzuteilen, Helga erklärte diese Einweisung für sinnlos, niemand könne ihr helfen, und wenn sie noch hier am Tisch sitze, dann nur aus blöder Angst vor dem Selbstmord, der für sie logische und einzige Konsequenz sei, und überhaupt Logotherapie, schlechter Religionsersatz, Feigenkaffee, Gänsewein, Plastikleder, alles nur Quälerei von sadistischen Ärzten, ich weigere mich einfach, gefesselt müßt ihr mich in die Klinik bringen, ich spiele nicht Kaninchen für die Vivisektionisten, schau dir nur Tommi an, wie er sich freut, daß die mich auf ihre Seelenfolterbank spannen!

Natürlich freute ich mich nicht, im Gegenteil, sie tat mir leid, bevor ich aber noch antworten konnte, schaltete sich Christoph ein und erzählte, daß Konrad aus Spanien geschrieben habe, wohin er wegen der Einrichtung eines neuen Casinos berufen worden war; er sei für einen Monat nach Österreich zurückbeordert und hoffe, daß ich nicht gerade zu dieser Zeit in London oder gar New York auf Informationsjagd sei. Für einen Augenblick vergaß ich meine mißliche Lage, ich lachte sogar, denn mit Konrad rede ich gern, ein wenig ist er ja trotz allem immer noch der kleine Bub, dem ich einen Ulanensäbel gebastelt habe. Wieder wollte ich etwas sagen und wieder kam mir Christoph zuvor. Diesmal reichte er mir den Brief eines Anwalts, in dem mir mitgeteilt wurde, daß die Erbschaftsangelegenheit nach meinem Onkel endlich erledigt sei.

Damit muß ich einiges über Max Schwarzrock einschieben.

Knapp nach seiner Lehramtsprüfung und dem Tod des Linzer Schnapsbrenners erhielt mein Vater die Zusicherung eines Postens am Mödlinger Gymnasium, und da ihm das Städtchen gefiel, kaufte er das schon erwähnte Haus in der Goethegasse. Der Eigentümer, ein eleganter älterer Herr namens Schwarzrock, hatte vor zwei Jahren seine Frau verloren und nun eine Witwe geheiratet, die eine Herrschaftswohnung auf der Wieden in Wien besaß und keinesfalls in die „Provinz" ziehen wollte. Obwohl Schwarzrock am Verkauf also mehr interessiert sein mußte als mein Vater am Kauf, blieb er doch fest bei seinem Preis, und mein Vater, in Geschäften gänzlich unerfahren, gab schon nach wenigen Tagen nach, weil eben, wie er sagte, die Argumente des Gegners um vieles besser waren als die eigenen. So kurz aber ein paar Tage scheinen mögen, genügten sie doch für die Anspinnung einer Romanze zwischen meinem Vater und Schwarzrocks Tochter Angela. Ein halbes Jahr später heirateten die beiden, wieder ein Jahr später wurde ich geboren, und Großvater Schwarzrock stand Pate bei meiner Taufe.

Thomas Schwarzrock, Edler von Teufenstein, jetzt Versicherungsvertreter, war früher Rittmeister bei den Arcieren gewesen, verdankte den Adel seinem Vater, Richter am Kassationshof wie beim Obersthofmarschallsamt, und hatte drei Kinder, nämlich Gregor, später als Diplomat samt seiner Familie in Südamerika in einer pestähnlichen Epidemie verstorben, Onkel Max und meine Mutter. Während Gregor die vorgeschriebenen Hürden standesgemäßer Ausbildung wie Matura und Doktorat spielend überwand, schaffte Max bloß die Notmatura, die ihn befähigte, noch im letzten Kriegsjahr zum Einjährig-Freiwilligen-Korporal-Kadett-Aspirant aufzusteigen. Nach dem Zusammenbruch zeigte er keinerlei Ehrgeiz, in der Republik irgendwelche Würden zu ersitzen. Er wollte Photograph werden, ein damals mehr auf Hochzeitsbilder spezialisiertes Handwerk, das er aber anders auffaßte, denn ihm ging es nicht um Erinnerungen an Bratenröcke, sondern um Sport, aus der Bewegung geschossen, gar nicht einfach mit den Kameras, der Plattenempfindlichkeit und der Belichtungszeit in den zwanziger Jahren. Max Schwarzrock wurde der Mann, der mit seinem Motorrad von Fußballplatz zu Fußballplatz, von Rennstrecke zu Rennstrecke, von Stadion zu Stadion fuhr, aber nicht nur dort, überall knipste er, wo er Leben sah, gerade das Alltägliche, das meist als unwesentlich verachtet wird, weil es ja selbstverständlich erscheint — ist es dann verschwunden, bedauert man, es nicht festgehalten zu haben. Max hielt es fest, die Arbeitslosen, die militanten Verbände, die Bettler, die Kinder, die Kaffeehäuser, die Märkte, Bäder, Fiaker, Autos, Zeppeline, und als der Zweite Weltkrieg ausbrach, ging er mit seiner Kamera hinaus, um Einschläge und Gesichter der Landser aufzunehmen. Zur Ehe hatte er keine Zeit, es gab viele Freundinnen, keine Kinder und immer mehr Negative, die er nach eigenem System genau ordnete, so daß jedes einzelne binnen kurzem gefunden werden konnte. In diesem Archiv lag die optische Erinnerung eines Vierteljahrhunderts, es brauchte immer mehr Platz, den die Wiener Wohnung nicht bot. Bis 1955 war Mödling russisch besetzt, niemand wagte zu hoffen, daß die Russen jemals abziehen würden, und Häuser waren darum billig zu haben. Als der Apostelhof 1948 um einen Spottpreis angeboten wurde, kaufte ihn Max und verlagerte seine Bilder nach Mödling. Damals und auch später besuchte ich ihn oft, bestaunte seine Schätze und gewann seine Zuneigung, die mich dreißig Jahre später zu seinem Erben machte.

„Sofort verkaufen", sagte Helga.

„Anschauen, überlegen", riet Sandra.

„Behalten!" Das war Christoph, der mich manchmal nach Mödling begleitet hatte.

Es lag an mir. „Anschauen, überlegen", entschied ich.

Helga lachte. „Das war klar. Sandra ist vernünftig. Sandra ist tüchtig. Sandra ist sogar schön, wenn man das Erdverwachsene sucht. Sandra hättest du heiraten sollen!"

„Blödsinn!" protestierte die Schwester. „Und das weißt du selbst. Nicht einen Tag könnte ich ihn ertragen."

„Leicht trägst du ihn, bist ja stark genug gebaut. Aber die Antwort war natürlich therapeutisch richtig, obwohl du immer auf ihn aus warst, alle meine Männer hast du mir wegschnappen wollen mit deiner angeblich gesunden, geraden Art! Und du wirst ihn auch kriegen, wenn ich Schluß gemacht habe. Schuldlos geschieden — was sollte es auch sonst sein! — deine Kinder können zur tüchtigen Mutter einen tüchtigen Vater brauchen. Tüchtige Kinder für eure Fabrikskultur, lauter Fabriksdoktoren. Ja, ja, sogar ich habe ein Doktorat, aber was ist das schon für ein Doktorat! Germanistik, Philosophie, Psychologie! Da ist ein echter Jurist, da ist eine echte Medizinerin! Wirkliche Doktoren mit wirklichen Rigorosen! Ich verkrieche mich, ich bin gar nicht mehr da!"

Ich mußte meinen Zorn niederkämpfen, Sandra blieb ruhig. „Du bist überfordert", sagte sie. „Ruh dich aus. Ich sorge dafür. Du wirst sehen, alles kommt wieder in Ordnung."

„Ordnung?" schrie Helga. „Was ist Ordnung? Tod bei lebendigem Leib! Ist Leben vielleicht Ordnung? Nein! Unordnung, intensives Gefühl, Schönheit, Abenteuer! Gut, ich bin alt, es ist vorbei, ich muß gehen und werde gehen. Auf eure Ordnung pfeif ich. Regelung des Atems, des Herzschlags, des Blutdrucks, der Verdauung, des Grundumsatzes, der Drüsentätigkeit, des Vitaminhaushalts, jedes halbe Jahr ins Service wie ein Auto! Maschinerie ohne Freude! Kein Computer versteht Freude — er ist eben in Ordnung. Ich kenne sie und habe sie nicht mehr. Jetzt hetzt ihr die Logotherapeuten auf mich. Sie werden mir erklären, daß ich einfach zuviel vom Leben erwartet habe. Es gibt kein Recht auf Glück; die Erde ist ein Jammertal. Das weiß ich selber. Gönnt ihr mir eine Überdosis Morphium? Nein. Ins Spital schickt ihr mich, ins Zuchthaus! Heute kann keine Kaserne und kein Gefängnis den Menschen so entwürdigen wie eure Spitäler. Aber was dort gespielt wird, das ist für Top-Journalisten natürlich kein Thema, nicht wahr, Tommi?"

Ich muß zugeben, daß ich nicht genau zugehört hatte, denn ich kannte diesen Text seit Jahren. „Was? Ach so. Wird schon ungefähr hinkommen."

Sie antwortete mit einem Freudenschrei, wandte sich der Schwester zu und deutete wie ein Praterausrufer auf mich. „Siehst du! Unser lieber Tommi! Er hat keine Ahnung, wovon die Rede war. Und mit so etwas ist man seit mehr als fünfundzwanzig Jahren verheiratet! Gut, so ist es eben, nicht nur bei uns, weltweit, alles nett und heiter, Posse von Nestroy, Komödie von Feydeau, nur leider war's das eben. Schluß. Aus. Mehr wird nicht geboten. — Führen Sie mich ab, Herr Kommissar. Ich bin geständig."

8

Ich habe diesen Wortwechsel nicht aus Vorliebe für Genauigkeit hier wiedergegeben. Er steht typisch für viele andere in den letzten Jahren, und es war auch nicht weiter verwunderlich, daß sich Helga am nächsten Morgen widerspruchslos in die Klinik bringen ließ, denn am Tag nach ihren Ausbrüchen schien sie immer wie ausgewechselt. Bei dieser Gelegenheit möchte ich nachholen, was ich offenbar bis jetzt versäumt habe, nämlich ein paar Worte über meine Frau. Das Wichtigste zuerst: Sie war schön und ist es immer noch. Eine schöne Frau, eine elegante Frau, eine gescheite Frau. Kein Mann hätte Sandra geheiratet, wenn er Helga haben konnte; Sandra ist Brot, Helga ein großer Wagen der besten Hors d'oeuvres. Ich habe sie so sehr geliebt, wie man nur lieben kann, bis ich entdecken mußte, daß sie nicht etwa zu mir stehen, sondern mich bekämpfen, mich besiegen wollte; jeder meiner Erfolge war für sie eine Niederlage. Eine solche Einstellung mag unter Amazonen natürlich sein, aber sie ist keine Basis für eine Ehe, und sobald ich den Gegner erkannt hatte, änderte sich mein Benehmen. Ich sah nicht mehr meine Frau, ich sah den Feind, den ich in die Knie zwingen mußte. Das habe ich getan, und in dieser Hinsicht ist Sandras Vorwurf vom Umbringen berechtigt. Vielleicht auch in bezug auf meine Söhne, aber Söhne, die sich von ihren Vätern umbringen lassen, sind nichts wert. Im Gegensatz zu ihren Müttern muß ihnen zugestanden werden, daß ihr Kampf gegen den Vater naturgewollt ist und kein Vater ihnen diesen Kampf durch Weisheit und Nachsicht verweigern sollte. Sie werden ja siegen, weil ihnen schon die Zeit allein diesen Sieg beschert, aber leicht darf dieser Sieg nicht sein, sonst wäre da kein Training, keine Erziehung des Männchens durch das Männchen, es wäre wie bei einem Bock, der nie sein Geweih gegen den Älteren erproben konnte. Nur die vielen Niederlagen, aus denen wir lernen, befähigen uns zum späteren Sieg, zum Überleben schlechthin. Es entspricht der heutigen Erziehungspolitik, daß man starke Väter verurteilt. Schon dadurch wird ja der Nachwuchs starker Söhne eingeschränkt. Gewiß nicht aus kleinbürgerlicher Kurzsichtigkeit hat der zweiundsechzigjährige Goethe seinem Erinnerungsbuch als Motto die Gnome des Menandros vorangestellt: „Der Mensch, der nicht geschunden wird, wird nicht erzogen."

Von der Klinik fuhr ich ins Funkhaus, gab meinen hochbezahlten Senf zu ein paar Nachrichten, die seit gestern hereingekommen waren, wußte sehr gut, daß dieser Senf unbeachtet bleiben würde, und entschloß mich, den Apostelhof zu besuchen, wo ich seit einem Jahr nicht mehr gewesen war. Max hatte kaum Beschwerden gehabt, war nur ein wenig mühsam geworden, und bei allem ehrlichen Streben nach Pietät hatte ich mich nicht überwinden können, mir seine Geschichten aus den zwanziger Jahren anzuhören, während doch im Büro Berge von Papier abzuarbeiten waren. In geringerem Maß galt das auch für meine Eltern, die ich immer geliebt habe und immer lieben werde; ich besuchte sie wöchentlich und blieb nie länger als eine Stunde, in der ich die Minuten zählte. Freilich durfte ich Arbeit und Schwierigkeiten mit der Familie als Entschuldigung vorbringen, aber es gab auch andere Gründe, die ich mir nicht gern eingestand. Meinen Vater hatte ich als geistsprühenden Mann und meine Mutter als tüchtige und energische Frau gekannt. Nun saß sie abgemagert zum Skelett in ihrer Ecke und wischte sich den Speichel vom Mund, weil sie ja nicht mehr schlucken konnte, und Vater verdammte pausenlos unsere heutige Zeit, in der er sterben wird und wir leben müssen. Ja, ich liebte sie beide und mußte mich trotzdem fragen, ob ich nicht bloß die Erinnerung an sie liebte.

Frau Schmiedel brachte mir zwei Blätter, die ich zwar

diktiert, sie aber getippt und dabei verbessert hatte, denn nun fand sich dreimal der Dativ nach dem Vorwort ohne, ein sprachliches Verbrechen, das mich besonders verbittert. Ich unterstrich also die Fehler mit rotem Filzstift und forderte die Verwendung des Akkusativs, was meine für Führungsaufgaben geschulte Sekretärin offenbar als Schikane auffaßte. Sie zuckte mit der linken Schulter, hob ihr Kinn, marschierte in ihr Zimmer und rief dort ihre Mutter an, um zu erfahren, was sie abends vom Markt mitbringen solle.

Ich sah aus dem Fenster. Die Sonne schien, nach einem harten Winter war ohne Übergang der Sommer gekommen. Warum länger hier herumsitzen? Frau Schmiedel ist glücklich, wenn du sie allein läßt, das Unternehmen bezahlt dich für deine Untätigkeit, fahren wir also nach Mödling, nicht in die Goethegasse, in die Wassergasse, ach, die gibt es nicht mehr, auch die Turnergasse nicht, die Jubiläumsstraße ebenfalls nicht, sie heißen alle anders. Plötzlich fiel mir auf, daß ich von Mödling redete wie die alte Dame in der Schiefen Laterne von ihrem Triest, daß mich die Vergangenheit mit ihrem Würgegriff gepackt hatte. War es wirklich schon so weit? Ist Fünfzig denn ein Alter?

Laß es. Vergangenheit ist eine Krankheit.

Unterwegs versuchte ich mich davon zu überzeugen, daß mir das Fahren Freude machte, obwohl ich es seit Jahren haßte, vor allem wegen der Idioten, die auf der Triesterstraße immer wieder die Spur wechselten, um eine Minute früher zu Hause zu sein, und natürlich wegen der Parkraumnot. In Mödling gab es die nicht. Ich durfte mein Fahrzeug verlassen, ohne Polizei oder Nachfolgende zu erzürnen, und ging höchstens hundert Schritt hinüber zum bekannten Gittertor.

Nachdem ich mehrere Male vergeblich geläutet hatte, nahm ich den schmalen Weg, der am Apostelhof entlang nach Süden führt, ein schmaler, ein langer, ein gerader Weg, erst weiter unten entzieht eine Biegung den Blick auf den weiteren Verlauf, und er bietet keine Möglichkeit zur Flucht, links die Mauer des Parks, rechts die Plankenzäune der Villen, ich ging und ging, die Sonne in den Augen, Mauer, Planken, Mauer, Planken, bis ich die Biegung erreichte, wo der Weg ins Nichts mündete, endlose Felder unter endlosem Himmel. In der Biegung aber war das Pförtchen, nicht mit einem „aufs Zierlichste vom Steinmetz ausgemeißelten Bogen", nein, ein einfaches Viereck in der Mauer, die Tür nicht geschnitzt und bebändert, bloß verwittertes Weichholz, freilich auch hier „keine Klinke, kein Knauf", und trotzdem, als ich dagegen drückte, öffnete sie sich mir wie dem kleinen Goethe mit seinem Zopf, seinem Dreispitz und seinem Degen im Märchen des Knaben.

Tritt fröhlich ein, du hast ein Recht dazu.

Der Park ist ein Park, wenn auch ein wenig verwildert, alte Bäume, jüngere Sträucher, junger Rasen mit viel Unkraut. Ich zählte mich zu den Sträuchern, Flieder, Goldregen, Jasmin, Rose, gewiß nicht zur herrschenden Zeder, der mächtigen Linde, der ehrwürdigen Eiche, aber auch nicht zum Unkraut, das morgen siegen wird. Noch ging ich über gekieste Wege, morgen würden sie überwuchert sein, aber noch haben wir heute, und ich wanderte auf die Heimstatt zu, das efeubesponnene Haus, das ich als Kind so gern besucht hatte. Und da war auch der Fremde, nicht ein graubärtiger Greis wie beim Knaben Goethe, sondern ein junger Mann mit glatten Wangen und glatter brauner Haut. Er hatte nur eine winzige rote Badehose an, und auf seinem Kopf saß ein englischer Stahlhelm von früher einmal; an diesem flachen Helm waren Taubenflügel befestigt, und Taubenflügel klebten auch an seinen Sandalen.

„Was wollen Sie hier?" fragte er.

„Mich umsehen. Ich habe das Ganze geerbt."

„Ach, Sie sind Herr Doktor Greith?"

„Ja."

Er stand unter einer Linde, auf einen Spaten gestützt, den Stahlhelm ein wenig schief über der rechten Braue, auf den deutlich hervortretenden Muskeln seiner männlichen Gestalt glänzte Schweiß, im bronzenen Gesicht leuchteten helle Augen, und trotz aller Göttlichkeit war er doch sichtlich ein Sklave.

„Ich werde es der Prinzessin melden", sagte er. „Haben Sie ein wenig Geduld, ich bin gleich fertig, es ist längst tief genug für ihn." Er griff hinter sich, nahm ein flaches Etwas, legte es zärtlich in die Grube, blickte zu mir auf. „Sebastian. Kater. Ein Lastwagen hat ihn überfahren. Man glaubt immer, Katzen hätten neun Leben, wahrscheinlich eine Verwechslung mit der neunschwänzigen Katze. In Wirklichkeit sind sie kurzlebig, aber was ist kurz, was ist lang, Eintagsfliegen, Sterne, der Mensch ist das Maß aller Dinge, sagt Protagoras, und dann verdrehen sie heute verzückt die Augen, weil sie das für human halten, und dabei ist es krasser Positivismus." Einige Sekunden sah er mich an, als erwarte er meinen Widerspruch, dann wandte er sich ab und schaufelte die Grube zu. „Ci git un chat, pas le chat. — Kommen Sie!"

Er ließ den Spaten im Erdreich stecken, packte mich am Ellenbogen, zog mich mit sich über gewundene Kieswege, vorbei an gedrungenen Eiben, stolzen Magnolien, zarten Forsythien, auf die Mauer mit dem Bogen zu, hinter dem sich der Hof öffnete, ein kleiner Hof, schlecht gepflastert, in der Mitte ein steinerner Brunnen, daneben der uralte Weinstock, dessen armdicke Äste am Lattenwerk der Pergola die ganze Fläche überspannten.

„Jeder denkt an Biedermeier, falsch, 1760 dürfte eher stimmen. Beethoven hat hier gespielt, damals waren unten links und rechts noch Stallungen und Wagenschuppen. Natürlich hat man verändert, das ist nun einmal so, panta rhei, nur Museen dauern. Was Sie dort vorn links vom Gitter sehen, das ist aufgestockt, Wohnung für den Verwalter, rechts, das ist echt, war immer schon das Herrenhaus, aber anschließend, über dem früheren Wagenschuppen, das ist von ungefähr 1810. Im Herrenhaus hat Beethoven gespielt, und dort ist auch der Gobelin, den Sie sehen müssen. Nein, nein, Unsinn, Sie kennen ihn ja sicherlich. Mich fasziniert er immer wieder. Unwichtig. Für die Fremden, die zu uns in den Apostelhof kommen, zählt nur eins: Beethoven hat hier gespielt. — Entschuldigen Sie mich für eine kleine Weile. Ich muß die Prinzessin verständigen."

Es war wie auf der Bühne, ich dachte an Raimund und Feen, vor mir das Gittertor, an dem ich vergeblich geläutet hatte, dahinter der „Prospekt" mit niedrigen alten Häusern, beiderseits die Kulissen, Efeuklotz links, Efeuklotz rechts, und rechts verschwand Hermes, von links aber huschte fast gleichzeitig ein Schatten aus der offenen Tür, schwebte auf mich zu, klein, grau, zerrauft, flüsterte: „Tun Sie nichts, bevor Sie mit uns gesprochen haben! Man findet so selten eine angemessene Bleibe, und es ist falsch, was er gesagt hat! Es fließt nicht, es bleibt, freilich drüben. Man muß nur die Hand ausstrecken! Die Scharlachrote wird das nie verstehen. Für sie sind wir tot, sie kennt es nicht anders, sie ist Gegenwart, nichts als Gegenwart, ich verzeihe ihr die Zukunft, wer weiß, ob wir eine haben werden, aber die Vergangenheit ist die Menschheit. Gegenwart? Höchstens ein Trennungsstrich, hauchdünn, noch dünner, noch dünner, nichts, nichts, nichts! Sie verstehen mich doch? Max hat so gut von Ihnen gesprochen. Als Prinzessin, na also, da kann ich wirklich nur lachen. Entscheiden Sie nichts. Nicht heute. Wir hoffen auf Sie, wir hoffen auf Sie, wir hoffen auf Sie!"

Der Schatten flatterte davon, und von rechts führte Hermes die Prinzessin auf die Szene. Raimund verschwand sofort, denn diese Frau kam aus keinem Märchen, war keine Fee, kein geheimnisvoller Schatten, nicht einmal eine kostümierte griechische Göttin; sie schien mit ihrem langen losen Gewand, der blonden Perücke und der riesigen Sonnenbrille geradewegs einem Sprechblasen-Cartoon entstiegen. Um sie genauer zu beschreiben, muß ich vorwegnehmen, was ich erst später erfahren habe. Renate Spindler, uneheliche Tochter einer Verkäuferin in Magdeburg, zunächst selbst Verkäuferin, dann Mannequin, heiratete den um vierzig Jahre älteren Stahlindustriellen Grohmann, kassierte nach seinem Tod trotz mehrfachen Protesten der Verwandten eine beträchtliche Erbschaft und heiratete wenig später den Prinzen Schwanau, der ihr zwar kein Geld, aber den Titel einbrachte. Als auch er bald nach der Hochzeit starb, ging sie keine neue Ehe mehr ein, durch die sie den Titel verloren hätte, sondern nutzte ihre im Privatleben bewiesenen Talente an der Börse. Innerhalb von zehn Jahren war sie vielfache Millionärin, bot wegen ihrer zahlreichen jungen Liebhaber den Verfassern der Klatschspalten immer neuen Stoff, wurde gern auf Yachten, Jagden und Burgfeste eingeladen, kannte Präsidenten, Großreeder, Filmstars, und galt als Original, weil sie ihre Entschlüsse mit einem langen Haar des jeweiligen Liebhabers und ihren zwei Eheringen auspendelte: dem des Stahlmanns in wirtschaftlichen, dem des Prinzen in gesellschaftlichen Fragen.

Nun stand sie mir gegenüber, reichte mir die erhobene knochige Hand zum Kuß. Ich drückte die Hand hinunter und stellte mich vor.

„Ich weiß, wer Sie sind, habe mir einmal Ihren Kommentar angehört. Sehr gescheit, aber hier geht es nicht um große Politik, es geht um ein kleines Haus, in das ich mich verliebt habe. Wenn man verliebt ist, hat man die schlechteren Karten. Ich biete also keine Schilling, ich biete harte Deutsche Mark. Wir werden schnell einig werden."

Ich wollte mir keine Taubenflügel an die Schuhe kleben lassen. „Einig werden? Worüber?"

„Über den Preis natürlich. Ich kaufe den Kasten, lasse

ihn entfeuchten, renovieren, Beethovenzimmer eingeschlossen, meinetwegen noch eins für Maria Theresia oder den kleinen Mozart. Ihr Österreicher träumt doch so gern von der Vergangenheit, kann man verstehen. Hoffentlich nehmen Sie mir nicht übel, was ich so herausplaudere, nur Gerede, ich mag Euch nämlich, Sie können mir glauben, neulich nennt doch einer meiner Freunde Österreich putzig, und ich habe ihm widersprochen. Ehrlich. Warum soll nicht auch klein manchmal schön sein? Das begreifen diese Angeber nicht. Gut. Was den Kasten betrifft, das werden unsere Anwälte aushandeln."

Obwohl wir die Möglichkeit eines Verkaufs in Betracht gezogen hatten, ärgerte ich mich über das Benehmen der Prinzessin und zuckte mit den Schultern. „Aushandeln? Was? Ich würde auch Dinar oder Drachmen nehmen, aber ich will den Kasten gar nicht verkaufen."

Sie lachte. „Sie wollen nicht? Geschäftstüchtig? Mit mir? Das gefällt mir. Niedlich. Fast könnte man sagen: putzig. Ich meine es gut mit Ihnen, biete Ihnen einen Vorzugspreis, verstehe mich bestens mit den Behörden, habe die Presse hinter mir. Was soll's?"

„Meinen Sie damit, daß ich keine Wahl habe?"

„Natürlich haben Sie die Wahl. Yours is a free country. Aber Sie sind doch vernünftig."

„Free country, yes, and I don't like your manners. Ich mag Ihre Art nicht."

Eine Weile starrte sie mich ungläubig an, dann stampfte sie mit dem Fuß auf und wandte sich an ihren Sklaven. „Schmeiß ihn raus."

Der kam auf mich zu. Bevor er mich erreichte, antwortete ich schnell: „Bedenken Sie, Prinzessin — oder wie immer Sie sich nennen —, daß ich auf meinem eigenen Grund und Boden stehe. Wenn Sie mich hinauswerfen lassen, werden Sie Schwierigkeiten mit den Gerichten haben."

„Scheißgerichte!“ schrie sie. „Die kaufe ich mir! Schmeiß ihn raus!“

Hermes packte mich an der Schulter, er war offenbar stärker als ich, und so fügte ich mich. „Sie sind im Recht“, flüsterte er. „Aber was soll ich machen?“

„In die Hosen“, riet ich.

Er öffnete das Gittertor und gab mir einen Tritt, daß ich vorwärtstaumelte und vor den niedrigen Häusern des „Prospekts“ zu Boden fiel.

9

Die ganze Geschichte paßte nicht in meine Welt.

Mit zehn hatte ich vom Ulanenrittmeister geträumt, obwohl es damals nicht einmal in Polen noch Ulanen gab. Mit vierzehn lachte ich darüber, erst mit vierzig begann ich nachzudenken. Die sonderbare Tschapka, der Säbel, die Lanze mit der Flagge, Pferde, Galopp: Das alles ist Entwicklungsstufe eines Knaben wie Ritter oder Musketiere und ohne jede Verbindung mit der Wirklichkeit. Wenn man zum Mann wird, streift man die Romantik ab und wendet sich dem Leben zu, in dem Ritter, Musketiere und Ulanen sofort verschwinden, wenn ihr Einsatz sinnlos wird. Sinnlosigkeit aber ist keineswegs sinnlos, so idiotisch dieser Satz klingen mag, ganz im Gegenteil, vielen kann erst die Sinnlosigkeit Sinn schenken. Mein Beitrag zur Sinnlosigkeit waren die Ulanen, und nachdem ich sie als lächerlich abgetan hatte, war nur der vernünftige Plan übrig geblieben.

Meine Welt ist eine klare Welt, in ihr haben eine Alkoholikerin, mißratene Söhne und Kaltstellung im Beruf ihren Platz. Durch das Pförtchen in der Mauer war ich in ein fremdes Land eingedrungen, das zu den Ulanen paßte: ein künstlicher Hermes, ein Schatten und eine Prinzessin, die

Scheißgerichte kaufen wollte. Wohin immer mich meine Aufgaben geführt hatten, überall war ich im Herrschaftsbereich der Vernunft geblieben, soviel Unvernünftiges dabei auch geschehen sein mochte. Im Apostelhof stimmte nichts, und noch, als ich längst in meinem Wagen saß, mußte ich an eine Theaterdekoration denken.

Verkaufen, das hatte Helga geraten, und bei dieser komischen Prinzessin mußte ein guter Preis zu erzielen sein. Dazu kam, daß es ja offenbar Mieter gab und man nicht wissen konnte, ob man ihnen kündigen durfte, kam weiters, daß eine Renovierung der Gebäude wahrscheinlich nötig sein würde, kam schließlich, daß Bürgermeister und Denkmalamt gewiß eine zahlungskräftige Prinzessin viel lieber als Eigentümer sehen mußten als mich, ich also die Behörden gegen mich hatte. Nach vernünftigem Plan gab es nur eine Schlußfolgerung, nämlich den Kasten möglichst teuer zu verkaufen.

Aber die Ulanen.

Plötzlich verlor ich die Richtung, lag im hohen Gras und wußte, daß ich verwundet vom Pferd gestürzt war, sah den Gegner, einen riesigen Kosaken, deutlich vor mir, galoppierte mit meinen Leuten über die Pläne, auf die Sotnie zu, die aus dem Wäldchen hervorbrach, hielt nach dem Flußübergang, vermutete das Gelände feindfrei und hörte den Befehl, zur Erkundung bis Bilgoraj vorzustoßen. „In Vertretung seiner Majestät verleihe ich Ihnen den Orden der Eisernen Krone“, sagte der Oberst. „Natürlich war ihre Attacke auf die Sotnie militärisch gesehen kompletter Unsinn.“ Er wurde dünner und dünner, aus den drei Sternen wurden zwei, wurde einer, der Goldkragen verschwand, wieder waren es drei Sterne, dann zwei, dann einer, mit einem Mal stand mir ein Kadett gegenüber, ein Volksschüler im Matrosenanzug, ein Kleinkind im Kleidchen, Männer und Frauen, die jünger wurden, andere Männer und Frauen in wechselnden Kostümen, immer schneller folgten die

Bilder einander, bis ihr Flirren sich in weiß auflöste. Meine Uhr tickte regelmäßig, und der Sekundenzeiger wanderte geruhsam von fünfzehn zu vierzehn, dreizehn, zwölf, elf . . ."

Heftig schüttelte ich mehrmals den Kopf, der Zeiger hielt an, kehrte dann zurück zu zwölf, zu dreizehn, vierzehn, fünfzehn. Ich blickte auf. Nichts hatte sich geändert, ich parkte auf der sonnigen Straße und brauchte bloß den Motor zu starten. Die vorgeschriebene Richtung war wieder da, trotzdem fuhr ich nicht nach Wien, fuhr zurück, in die Goethegasse, zu einem Mann und einer Frau, die mich für das ganze Leben geprägt hatten. Sie streicht meine Kinderzimmermöbel, liest Spinoza, trägt schwere Einkaufstaschen vom Marktplatz bis nach Hause, besucht Ausstellungen in Wien, sammelt Steinklee am Bahndamm, hört wegen Geldmangels Konzerte im Radio, braut Löwenzahnwein, bemüht sich um Verständnis der Atomphysik, kocht, wäscht, bügelt, putzt, ordnet, überwacht Einnahmen und Ausgaben, hält dem Mann den Alltag fern. Dieser Mann lebt nur für die Literatur und läßt sich trotz jahrelanger Erfahrung nicht von seiner Überzeugung abbringen, daß es neben Mode und Macht absolute Werte gibt, die letzten Endes siegen müssen, wenn Mode und Macht wechseln, wechseln müssen, weil Cliquen und Herzoge vergehen, das Werk aber besteht. Im allgemeinen gelingt es einem Lehrer, in einer Klasse von dreißig Schülern fünf für Literatur zu interessieren. Mein Vater bringt es bis zu fünfzehn, denn er hat den Glauben, er hat das Feuer, die jugendliche Unbedingtheit. Seine Schüler lieben ihn, manche besuchen ihn noch Jahre nach ihrer Reifeprüfung, und ein Jahrgang hat sogar einen „Kreis um Doktor Greith" gegründet.

Ich hielt vor dem Haus, in dem ich meine Kindheit und erste Jugend verbracht hatte. Kein großes Haus, kein schönes, kein besonderes Haus, eins wie es viele andere in diesem Mödlinger Kleinvillenviertel gibt: schmalen Vorgarten, Hochparterre mit sechs Fenstern, Eingang zum Stiegenhaus an der rechten Seitenfront, oben zwei Mansardenstuben, hinten ein Garten von nicht einmal dreihundert Quadratmetern. Alles war wie früher, sogar der Klingelknopf, auf den ich schon als Gymnasiast gedrückt hatte, und obwohl die Gewohnheit über das Geschehen herrschte, obwohl ich seit rund fünfundzwanzig Jahren hier immer wieder geläutet hatte, fühlte ich plötzlich anders, besser: Ich fühlte überhaupt. Das Haus war nun nicht mehr nur Haus, das Selbstverständliche wurde bestaunenswert, wollte entdeckt werden, entdeckt zunächst durch den Geruch, und unter seinem Einfluß schenkte auch das Gesicht ganz neue Eindrücke. Mit dem Gefühl spürte ich plötzlich die Vergangenheit, spürte darin mich, freilich nicht mich allein. Die Zeit von damals wurde aus einer Landschaft, durch die ich gerannt war, ohne auf sie zu achten, zu einem vielfältigen Ganzen, in dem alles enthalten war, und wieder begannen die Gerüche: der geölte Boden des Klassenzimmers, der Lack meiner Möbel, der muffige Keller, Jasmin im Garten, Wundbenzin beim Arzt, die erste Orange nach dem Krieg, der stets rauchende Ofen in der Mansarde, das Linoleum im Vorzimmer. Und erstmals dachte ich beim Anblick des abgeblätterten braunen Anstrichs der Fensterflügel nicht daran, daß man endlich neu und selbstverständlich weiß streichen müsse, sondern lächelte gerührt über Alter und Vergehen.

Vater öffnete, brachte mich hinauf, führte mich zu Mutter in das Wohnzimmer, ich setzte mich neben sie, fragte sie, wie es ihr gehe. Sie nahm den Schnellöschblock, kritzelte darauf: warte auf die Abreise, dawei, dawei. Das war ein Zitat nach Konrad, der als Kleinkind Injektionen bekommen, nicht gebrüllt, sondern mit bebender Stimme gebeten hatte, daß es doch endlich vorbei (dawei) sein möge. Ich lachte, erinnerte sie daran, daß der Professor bloß von einer Pseudo-Bulbärparalyse gesprochen habe. Sie tat den Einwand mit einer kleinen Handbewegung ab, schrieb auf ihren Block: Was ist mit den Buben? Natürlich log ich, berichtete von Konrads Erfolgen in Spanien und daß Christoph wieder etliche Teilprüfungen geschafft habe.

Ihr graues Haar wirkte auf dem winzig gewordenen Gesicht wie eine riesige, schlecht sitzende Perücke, die Augen dämmerten in tiefen dunklen Höhlen, aber endlich sah ich hinter diesem elenden Rest eines Menschen, der nur mehr dreiunddreißig Kilo wog, wieder die frühere Frau, die nie gezögert hatte, Schwierigkeiten auf sich zu nehmen. Das ist das Ende, dachte ich, das ist nicht sie. Wer war sie wirklich? Wann war sie wirklich sie gewesen? Mit zwanzig, dreißig, vierzig, fünfzig? Nein, nein, es gab da etwas, das mehr war als Altersangaben. Die Mutter, ja, meinetwegen ja. Trotzdem muß doch da etwas sein, das einen Menschen ausmacht, nicht nur in den Augen des Sohnes. Eine Idee dieses Menschen. Und sie wird nicht sichtbar werden in seinem fünften oder siebzigsten Jahr. Wenn sie morgen sterben sollte, wie werde ich sie in Erinnerung behalten? In ihren Taten, in ihren Worten. Und das Bild dazu? Ich weiß es nicht. Max könnte vielleicht helfen, er würde viele Bilder aus den Jahrzehnten übereinander kopieren, dann entstünde photographisch, was ich die Idee eines Menschen nenne. Stimmt das? Ist es möglich? Ich kenne doch die Bilder. Die lebenslustige junge Frau, die mich als Säugling auf dem Arm hält, die abgehärmte, als Vater in Rußland an der Front steht, die Siegerin über das Schicksal nach seiner Rückkehr, die ausgeglichen Zufriedene bei meiner Ernennung zum Chefredakteur. Dasselbe Gesicht? Gewiß nicht, aber was sehen wir mit unseren Augen? Nur Gleichnisse.

Dann saß ich meinem Vater im sogenannten Herrenzimmer gegenüber. Rundum Bücher, vom Fußboden bis zur

Decke, nur Fenster und Tür war ausgespart und ein halber Meter über dem Schreibtisch. Dort hing das Bild meiner Großeltern.

„Sie muß wieder ins Spital", sagte er.

„Schmerzen?"

„Nein. Die gibt es nicht bei dieser verfluchten Krankheit, nicht einmal am Schluß. Es geht um die künstliche Ernährung. Und ich hoffe auf einen mitleidigen Arzt, der ihr eine etwas größere Dosis Morphium schenkt."

Wir schwiegen eine Weile, dann seufzte er und zuckte mit den Schultern. „Das unvermeidliche Ende. Nur im Kitsch ist es schön. Ich habe das immer gewußt. Jetzt spüre ich es. Sie geht. Ich werde gehen. Naturgesetz. Das Böse, das Schreckliche, das Unerträgliche: Auch ihr geht, unsere ganze Welt liegt im Sterben. Die Kette reißt. Ihr Jungen lebt immer noch weiter, als wäre nichts geschehen; merkt nicht, daß alles rund um uns schon zu faulen begonnen hat oder in tödlichem Fieber taumelt. Ein Mensch ohne Glauben ist kein Mensch, und der Glaube ist tot, in der Religion, in der Politik, in der Wissenschaft, in der Kunst, im täglichen Leben. Geld allein ist der Maßstab."

Ich dachte daran, daß mich der Arzt gewarnt hatte, Vater nicht zu widersprechen. „Siehst du nicht ein wenig zu schwarz?" fragte ich vorsichtig. „Wenn ich mir so die Geschichte anschaue, war es doch niemals anders."

„Warum hat man dann Kathedralen gebaut?"

„Um damit anzugeben."

„Und womit geben wir an? Mit Kathedralen? Nein. Mit Hochhäusern für Versicherungen, Autobahnen und Wohnsilos. Die Architektur ist das augenfällige Symptom unserer Entwicklung. Vergleiche sie mit Domen, Fachwerkhäusern, Bauernhöfen, und wenn du nicht ganz verblendet bist, wirst du mir recht geben müssen. Nimm meinetwegen China, Ägypten oder Griechenland. Nimm irgendeine Burg, nur zum Zweck der Verteidigung gebaut, und was für eine künstlerische Kraft, sogar noch in der Ruine. Nein, nein, mein Lieber, das Feuer ist erloschen, der Weg verschüttet, das Ziel hinter der Qualle Comfort verschwunden. Ich bin losgesegelt mit festen Werten und laufe in einen verschlammten Hafen ein. Die Literatur war ein Heiligtum für mich, ein riesiger Tempel mit tausenden Stufen zur Spitze, und jede Stufe war ebenso Heiligtum, von den Griechen bis in unsere Tage, jede gleich achtbar, denn was könnte gelingen ohne Homer? Ortega hat von der Entmenschlichung der Kunst gesprochen; ich lasse es hingehen, aber angeblich hat Gott den Menschen nach seinem Ebenbild geschaffen, könnte ja auch sein, der Mensch hat Gott nach seinem Ebenbild geschaffen, freilich den Menschen in seiner Vollendung. Zu ihm sollen wir streben, dieser von uns nach unserem Ebenbild geschaffene Gott ist unser Ziel, und ohne dieses Ziel ist alle Religion und alle Kunst bloß Artistik . . . Du sagst, der Mensch hat immer nach Besitz gestrebt. Richtig. Aber immer standen früher Religion und Kunst daneben. Was hat er heute? Vergnügungen und Freizeitplanung. Und meine geliebte Literatur unterscheidet sich in nichts mehr vom Profi-Boxen: Beide bringen nur noch schmutzigen Lorbeer."

Ich hatte diese Diagnose schon mehrere Male gehört, gab die nächste halbe Stunde brauchbare Stichworte, verabschiedete mich und verließ aufatmend die Wohnung.

10

Schon am Gartentor erwachte wieder die Liebe zu den Eltern, und ich machte mir Vorwürfe, nicht länger geblieben zu sein. Offenbar liebte ich sie einzig der Vergangenheit wegen. Lichtenbergs Satz fiel mir ein, daß wir nicht etwa einen Menschen lieben, sondern lediglich die eigenen angenehmen Gefühle, die er uns bereitet; demnach würde ich also bloß in der Erinnerung des mir Angenehmen schwelgen, während ich die unangenehme Gegenwart ablehnte. Die Menschen spielen dabei gar nicht mit, und Pietät oder Treue würden nur bewiesen, um die Unannehmlichkeiten eines schlechten Gewissens zu vermeiden. Zum Teufel mit Lichtenberg, wenn sich der Mensch natürlich benimmt, ist er kaum zu ertragen, und für die Mitmenschen sind Pietät oder Treue aus Gewissensangst immer noch besser als Gleichgültigkeit oder Untreue. Laß Moral ruhig anerzogen sein. Wir brauchen sie.

Was würde der Physiker und Rationalist Lichtenberg zu meinem Erlebnis mit der Sotnie sagen? In seiner Zeit gab es noch keinen C. G. Jung, aber wahrscheinlich hätte er zum Besuch eines Arztes geraten. Ich war derselben Meinung, rief darum einen befreundeten Psychiater an, wurde eine Stunde später von ihm durch eine Hintertür in sein Ordinationszimmer eingelassen (im Warteraum saßen noch fünf Patienten) und erzählte ihm, was mir im Tagtraum und mit der Uhr widerfahren war. Nach den in der Neurologie üblichen Tests erklärte er mir, daß er nichts finden könne und meine Eindrücke vom Nachmittag nicht etwa auf ein psychisches Leiden, sondern wahrscheinlich auf Überarbeitung zurückzuführen seien.

Überarbeitet war ich keineswegs, aber die sonstigen Umstände konnten sehr wohl die Ursache einer gewissen Labilität sein, also ging ich getröstet in die Schiefe Laterne, aß ein köstliches Gulyas mit einem Gebäck, das den früheren Bosniaken sehr nahe kam, und holte eben meine Brieftasche hervor, als sich jemand neben mich setzte und mich mit dem Ellenbogen anstieß. „Bitte gehorsamst an Bord kommen zu dürfen", sagte meine Triesterin, grinste mich freundlich an, bestellte bei dem Kellner, der meinen Geldschein entgegennahm, ihr Krügel und fügte einige slowenische Worte hinzu. Der Kellner lachte schallend, die alte Dame lachte schallend und wandte sich wieder mir zu.

„Blödsinn", erklärte sie. „Spaß. Heitere Trottolosis. Lebt sich leichter damit. Der Kleine kommt von Adelsberg, direkt neben Triest, heute heißt es Postojna, über fünfhundert Jahre bei Österreich, nie was von den Grotten gehört? Dortenhaust der Olm, wie der Aarnoch auf dem Dachstein. Sie schauen düster drein. Sind Sie krank? Ich vermisse Sie auf meinem Schirm."

„Eben komme ich vom Arzt und bin nicht krank. Im Fernsehen hat man mich vorläufig auf ein Stockgleis geschoben, Sie werden sich also einige Zeit mit meinem Kollegen Petrovich abfinden müssen."

Sie nickte mehrere Male. „Ich verstehe. Alles in bester Ordnung. Ich bleibe bei düster."

„Vielleicht bin ich kein Typ für heitere Trottolosis. So etwas ist angeboren."

„Falsch. Es gehört zum Studium der Österreicherei. Sie wissen ja: Als Österreicher wird man nicht geboren, das muß man lernen."

„Dann bin ich wahrscheinlich in diesem Gegenstand durchgefallen. Übrigens, gnädige Frau: Sie kennen mich. Wer sind Sie? Großvater Admiral, das klingt doch interessant. Erlösen Sie mich von meiner Neugier."

Der Kellner brachte ihr Bier. „Pardon. Den Schaum darf man nicht zusammenfallen lassen." Sie trank, strich mit dem Handrücken über den Mund und lachte. „Wer ich bin? Die Namen? Schwierig. Mit mir lebt sich's gefährlich, ich habe vier Männer ins Grab gebracht. Der erste im ersten Krieg gefallen, der dritte im zweiten, der dazwischen hat sich in der Krise umgebracht, nur der vierte ist ganz normal an Krebs gestorben. Ich bin also unter fünf Flaggen gefahren. Wollen Sie alle fünf oder nur die letzte, unter der ich im Telephonbuch stehe?"

„Die erste und die letzte."

„Spohr mit h und Reininger mit ei. In meiner Jugend hat man mich immer zuerst nach dem Vornamen gefragt."

„Pardon. Ich frage nach dem Vornamen."

„Da habe ich wieder fünf. Catharina Barbara Josefine Beatrix Antonia. Gerufen werde ich Dutzi. Sie dürfen Dutzi zu mir sagen, weil Sie der Greith sind. Ich mag Sie, und vierundachtzig ist nicht ansteckend. Warum düster? Das Stockgleis."

„Zum Teil."

„Kinder?"

„Zum Teil."

„Späte Liebe?"

„Nein."

„Frau im Wechsel?"

„Ich weiß nicht, gnädige Frau, ob wir da . . ."

„Tatatatah! Tun Sie sich nichts an, wir sind ordnungsgemäß vorgestellt, ich bin freundlich, ich nehme Anteil, wenn ich mich ein wenig beeilt hätte, könnte ich Ihre Großmutter sein, und glauben Sie ja nicht, daß ich Ihnen einen Rat gebe, das habe ich mir seit sechzig Jahren abgewöhnt. Das Komische ist nur, daß die Gründe für Düsterkeit so wenige sind. Beruf, Krankheit, Schulden, Liebe, Kinder und Sexualität. — Das wärs für heute. Nur noch eins, lieber Freund, bevor ich Sie Ihrer Malaise überlasse. Für mich sind Sie ein hervorragender Kommentator. Gesetzt den Fall, Sie würden morgen sterben, und in irgendeinem Lexikon sollte stehen, was Sie waren — geben Sie sich mit Kommentator zufrieden? Oder wären Sie lieber etwas anderes?"

Ich lachte. „Ich gäbe mich zufrieden."

„Dann sollten Sie nicht düster sein. Ich hätte immer gern an der Burg die Lady Macbeth gespielt, aber schon mit zwanzig sind mir bei unseren Liebhaberaufführungen nur die komischen Alten zugeschanzt worde. — Sie haben gezahlt, ich halte Sie nicht auf, schauen Sie, daß Sie aufs Hauptgleis zurückverschoben werden, und tun Sie dort was für die Dutzi. Tschau, Commendatore."

Gnädig verabschiedet fuhr ich nach Hause, rief den Anwalt an und erkundigte mich nach den Mietern im Apostelhof. Der Anwalt ließ sich den Akt bringen und belehrte mich, daß Max im März 1979 aus unbekannten Gründen der Prinzessin einen dreijährigen Vertrag eingeräumt habe, mein Schatten wahrscheinlich die Baronin Rodakowski sei, die als Untermieterin kein Problem bedeute, und er außer diesen beiden keine anderen Bestandnehmer feststellen könne. Da jedermann wisse, daß die Prinzessin den Hof erwerben wolle, stünden also einem Verkauf keine Hindernisse entgegen.

Ich bedankte mich und beschloß, ein wenig zu wohnen, Helga im Spital, Christoph mit irgendwelchen Pistolenfreunden unterwegs. Nichts störte meine Ruhe, ich ging durch die Zimmer, knipste alle Lichter an, genoß die Stille, das Alleinsein, das herrliche Gefühl, auf niemanden Rücksicht nehmen zu müssen, öffnete Schränke, rückte Bilder gerade, verschob Teppiche, schlug mit der Faust auf den Frühstückstisch, stand eine Weile in der Küche, trat meine Schuhe los, schleuderte sie von mir, erbeutete aus dem Eisschrank eine Dose Hummer und eine Flasche Sekt, wanderte in Socken weiter, pfiff in der Toilette eine Operettenarie, stellte in meinem Zimmer den zweiten Fauteuil so nahe an den meinen, daß ich die Füße darauflegen konnte, und machte mich an ein Buch, das ich schon seit langem lesen wollte, wozu ich aber wegen seines Mangels an Aktualität nie gekommen war. Es ging um die Kämpfe der jungen Sowjetunion in den Jahren 17 bis 21, und ich dachte an nichts Böses, bis ich auf das Wort Sotnie stieß.

Nun, Sotnie nannte man ursprünglich eine Hundertschaft von Kosaken, später entsprach ihre Stärke ungefähr unserer Schwadron. Mit einer Patrouille von zehn Mann eine Sotnie frontal anzugreifen, war natürlich militärisch ein Wahnsinn, und genau das hatte schließlich auch der Oberst . . .

Ich wartete nicht ab, bis meine Uhr wieder rückwärts lief, sondern schüttelte sofort mehrmals den Kopf. Das Mittel wirkte wie am Nachmittag, der Oberst wurde nicht mehr zum Kadetten, übrig blieb lediglich das Wort Sotnie, das mich nicht freigeben wollte. Sotnie und Ulanen. Nie hatte ich mit Pferden zu tun gehabt, sie waren mir fremd wie Kühe, Tapire oder Känguruhs. in einem Museum hatte ich einmal eine Lanze gesehen: Scheußlich, wenn man bedenkt, daß damit Menschen durchbohrt werden sollten. Auch Säbel sind ja bloß lange Messer zum Kopfabschlagen, scheußlich, kein Vergleich mit unseren Atomraketen, die jeder Techniker durch Knopfdruck auf ihre Bahn schicken kann, ohne seinen weißen Mantel mit Blut zu bespritzen. Wir sind sensibel geworden. Kein Blick ins brechende Auge des waidwunden Tieres, das wir nachher auffressen; kein unter der Wucht des Streitkolbens zu Brei gequetschter Schädel — bezahlte Idioten leisten drekkige Arbeit, wir bleiben sauber. Ich schreibe und spreche Kommentare, dasselbe tun hunderte Kollegen auf der ganzen Welt. Wenn man uns anweist oder bloß nicht behindert, könnten wir an der Entfachung kleiner Weltkriege mithelfen, aber mit dem Rittmeister der Ulanen, der ein paar Menschen brutal umbringt, um schließlich selbst mit einem Säbelhieb auf sein Feld der Ehre geworfen zu werden, mit dem haben wir nichts gemein. Er gehört zu den Neandertalern, wir ins Jahrhundert der Humanität; er ist dumm, wir sind gescheit; er mordet, wir fungieren; sein Geschäft ist primitive Balgerei, unseres Perfektion des Zusammenwirkens aller Kräfte mit dem Ziel einer Zukunft in Friede und Glück.

Längst hatte ich das Buch weggelegt, jetzt stand ich auf und trat an meine Maschinen. Ja, ja, ich besaß sie ebenso wie mein Sohn: Den Plattenspieler, den Verstärker, die beiden Lautsprecher in den Zimmerecken, nur die Musik war ein wenig anders, denn ich hatte Bachs Orchestersuiten gewählt, und während ich den ersten Takten lauschte, packte mich plötzlich die Wut über mein Zeitalter der Quantität, der Auflösung aller Werte, der Gleichschaltung auf niedrigster Ebene. Warum sollten wir zurückstehen? Wenn die Urwaldtrommler ihre Impotenz hinter Krawall versteckten, vielleicht durften dann auch wir die Klangstärke benützen, um die Macht der Harmonie zu spüren! Ich drehte an den Knöpfen, der ganze Raum bebte, einmal schwang meine eigene Wohnung nicht in den Betäubungsrhythmen des Kommerz.

Ach, Vater, du Armer.

Ich drehte leiser. Bach brauchte den Lärm nicht.

11

Gegen Morgen träumte ich von einer Wiese mit vierblättrigem Klee, in dem ich fünfblättrigen suchen sollte, um neun stand ich auf, duschte, rasierte mich, fuhr ins Funkhaus und ließ mir von Frau Schmiedel mein Frühstück aus der Kantine holen. Nach zwei Stunden hatte ich aus dem zu mir gelangten Material die Zusammenfassung gewonnen, diktierte sie in die Maschine, rief im Spital an und erfuhr von Helga, daß sie Sandra zuliebe noch eine Weile bleiben und dann nach Hause kommen werde. Mitten im Satz legte sie auf. Ich wartete ein wenig, aber sie rief nicht zurück, und auch sonst versuchte mich niemand zu erreichen, als könnte ich sogar durch das Telephon meine gesellschaftliche Lepra übertragen. Jeder wußte ja: Die Partei war mir gram. Das entschied, ich starrte aus dem Fenster, nebenan pflegte Frau Schmiedel ihr Haar, um zwei holte ich aus der Anwaltskanzlei Papiere und Schlüssel und fuhr nach Mödling.

Wieder war es sommerlich heiß, und wahrscheinlich würde mein Ersatz-Hermes mit seinem englischen Stahlhelm und den Taubenflügeln den Park durchstreifen, diesmal aber brauchte ich nicht zu läuten, ich hatte ja meinen Schlüssel, der nicht nur das Gittertor des „Prospekts", sondern auch Maxens Wohnung im ersten Stock des Herrenhauses öffnete. Ich kannte sie, kannte sie seit meiner Kindheit, denn mit Peter Klein, dessen Vater das Haus früher einmal gehört hatte, war ich in dieselbe Klasse der Volksschule gegangen; nach unserer Eingliederung ins Großdeutsche Reich wanderten die Kleins nach Amerika aus, ein Major aus Westfalen wurde eingewiesen, und auch mit seinem Sohn war ich befreundet, spielte oft mit ihm im Park, ein Pförtchen in der Mauer aber war mir weder damals noch später aufgefallen. Goethe hat angeblich sein Pförtchen nie wiedergefunden; ich nahm mir vor, mich nach meinem Besuch von der Existenz des meinen zu überzeugen.

Kaum hatte ich diesen Entschluß gefaßt, meldete sich meine Vernunft: Wozu sollte ich mich überzeugen, wenn ich doch erst gestern durch dieses läppische Loch in der Mauer hier eingedrungen war? Der Anwalt hatte die Realität von Prinzessin und Schatten bestätigt, auch Hermes mußte darum real sein und mit ihm meine Ankunft im Apostelhof. Ein Tagtraum war genug, der Zweifel an der Objektivität meiner Wahrnehmungen konnte meinem offenbar aus dem Gleichgewicht geratenen Seelenleben nur schaden. Kühl bleiben, Gefühlsregungen unterdrücken.

Man öffnet die Tür, betritt den Vorraum, geht von dort weiter ins Wohnzimmer. Drüben ist die Schlafstube und rechts gelangt man in den Saal, wo Beethoven gespielt haben soll. Nichts Geheimnisvolles, viele rechte Winkel, kostbares Klebeparkett in mehreren natürlichen Holzfarben, riesiger Glaslüster, auf der einen Längsseite vier Fenster mit Wolkenvorhängen, auf der anderen die zehn Kästen mit hundert Laden, in denen Maxens Negative gespeichert sind, gegenüber Beethovens Flügel und dahinter der

Gobelin. Wie er in den Apostelhof gekommen ist, weiß niemand, aber in dem Brief, der Beethovens Konzert erwähnt, wird auch von dem Gobelin gesprochen, und ich habe ihn als Kind selbst gesehen. Beim Einmarsch der Deutschen im Jahre 1938 war er verschwunden. Obwohl manche behaupteten, daß ihn der Schuhfabrikant Stephan Klein nach Amerika mitgenommen haben sollte, lehnten offizielle Stellen diese Vermutung ab, weil man einen zwanzig Quadratmeter großen Gobelin nicht durch die Kontrollen schwindeln kann wie einen Diamanten. Der Major aus Westfalen durchsuchte das ganze Haus und fand nichts, als aber Max zehn Jahre später den Hof übernahm, entdeckte er den Gobelin, säuberlich zusammengerollt und keinesfalls versteckt, auf dem Dachboden. Wieder stellten sich die Mödlinger mit Vermutungen ein und versicherten nun, daß Klein das Prunkstück aus dem achtzehnten Jahrhundert meinen Eltern zu treuen Händen anvertraut habe. Ich weiß nichts davon, und mein Vater stritt jede Teilnahme an einem solchen Mandat ab. Stephan Klein schrieb aus Amerika, daß er 1938 für die ganze Liegenschaft einen durchaus angemessenen Preis erhalten habe und keine Rückstellungsansprüche erhebe; was den Gobelin anlange, sei er schon am Abend vor dem Einmarsch der Deutschen von Leuten mit Hakenkreuzarmbinden abgeholt worden. Wären die Russen, die ja in Mödling saßen, von Kleins Schreiben unterrichtet worden, hätten sie gewiß den Gobelin als deutsches Eigentum für sich in Anspruch genommen, aber niemand erzählte ihnen davon, Max behielt den Gobelin, hängte ihn an den angestammten Platz und hatte viel Freude an ihm, für die ich als junger Mann nur wenig Verständnis aufbringen konnte. Offensichtlich hatte der Künstler versucht, das ganze Leben, wie er es auffaßte, in seinen Entwurf aufzunehmen, und es übersteigt auch heute noch meine Kraft der Beschreibung, alles aufzuzählen, was da in verblaßtem Braun und Grün durcheinander wogte: Einzug eines Königs, Adelige, Kaufleute, Priester, Handwerker, Soldaten, Bauern, Hunde, Katzen, Pferde, Kühe, Schafe, Geflügel, irgendwo im Hintergrund sogar ein Dreimaster, auf dessen Rahen winzige Matrosen die Segel refften. In der Mitte sitzt Dürers Melancholie, umgeben von ihren Symbolen, und der große Stein mit seinen Fünfecken hat mich noch als Zwanzigjährigen dazu verführt, die Konstruktion eines Körpers aus fünf regelmäßigen Fünfecken zu wagen, bis ich endlich einsah, daß es einen solchen Körper nicht geben kann. Warum hatte Dürer ihn gezeichnet, sich nicht mit dem magischen Drudenfuß begnügt, sondern das Unmögliche überzeugend als möglich dargestellt?

Wieder mahnte mich die Vernunft: Selbst wenn eine Rückkehr ins magische Zeitalter denkbar wäre, müßte sie zum Untergang der gesamten Menschheit führen, weil unsere Technologie nur rational in ihren Schranken gehalten werden kann. Verwenden wir Gefühl für Beethoven, von dem keine Gefahr droht. Dort stand der Flügel, ich trat auf ihn zu, betrachtete ihn eine Weile voll Ehrfurcht, öffnete dann den Deckel der Tastatur und schlug einen Ton an. Der Ton kam. Auch der zweite. Es reizte mich, etwas zu spielen, aber ich war seit dreißig Jahren nicht mehr an einem Klavier gesessen. Was mir einfiel, stammte von Lehar oder Porter, mit deren Melodien man das Instrument nicht entheiligen durfte. Der Anfang der Schicksalssymphonie bot sich an, sehr einfach für einen Finger. Die zweite Folge der vier Töne ergab einen Mißklang. Vielleicht lag etwas auf den Saiten. Ich forschte nicht danach, denn ich merkte plötzlich, daß während meiner stümperhaften Versuche jemand in den Saal gekommen sein mußte und nun hinter mir stand.

Ich wandte mich um.

Da diese Frau in meinem Bekenntnis so wichtig ist wie der Gobelin, sollte ich sie beschreiben, was aber ist getan mit Alter, Körpergröße, Haarfarbe und Kleidung? Sagen wir so: Sie war das Ergebnis einer seit Jahrhunderten entwickelten Erziehungsweise, das zeigte sich in der Haltung, im ruhigen Blick, in ihrer selbstverständlichen Freundlichkeit, die immer den richtigen Abstand bewahrte; sie war eine jener Frauen, deren Befehle nie als Befehle aufgefaßt und ohne Groll ausgeführt werden; ganz Frau, aber kein Begattung begehrendes Weibchen unserer Tage; klug, aber nicht rechthaberisch; sicher in allen Umgangsformen, ohne diese von anderen zu verlangen. Schön? Nein, das nicht. Was aber ist schön? Eine Frau mag schön genannt und sexuell begehrt werden, einer anderen spricht man die Schönheit ab und trotzdem wird sie geliebt mit einer Stärke des Gefühls, die der ersten immer fremd bleiben wird. Ich glaube, daß wir Männer nur sehr wenige Frauen lieben, aber sehr viele begehren können, und daß wir darum die Liebe vergöttern und das Begehren gering schätzen. Bei empfindsamen Naturen führt das oft so weit, daß sie ihre Liebe durch das Begehren zu entwürdigen vermeinen, bei der körperlichen Erfüllung dieser Liebe mit großen Schwierigkeiten zu kämpfen haben und manchmal sogar auf die Erfüllung verzichten, weil sie die Liebe nicht zerstören wollen. Immerhin erlaubt ja der berühmte Satz „inter faeces et urinam nascimur“ auch die Umformung „inter faeces et urinam procreamur“.

Reden wir nun meinetwegen doch vom Äußeren. Meine Fremde hatte blaue Augen, dunkelblondes Haar, trug einen grauen Rock und eine weiße Bluse, und war der Typ von Frau, den man entweder übersieht oder liebt.

„Meine Tante ist ein wenig konfus und wurde überdies unterbrochen“, sagte sie. „Wir besorgen, daß Frau Spindler die Schwingung des Hauses den Schwingungen der jetzigen Zeit anpassen wird und wir dadurch unsere Bleibe verlieren. Selbstverständlich können wir etwas anderes finden, aber man gibt ungern auf, was Sicherheit, Gleichklang und Geborgenheit schenkt. Wir haben Ihren Onkel gekannt. Zeit vergißt; in seinem Alter hat er wenig verdient und dieser Frau Spindler den Mietvertrag gegeben. Jetzt besteht die Gefahr, daß ein Kaufvertrag daraus wird. In diesem Fall müßten wir uns wahrscheinlich nach einer neuen Heimstatt umsehen."

„Sie wohnen hier im Hof?"

„Nein. Wir sind nur Gäste der Baronin. Es war so schön hier, Ihr Onkel so verständnisvoll. Behalten Sie das Haus. Verkaufen Sie es nicht. Wir würden Ihnen helfen."

„Wie?"

„Indem wir bleiben."

Diese Antwort konnte mich kaum befriedigen. Ich zuckte mit den Schultern, blickte um mich, und da ich keinen Stuhl fand, bot ich der Fremden das Bänkchen am Klavier an. „Setzen Sie sich. Ich glaube nicht, daß ich die Erhaltung des Hofs tragen kann. Die Stadt hofft auf eine Sanierung der Gebäude. Meinen Onkel hat eine gewisse Pietät geschützt. Bei mir gilt das nicht mehr. Jeder erwartet, daß ich verkaufe, weil das für alle Beteiligten Gewinn bringt: mir das Geld, der Prinzessin den Hof und der Stadt die Sanierung."

„Sanieren hieße gesund machen. Sie tötet und gestattet huldreich die Balsamierung. Die Fassade wird bleiben, dahinter Technik und Luxus ohne Seele. Wenn man heute vergleicht, dann immer ganz unten. Es ist richtig, daß der Arbeiter im vorigen Jahrhundert schlechter gewohnt hat als in unserer Zeit. Was aber ist mit den Palästen? Dafür reist unser Arbeiter tausende Kilometer, um die alten zu bestaunen: in Versailles, an der Loire, in Italien, Spanien, Portugal, England und sogar in der Sowjetunion. Warum wohl, wenn das so falsch war? Heutzutage gibt es kein einziges Bauwerk, und wenn es Milliarden gekostet hätte, das sich mit einem früheren Palast messen könnte, obwohl wir verschwenden wie nie zuvor. Was dürfen wir bei einem kleinen zauberhaften Haus wie diesem erwarten, wenn der Pöbel seine Hand daran legen darf? Mord, unverzeihlichen Mord. Nehmen wir einmal an, da steht ein Mädchen an einer Auffahrt der Autobahn, bietet sich an, wird mitgenommen, vergewaltigt und umgebracht. Alle Journalisten heulen auf, obwohl genau das geschehen ist, was die Person herausgefordert hat. Man kann solche Wesen nicht schützen, denn Sumpfblüten hat es immer gegeben, und Männer sind Männer, also tödlich, das ist ihre Bestimmung. Ich weiß, was ich sage, ich kenne sie, und darum stellt man sich nicht neben die Autobahn. Gesetze helfen da nicht — heute weniger als früher. Was Sie schützen können, ist das Haus. Und darum möchte ich Sie bitten."

Der Vergleich gefiel mir nicht. „Gehen Sie nicht etwas zu weit?"

„Nein", antwortete sie sofort. „Ich durchschaue bloß die Heuchelei der sogenannten Humanität. Die Grausamkeit der Menschen hat sich nicht etwa verringert, sondern gesteigert. Erschüttert sitzt der Zeitgenosse vor seinem Fernsehschirm und knabbert Erdnüsse. 3700 Tote bei einem Militärputsch in Südamerika bleiben für ihn Ziffern, und wenn er am nächsten Tag erfährt, daß es 3750 waren, findet er eine solche Berichtigung überflüssig, bei der Nachricht von der Ermordung des Autobahnmädchens hingegen überrieseln ihn lüsterne Schauer. Wir können das alles nicht ändern; sollten Sie aber die Möglichkeit haben, den Tod des Mädchens zu verhindern, dann würden Sie gewiß nicht zögern. Hier soll ein Haus ermordet werden, das wesentlich mehr Seele besitzt. Wollen Sie wirklich dabei zusehen?"

In vielem hatte sie ja recht. Trotzdem schienen mir ihre Ansichten zu weit entfernt von den Gegebenheiten der Wirklichkeit. „Ich habe ja nicht gesagt, daß ich Ihnen nicht helfen will. Leider gibt es so etwas wie Geld."

„Und Geld regiert die Welt?"

„Ja."

„Welche?"

„Unsere."

„Meine nicht."

„Wer regiert in der Ihren?"

„Die Idee."

„Das ist mir zu vage. Wenn Sie Geld verlangen, müssen Sie Geld oder die Aussicht auf Geld bieten."

Sie lachte und stand auf. „Gut. Ich gebe mich geschlagen. Sie sind ein Kind Ihrer Zeit." Eine Weile sah sie mich nachdenklich an, und es fiel mir schwer, mich gegen ihre Persönlichkeit abzuschirmen. Als es unerträglich wurde, wandte ich den Blick ab. Sie seufzte. „Ich bin nicht sicher. Da ist mehr. Erlauben Sie mir noch einen Versuch. Ich verlange kein Geld und kriege auch keins. Ich möchte, daß Sie uns kennenlernen. Wir treffen einander täglich um zwölf hier vor dem Gobelin. Nicht Mitternacht, sondern Hochmittag. Kommen Sie, wann Ihnen Ihr Zeitplan das gestattet."

„Hochmittag? Hier? In einer fremden Wohnung? Wie kommen Sie herein?"

„Max hat uns den Schlüssel gegeben."

„Max ist tot. Die Wohnung gehört mir."

„Das macht nichts. Sie werden uns den Schlüssel lassen."

Die blauen Augen fingen mich ein. Ich dachte an Ulanen und Sotnien.

„Auf Wiedersehen. Morgen oder übermorgen."

Ich war allein.

12

Als ich die Treppe hinunterstieg, stand unten mein Hermes, diesmal in einem gut geschnittenen Anzug, mit weißem Hemd und Krawatte. Da er den Weg verstellte, vermutete ich einen neuerlichen Angriff, aber er winkte sofort ab, zog mich beiseite und stellte sich vor als Moritz Morawetz, Student der Archäologie.

„Bitte entschuldigen Sie mein gestriges Benehmen, ich hatte keine Wahl, die Hermes-Parodie ist mein Job, ich finanziere damit mein Studium. Natürlich ist das Prostitution, aber wer prostituiert sich eigentlich heute nicht?"

„Ich habe es versucht."

„Und sind weg vom Fenster. — Schauen Sie, ich habe es ein wenig schwerer als andere: Vater Bauarbeiter, Mutter in einer Hemdenfabrik, seit meinem fünften Jahr geschieden, aufgewachsen bei der Großmutter, Witwe nach einem Eisenbahner. Keine Herkunft, keine Anleitung, keine Beziehung, und ausgerechnet ich interessiere mich nicht für die edlen Römer oder die romantischen Kelten, sondern für die blöden Bajuwaren, das berühmte Loch zwischen dem Abzug der Römer und Karl dem Großen. Bajuwaren sind ordinär, meine Diss ist ordinär, die slawische Besiedelung immer noch ein heißes Eisen. Und genau in der Mischzone will ich graben, wenns nicht anders geht, allein. Ich muß unabhängig sein. Jedes Mittel ist mir recht dabei."

„Ich bin Ihnen nicht böse."

„Das ist fein. Weil Sie gestern gesagt haben, ich soll in die Hosen machen: okay, in Ordnung, meinetwegen auch das. Aber jetzt wissen Sie wenigstens warum. — Und noch eins, ganz unter uns. Mir kann es egal sein, ob Sie verkaufen oder nicht, nur glauben Sie ja nicht, daß die Ihnen das leicht machen wird, wenn Sie nicht wollen. Die war heute schon beim Bürgermeister, die rennt morgen dem Landeshauptmann die Tür ein, die geht bis zum Präsidenten, die redet alles nieder, und die meisten bewilligen ihr schnell, was sie verlangt, nur damit sie wieder draußen ist."

„Vielleicht verkaufe ich sowieso. Ich will mich bloß nicht drängen lassen."

Er überlegte kurz, schlug mich dann auf die Schulter. „Clever! Zappeln lassen, Preis hinauftreiben, am höchsten Punkt abschließen, und dann weg mit der Hyäne! Ich muß leider noch aushalten. Nach meinem Doktorat trommle ich ihr mit beiden Fäusten den Stahlhelm in die Perücke, spucke ihr ins Gesicht, trete sie gegen das Schienbein und seile mich ab. Nichts für ungut, Herr Doktor — und alle Härte beim Notar!"

Obwohl ich bisher noch nichts von dem angeblich berühmten Loch nach dem Abzug der Römer gehört hatte und auch nicht wußte, warum Bajuwaren ordinär sein sollten, wünschte ich ihm Glück und machte mich auf die Suche nach dem Schatten, der gestern aus dem Verwalterhaus gekommen war. Neben dem Treppenaufgang stand eine Türe offen, ich klopfte daran, hörte keine Antwort, trat ein und sah vor mir die schmutzigste Küche meines Lebens. Ungesäuberte Teller da und dort, mehrere Gläser mit abgestandenem Bier und ertrunkenen Wespen, angekrustete Pfannen auf dem Tisch; eine breite Zunge von erstarrtem gelbem Fettdampf auf der Mauer über dem Gasherd, wo eine Flamme brannte, aus dem Topf darüber aber stinkender Rauch aufstieg, weil das Wasser verkocht war und die Kartoffeln zu verkohlen begannen. Ich hustete, drehte das Gas ab, hustete weiter. Eine Tür wurde aufgestoßen, und da war mein Schatten, stürzte zum Herd, entdeckte nach einer langen Pause der Verblüffung, daß die Flamme nicht mehr brannte, überlegte einige Sekunden mit dem Blick zum Herd, wandte sich plötzlich um, ahnte meine Umrisse im blauen Rauch, kam näher, erkannte mich und erschrak sichtlich.

„Sie sind es! Wunderbar! Nein, wirklich wunderbar. Alles wird gut. Ich habe es ihnen gesagt. Dieser Herd ist von einer Bosheit, die man gar nicht beschreiben kann. Entweder gleich heiß oder erst nach Stunden, muß am Druck liegen, meint der Berger, ich glaube eher, er mag mich nicht,

Dinge haben auch ihre Sympathien und Antipathien. Sie verstehen, ich bin mitten in der Arbeit, alles ein wenig in Unordnung, kommen Sie in den Salon, wir trinken ein Glas Sherry und besprechen die Lage. Passen Sie auf, genau vor Ihnen, da ist mir ein wenig Palatschinkenteig auf den Boden getropft, daß Sie nicht hineinsteigen und ausrutschen. Nachher kann nichts mehr passieren. Ich gehe voraus." Sie stieß ein paar welke Salatblätter unter die Bank und führte mich in das Nebenzimmer.

Das war untadelig sauber und erzählte in jedem Winkel von Geschichte. Abgesehen von den echten Biedermeiermöbeln lagen da die unvermeidlichen Duellpistolen in ihrer samtgefütterten Kassette, stand da ein Samowar, hingen da an einer Wand die uralte weiche Tschapka mit Feder, darunter der krumme Säbel und das Bandelier mit Cartouche, prangte über einer Truhe das Porträt einer Dame, das nur Romako gemalt haben konnte, und standen in der Vitrine Porzellanfiguren aus Meißen und Wien. Am tiefsten berührte mich ein Betschemel und ein Bild der Schwarzen Madonna von Tschenstochau.

Der Schatten folgte meinen Blicken. „Ja, ja, schauen Sie nur, ich freue mich doch, wenn jemand versteht, was wir gerettet haben. Es ist wirklich ein Romako, die Großmutter von meinem Mann. Die Tschapka ist von seinem Urgroßvater, der mit seinen neu aufgestellten dreizehner Ulanen bei Custozza gekämpft hat. Und der Betschemel, darüber habe ich als Mädel gelacht, aber heute ist er mir ein echter Trost und Labe in der Wüste. Sie sind doch katholisch?"

„Ich war es. Ausgetreten, weil man mir eine Lochkarte geschickt hat und ich nicht mehr mit dem Pfarrkirchenrat, sondern mit einer Maschine zu tun hatte."

Sie zuckte zusammen, als hätte ich ihr einen Schlag versetzt, faßte sich bald wieder und lächelte gezwungen. „Naja, das ist es eben. Es geht um das Haus, die Scharlachrote, den dummen Hermes, und Sie sollen wissen, was das Haus bedeutet. Beethoven hat hier gespielt, so steht es in den Prospekten, sicher, schön, gut, es stimmt ja, aber wenn man durch Wien und seine Umgebung geht, gibt es kaum einen Ort, wo er nicht gespielt hat. Mir soll das recht sein, auf jeden Fall hat er sich seine Häuser ausgesucht, da ist keines, das keine Seele hätte."

„Gnädige Frau, ich habe vorhin mit Ihrer Nichte gesprochen."

Wieder erschrak sie. „Meine Nichte? — Ach, ja, die Gräfin Clerfayt, eine geborene Bobrowska, mein Cousin gehört zu den Bobrowski. Unser kleiner Kreis — haben Sie einmal darüber nachgedacht, warum man so selbstverständlich Kreis sagt? Kommt das vom Reigen oder vom runden Tisch, und weil an einem runden Tisch alle gleichen Rang haben, übrigens heißt es ja auch Zirkel, auf einmal nicht die Figur, sondern das Instrument, das bestimmt, wie groß der Kreis sein darf. Es ist schon sonderbar, wie einen die Wörter manchmal anstarren. — Ja, der Sherry." Sie blickte nach links, nach rechts, überlegte eine Weile, öffnete dann die Vitrine, musterte ihre Nippes und schüttelte den Kopf. „Kein Sherry. Ich habe zuviel versprochen. Zu Hause hatten wir immer Chartreuse und Kontuschowka. Ach, da sind sie ja!" Sie nahm zwei Gläser, schloß die Vitrine, stellte die Gläser auf den Tisch. „Kontuschowka aus. Steht nicht mehr im Duden, ich habe neulich nachgesehen. Vorbei. Aber der Sherry?"

„Bemühen Sie sich nicht, gnädige Frau. Ich muß ohnedies gleich wieder gehen, wollte nur etwas über Ihre Nichte und ihren Kreis erfahren."

Sie nickte. „Die kommen. Jeden Tag. Das Haus ist wichtig für sie, eigentlich für jeden, wer lebt schon im Freien, und da gibt es Wohnhäuser, Wirtshäuser, Kaffeehäuser, Freudenhäuser, Krankenhäuser — nur Fabrik, das wäre wohl Arbeitshaus und klingt nicht gut. Auf die Gotteshäuser habe ich vergessen. Jetzt fällt es mir ein!" Bevor ich noch antworten konnte, lief sie in die Küche, stolperte über die Schwelle, verschwand, und draußen klirrte Geschirr. Gleich darauf kam sie wieder mit einer nicht gerade sauberen Flasche, aus der sie die Gläser halb voll füllte.

„Setzen Sie sich doch! Habe ich Ihnen nicht Platz angeboten? Vater, verzeih mir. Kein Sherry, kein Kontuschowka, trotzdem von Herzen! Prost! Auf Cagliostro!"

Ich nippte bloß, weil mich mein Geruchsinn vor dem Getränk warnte, das vom Herzen kam. „Auf Cagliostro? Warum?"

„Warum?" Verstört sah sie mich an. „Ich weiß es nicht. Vater hat das immer gesagt. Er war ein schöner, ein gescheiter Mann, so was gibt es heute nicht mehr. Alles verspielt. Wirklich. Haus und Hof, so heißt es in den Märchen. Mein Gott, wie lange ist das her!"

„Sie leben allein hier?"

„Allein? O nein, meine Freunde . . ."

Sie schwieg und ich fragte weiter. „Ihre Freunde wohnen hier im Haus?"

„Nein, das nicht. Da drüben ist mein Schlafzimmer, ein Bett, nicht mehr. Kein Bad; Wasser und Clo auf dem Gang. Man wird bescheiden. Der erste Stock gehört dem Hermes. Die Scharlachrote hat ja alles, und genau darum geht es. Meine Nichte, sagen Sie? Meine Nichte? Sie haben mit ihr gesprochen? Sie gesehen?"

„Ja. Vor einer Viertelstunde. Wie war der Name? Clairfait?"

„Clerfayt." Sie buchstabierte. „Aus Belgien. In Wien kommen wir ja von überall her. Ich wundere mich, daß sie mit Ihnen geredet hat. Die weicht doch jedem aus. Unter welchem Tierkreiszeichen sind Sie geboren?"

Nach einer Pause antwortete ich ein wenig widerwillig: „Löwe."

„Stimmt genau! Kennen Sie Ihren Aszendenten?"

„Nein."

„Schade. Aber irgendetwas muß ganz besonders an Ihnen sein, wenn meine Nichte mit Ihnen gesprochen hat. Nicht einmal mit dem Hermes hat sie das getan, obwohl er fortgeschritten ist. Eine Schande, was die Scharlachrote mit ihm treibt. Eine Schande."

Ich gab auf, sagte Küßdiehand und ging.

13

Im nächsten Gasthaus bestellte ich mir ein Achtel reschen Weißwein, um den Fuselgeschmack von der Zunge zu spülen, und rief Frau Schmiedel an, ob in den höheren Stockwerken vielleicht Feuer ausgebrochen sei und man nach mir verlange. Sie verneinte höhnisch und wollte schon auflegen, als ihr plötzlich einfiel, daß mein Sohn dringend mit mir sprechen wolle und zum Abendessen daheim sein werde. Das gefiel mir gar nicht. Christoph wußte genau, daß es während Helgas Abwesenheit viel besser war, gemeinsam zum Heurigen zu gehen; wenn er unser Speisezimmer vorschlug, dann mußte das triftige Gründe haben und diese Gründe konnten kaum erfreulich sein. Am Südrand der Stadt parkte ich vor einem der Supermärkte, besorgte vier Steaks samt Zubehör und fuhr nach Hause. Nachdem ich die Steaks mit Gewürzen und Senf eingerollt hatte, setzte ich mich ans Telephon, erreichte Sandra in ihrer Ordination und erkundigte mich nach Helga. Der gehe es wider Erwarten gut; obwohl man natürlich die Befunde abwarten müsse, sehe es doch so aus, als ob sie organisch gesund sei, und was die seelische Verfassung anlange, habe die Kollegin auf Anhieb etwas entdeckt, von dem sie sich viel Erfolg verspreche, das aber könne in der Ordination und am Telephon nicht erklärt werden. Sandra werde irgendwann am Abend vorbeischauen.

Soweit so gut. Sechs Uhr.

Meine Bibliothek ist groß und besteht, kein Wunder bei meinem Beruf, zu einem großen Teil aus Nachschlagewerken. Ich begann mit dem letzten Meyer und der Britannica, nahm dann den Brockhaus von 1930, den Meyer von 1906, die Österreichische National-Encyclopädie von 1836, den Brockhaus von 1834 und schließlich Hübners Staats- und Zeitungs-Lexikon von 1781; wechselte zum Schematismus der österreichischen Armee von 1913 und 1856, ging über zu einem Bildband mit früheren Uniformen im allgemeinen und blätterte auch in drei weiteren über unser Heer von Maria Theresia bis zum Zusammenbruch nach dem Ersten Weltkrieg. Nachher wußte ich nicht viel mehr über die Ulanen als zuvor.

Während man heute sicher ist, daß das Wort aus dem Türkischen kommt und lediglich junger Mann bedeutet, leitet es Hübner von einem sagenhaften Oberst Ulaniez ab, nimmt tatarische Herkunft an, erzählt von der Geschicklichkeit mit der Lanze, kennt aber keine Tschapka, spricht von polnischer Miliz im Bereich Litauens und bezeichnet Ulanen als „Parteigänger"; was das ist, steht unter P: nichts anderes als Partisan. Spätere Werke belehren den Leser, daß die Ulanen nicht etwa Tataren waren, sondern gegen Tataren eingesetzt wurden, und die Preußen 1914 mit 19 Regimentern in den Krieg zogen; die 13 österreichischen Regimenter werden von Meyer und Brockhaus verschwiegen, ebenso unsere bloß über die linke Schulter gehängte Pelzjacke, denn unter Ulanka ist nur jene Bluse mit schrägen Knopfreihen zu verstehen, die durch den Baron Richthofen bekannt geworden ist. Sowohl in Preußen wie in Österreich bestand die Mannschaft aus Bauern, das Offizierscorps jedoch fast ausschließlich aus Aristokraten, die ein paar Söhne aus dem reichen Bürgertum unter sich duldeten: Die Ulanen waren feudal.

Immerhin entdeckte ich in einem der Bildbände meinen

Oberst Rodakowski, dargestellt während seiner Attacke bei Custozza, und fand ihn dann sogar als Rittmeister im Schematismus des Jahres 1856. Er war also echt und keine Halluzination wie der Angriff auf die Sotnie. Es beruhigte mich kaum. Wie einen die Wörter manchmal anstarren, hatte der Schatten gesagt. Ja, sie starrten mich an, die Wörter, und doch war ich mir ganz sicher, nichts mit ihnen gemein zu haben.

Punkt sieben läutete jemand an der Tür, und ich fragte mich, wer das sein könne, denn Christoph hatte ja seinen Schlüssel.

Es war Konrad, elegant wie immer, sogar mit einem Blumenstrauß für die Mutter.

Als er erfuhr, daß Helga im Krankenhaus und der Bruder irgendwo auf der Suche nach dem Abenteuer sei, schlug er ein Gasthaus oder einen Heurigen vor, nun aber hatte ich meine Steaks schon vorbereitet und erwartete überdies Sandra, also bat ich ihn in die Küche. Wir kochten gemeinsam, wir aßen gemeinsam, saßen nachher gemeinsam in meinem Zimmer bei einem freundlichen Cognac. Konrad begann zu reden.

Den Brief hätten wir erhalten, ein Hoch auf die Post, es muß nicht so sein, aber irgendwie sei der Brief überholt. Mit dem Chef, einem sturen Bock, könne man schwer auskommen, und diese Rückversetzung nach Österreich habe den Ausschlag gegeben, so brauche man sich nicht behandeln zu lassen, umso weniger, als dieser Beruf keine Aufstiegsmöglichkeiten biete und sich durch puren Zufall eine viel bessere Chance angeboten habe.

„Spar dir dein Grinsen, sie heißt Natascha, der Vater hat eine Hochseeyacht und einen eigenen Jet, sieht in mir den unvermeidlichen Schwiegersohn, und so bin ich heute nicht vielleicht aus Spanien, sondern aus München angeflogen. Sag, was du willst, ich bin ein Praktiker, er ist auch ein Praktiker und will mich für eine neue Idee, die ich ihm aufziehen soll. Hör zu. Wir sind stolz und glücklich mit unserer Fünftagewoche. Wenn aber am Freitag nachmittag das Gasrohr platzt, der Abfluß verstopft ist, die Geschirrspülmaschine versagt, die Sicherungen durchbrennen, der Rasenmäher streikt? Ärzte, Apotheker und Feuerwehr haben ihren Dienst, für Autos und Fernsehgeräte wird gesorgt, bei allem übrigen bist du aufgeschmissen, die Läden sind geschlossen und die Handwerker schwimmen, segeln oder fahren Ski. Uns fehlt ein breiteres Weekend-Service, sogar noch breiter als die Maschinenheilkunde, denn: Wie ist das, wenn sich plötzlich Gäste anmelden, die du nicht abweisen kannst, aber du hast nichts im Haus? Unsere Firma liefert dir alles, vom Essen und von den Getränken bis zum Tafelgeschirr, geschliffenen Gläsern, Silberbesteck, nicht tropfenden Kerzen in gediegenen Leuchtern, Blumen, Servietten, Putzfrau — und sollte es gewünscht werden, sind auch noch ein konservativer Barpianist, ein Protestsänger oder bereitwillige Hasen auf dem Programm. Du rufst an, und eine Stunde später sind wir da!"

Ich lächelte und schüttelte den Kopf. „Das klingt interessant, aber wieviel muß man da investieren?"

Er lächelte zurück. „Das macht Papa. Der Start ist teuer, vor allem die Werbung. Einmal eingeführt, klingelt es in der Kasse."

„Und der befürchtete Konjunkturrückgang?"

„Mein Gott, so etwas sagst ausgerechnet du? Damit drohen uns die Politiker seit bald fünfzehn Jahren, und was ist schließlich dabei herausgekommen? Höhere Steuern. Ja, ja, die Arbeitslosigkeit wird steigen, und heute schon machen im Jahr ein paar tausend Firmen die verdiente Pleite, aber andere werden gegründet. Was heißt schon Konjunktur? Daß die Unfähigen sich soviel leisten können wie früher nur die Tüchtigen. Ich habe keine Angst vor der Flaute. Da wird das Leben endlich wieder normal, da wird die Spreu vom Weizen getrennt, da wird gesiebt und gewogen! Vollbeschäftigung heißt doch notwendigerweise Beschäftigung der Idioten, der Faulen, der Uninteressierten, der Aufsässigen. Wenn es der Staat allen möglich macht, auf Urlaub in die Südsee zu fahren, dann fragt man sich, warum man sich plagen soll. Ich plage mich gern, aber ich will auch was haben dafür, ich will nicht mit Kreti und Pleti im selben Boot sitzen."

Aus familientaktischen Erwägungen zog ich es vor, zu dieser optimistischen Auffassung der erwarteten Flaute nicht Stellung zu nehmen. „Du hast also gekündigt?"

„Ich war so frei, und die blöde Floskel ist wörtlich gemeint. Ich mag nicht mehr das berühmte kleine Rädchen im großen Ganzen sein: gewerkschaftlich abgesichert und pensionsberechtigt, Leistung Nebensache, wer Ehrgeiz zeigt, ist verdächtig. Dazu die Parteien, die bei jeder wichtigeren Postenbesetzung das letzte Wort haben. Schau dich doch an, wie du da sitzt! Der berühmte Doktor Greith, jeder in Österreich kennt dich. Heute habe ich in eurer Intrigenfestung angerufen und erfahren, daß du nur irgendeiner auf Zimmer soundso bist. Feine Sache, nicht wahr? Ein paar zuverlässige Leute kommen mit genauem Auftrag zusammen und spielen ein bisserl Wahl. Am nächsten Tag bist du erledigt."

„Macht bleibt Macht, das war immer so und würde sich auch in einem von dir gewünschten System nicht ändern. Ein kleiner Unterschied freilich: Mich hat man nicht hinausgeworfen, und meine Bezüge sind die gleichen wie vorher."

„Man bezahlt dich also dafür, daß du schweigst?"

„Ist das nicht human? Im reinen Kapitalismus oder in einer Diktatur dürfte ich verrecken. — Lassen wir das. Du bist also jetzt in München. Warum kommst du nach Wien?"

Er lehnte sich zurück und wurde so unbefangen heiter, daß ich ahnte, wir würden nun auf das Wesentliche zu sprechen kommen. „Immer direkt, Vater, nicht wahr? Seit jeher deine Stärke. Mein Gott, ich muß den Laden hier aufbauen, hier in Wien, nicht in Baden, wo ich meine Wohnung habe. Soll ich jeden Tag hin und herfahren? Zeitverschwendung, Geldverschwendung, Energieverschwendung, und außerdem: solange ich im Badener Casino gearbeitet habe, war die Wohnung praktisch, heute ist sie sinnlos. Ich werde sie verkaufen. Eine neue in Wien? Ebenso sinnlos, wenn ich ja doch in absehbarer Zeit nach München zurück muß. Aber hier ist immer noch mein Zimmer. Ich wollte dich also bitten, ob ich in den nächsten Wochen bei dir wohnen könnte."

„Punkt eins: selbstverständlich. Punkt zwei: Warum quartiert dich dein Hochsee-Schwiegervater nicht in einem guten Hotel ein, wo du besser repräsentieren kannst?"

„Nein, nein und noch einmal nein!" Abwehrend hob er beide Arme. „Nur das nicht! Ich will kein Angestellter sein, ich bin Teilhaber und komme für meine Spesen selber auf!"

„Hast du dabei vielleicht eine Luxusvilla deines Vaters erwähnt?"

„Das nicht gerade. Nur angetönt. Angabe ist das halbe Leben."

„Ein Bibelspruch. Prost, Knabe. — Nur eins, so ganz unter uns. Dein Service setzt irgendwie den unfähigen Energieverschwender voraus. Ein bestimmtes Gewerbe ist freilich ziemlich krisenfest. Könnte es sein, daß ihr in der Flaute weniger Silberbesteck anliefert, aber desto mehr Hasen?"

14

Die Antwort wurde ihm durch die Türglocke erspart. Diesmal war es Sandra, die beiden begrüßten einander,

Konrad blieb noch eine Weile und entschuldigte sich dann, weil er in Baden noch einiges zu ordnen habe; im Lauf des nächsten Tages werde er seine Koffer bringen und das alte Zimmer beziehen. Ich gab ihm den Schlüssel, den er seinerzeit abgeliefert hatte, schlug ihm auf die Schulter und kehrte zurück in meine Bibliothek, wo Sandra in einem der Bildbände blätterte.

„Warum die kaiserliche Armee? Für das Maria-Theresien-Jahr ist das doch zu spät?"

„Es geht um die Ulanen."

„Ulanen? Was hast du mit Ulanen zu tun? Eine Auftragsarbeit?"

„Da wäre ich kaum der richtige Mann, also keine Auftragsarbeit. Ich habe auch nichts mit Ulanen zu tun, aber seit gestern verfolgen sie mich."

„Verfolgen?"

„Ja, ja, du weißt doch, was Zwänge sind. Einmal muß ich den ganzen Tag im Stillen immer wieder Miss Murgatroyd sagen, ein anderes Mal sind es vier Takte aus einer Operette. Was ist mit Helga?"

Sie erzählte, und leider erwies sich die großartige Idee ihrer Kollegin als nicht gerade originell. Man könnte einen Katalog aufstellen, was man heute angreifen soll und was niemals unrecht haben darf. Angreifen soll man die Familie im allgemeinen, die Eltern im besonderen, die Lehrer, die Handwerksmeister, die Chefs in der Wirtschaft, soweit die nicht verstaatlicht ist, und vor allem die Männer, vom Dorftrottel bis zum Bundespräsidenten. Niemals im Unrecht sind Kinder, Lehrlinge, Studenten, Arbeitnehmer, Homosexuelle, der Staat Israel und vor allem die Frauen, von der Prostituierten bis zur Hauptaktionärin eines multinationalen Konzerns. Die Kollegin hatte schon nach dem ersten Gespräch mit der Patientin eine geschlechtsbedingte Frustration festgestellt, die aber nicht auf sexuelle Frustration zurückgeführt werden dürfe, weil die Patientin sich weder über stierhaftes Benehmen des Männchens noch über Fehlen des Orgasmus bei conceptionsmöglichem Umgang beklage. Die Kollegin hatte darum der Patientin vorgeschlagen, endlich das entscheidende Buch über die Ungerechtigkeit der Männerherrschaft zu schreiben. Da nun die Frage, ob Adam nicht vielleicht eine Mutter gehabt habe, durch die Gegenfrage, ob diese Mutter nicht vielleicht einen Vater gehabt habe, in den alten Streit über die Priorität von Ei oder Henne ausgeartet sei, und auch die Forderung nach Umwandlung des Vaterunser in Mutterunser keine neuen Impulse gebracht habe, war der Kollegin eingefallen, das Thema einmal biologisch und zugleich demoskopisch anzupacken, wozu freilich viele Vorstudien nötig sein würden. Die Patientin habe die vorgeschlagenen Unterlagen verlangt.

„Und den Schwindel kauft sie?" fragte ich erstaunt.

„Es sieht so aus, und ich wünsche es ihr. Was schadet Schwindel? Alles trauert um den früheren Hausarzt; vom Standpunkt der Wissenschaft war er ein Schwindler, ein Quacksalber, ein Scharlatan, der Vertrauen verhökert hat. Helga braucht irgendeine Beschäftigung, die ihr den Sinn zurückgibt; ob diese Beschäftigung uns sinnvoll erscheint, ist dabei ganz unwichtig. Sinn ist ja nichts Absolutes. Jemand, der ein Modell der Stephanskirche aus Streichhölzern baut und darin einen Sinn findet, ist seelisch gesund. Ein Millionär, der den Sinn verloren hat, ist seelisch krank und darum für organische Krankheiten eher anfällig. Wenn Helga glaubt, ist alles gut."

„Und wenn du alles sagst, dann meinst du alles."

„Nein. — Jetzt bist du dran. Warum ist Konrad in Wien?"

Ich goß ihr den zweiten Cognac ein. Meiner war der fünfte. „Er hat sich in Spanien mit seinem Chef zerkracht, ist zurückgeschickt worden und hat darum gekündigt. Stolz lieb ich den Spanier. Außerdem gibt es ein neues

Mädchen, Natascha aus München, vielleicht Natascha Bimpfinger, auf jeden Fall hat ihr Vater angeblich eine Hochseeyacht und will ein großes Unternehmen aufziehen, wofür er ausgerechnet Konrad braucht. Ich fürchte, es handelt sich um einen Callgirlring. Von Moral rede ich gar nicht mehr, ich denke nur an die Schwierigkeiten mit unseren Zuhältern, die bekanntlich zur Weltklasse gehören."

Sie schwieg und starrte auf den Teppich, als müßte sie die Blumen des Musters zählen. „Leicht hast du's gerade nicht", antwortete sie nach einer Weile. „Und weil du da vorhin von Zwängen gesprochen hast: Die Geschichte mit den Ulanen paßt nicht zur Miss Murgatroyd. Auch wenn man hundert Mal am Tag dasselbe Wort denkt, wälzt man noch nicht Folianten."

Ich erzählte ihr alles, vom Ideal der Kindheit, von der Sotnie, vom Oberst Rodakowski. Der Tagtraum gefiel ihr gar nicht. Er hatte auch mir nicht gefallen.

„Du warst beim Arzt?"

„Ja. Bei Puschnigg."

„Ein guter Neurologe. Organisch fehlt dir also wahrscheinlich nichts. Was ist los mit den blöden Ulanen?"

„Woher soll ich das wissen? Seit fast vierzig Jahren will ich nicht mehr Rittmeister werden! Kavallerie ist Film, Roman, Kriegsgeschichte, Lanzen ganz besonders, wie komme ich dazu, eine Attacke gegen eine Sotnie zu reiten? Ich hatte längst vergessen, was eine Sotnie überhaupt ist!"

„Und die Zeit ist zurückgelaufen?"

„Ja. Sogar auf meiner Uhr."

Sie seufzte. „Schau, Tommi, natürlich könnte man jetzt deuten, daß du die Zeit zurückdrehen und wieder jung sein willst. In der Jugend tauchen dann die Ulanen auf. Ich fürchte, das wäre zu einfach."

Es wird jetzt etwas schwierig für mich, über das folgende Geschehen so zu schreiben, daß man mir glaubt. Sicherlich ist da nichts Außergewöhnliches, jeden Tag kann es vorkommen und ist ja auch hier geschehen, aber die Bedingungen von Wirklichkeit und Erzählung stimmen in vielem nicht überein, selbst wenn wir uns kühl an die Tatsachen halten; es ist auch unwesentlich, ob da ein Bauernmädchen vom Kirtag, ein klassischer Autor von einem verarmten Grafen, ein moderner von einem Strichjungen, ein Historiker von einer geschichtlichen Persönlichkeit oder jemand wie ich von sich selbst erzählt. Jeder menschliche Charakter unterliegt einem Gesetz, gegen das er immer wieder verstößt. Die Figur der Erzählung verlangt, damit sie zum Leben erweckt werden kann, ebenfalls ihr Gesetz, darf aber nicht dagegen verstoßen; tut sie es, verliert sie in den Augen des Lesers ihren Atem. Wenn ich von meinen Erlebnissen berichtet habe, bin ich zwar als Schreiber ein lebendiger Mensch geblieben, für den Leser aber zu einer Figur geworden, die er wahrscheinlich als vernunftbetont und kalt bezeichnen wird.

Ich war plötzlich weder vernunftbetont noch kalt. Da mögen die fünf Cognacs mitgespielt haben, da kann die Atmosphäre bestimmend geworden sein, denn zwischen einem Mann und einer Frau, die nachts allein an einem Teetisch sitzen, besteht immer eine gewisse Spannung; nehmen wir die Gewohnheit dazu, weil ich solche Situationen ja oft genug erlebt hatte, und schließen wir mit meiner seelischen Verfassung, die nach den Enttäuschungen im Beruf und in der Familie nicht gerade ausgeglichen genannt werden durfte. Ich kannte Sandra nun seit sechsundzwanzig Jahren, sie hatte damals noch ihre Zahnregulierung getragen, ein komisches Wesen mit zu langen Armen, zu langen Beinen und einem unvermutet ausbrechenden, scheinbar grundlosen Gelächter. Bei unserer kirchlichen Trauung hatte sie ein paar Blumen gestreut und war nachher heulend in die Sakristei gelaufen, wo meine Schwiegermutter sie tröstete, aber den Grund der Verzweiflung nicht herausfinden konnte; man einigte sich darauf, daß alle Frauen bei Hochzeiten weinen. Ich dachte nicht nach darüber, der Start im Beruf, unser Königreich in der Mansarde, ich achtete auf nichts als meine Familie, nahm nur am Rande wahr, daß sich mein Schwiegervater, der ehemalige Direktor Karasek, endlich zu Tode gesoffen hatte, hörte so nebenbei, daß die kleine Sandra ihre Matura mit Auszeichnung bestanden habe und nun Medizin studieren werde. Nachdem ich Chefredakteur geworden war, verließen wir die Mansarde, irgendwann danach promovierte Sandra, ich ging hin, küßte sie auf beide Wangen, erfuhr später, daß sie heiraten wolle, ging hin, küßte sie auf beide Wangen, mein Gott, wie die Zeit vergeht, Sandra, das Mädchen mit der Zahnregulierung. Jetzt war sie vierzig, und ich spürte ihre Kraft. Laß mich meinen Kopf an deine Schulter legen, ich bin zerschlagen, ich bin müde, gib mir ein wenig Rast. Dir kann ich vertrauen, das ist selten geworden, und ich erfriere vor Einsamkeit.

„Was ist zwischen uns, Sandra?" fragte ich. „Da sitzen wir und reden. Warum sprechen wir es nicht aus?"

Sie zuckte zusammen, richtete sich auf, legte die Unterarme hart auf die Lehnen des Sessels. „Was? Was sollen wir aussprechen?"

„Was Helga gestern gesagt hat. Dich hätte ich heiraten sollen. In unserem Alter könnte man das Liebe nennen."

Sie schüttelte den Kopf. „Bist du verrückt, Tommi? Zu Hause warten meine zwei Kinder auf mich. Du bist ein imponierender Mann, aber erinnere dich an den Nußbaum: Was neben dir lebt, bringst du um."

„Dich bestimmt nicht. Du bist eine imponierende Frau, du hast einen anderen Beruf, du mißgönnst mir nicht den Erfolg, du freust dich nicht über meinen Mißerfolg. Ich glaube, ich brauche dich."

„Du brauchst deinen Beruf, und du wirst sehen: Lange bleibst du nicht in der Abstellkammer. Du bist ihnen ein bißchen zu groß geworden, sie ducken dich einige Zeit, damit du dich einfügst, dann schicken sie dich nach Paris, London oder New York. Man verzichtet nicht auf einen fähigen Menschen wie dich, aber man hat es nicht gern, wenn er sich für eine Macht hält."

„Ja, ja, du bist gut im Trösten, aber ich rede nicht vom Beruf, ich rede von uns. Warum bist du hier? Wegen Helga? Das süße Schwesterlein, das du gehaßt hast, seit du denken kannst! Die schöne Helga und die unscheinbare Sandra, das neue Aschenbrödel! Du kommst nicht wegen Helga. Du kommst meinetwegen."

„Du bist betrunken." Aber sie stand nicht auf.

„Ja, ich bin betrunken, Gott sei Dank bin ich endlich betrunken und darf die Wahrheit sagen wie alle Betrunkenen, seit Noah den Wein gepflanzt hat! Ich brauche dich und du wirst mir nicht einreden, daß du Helga ihren verlorenen Sinn wiedergeben willst. Du weißt so gut wie ich, daß es für sie nur einen Sinn gibt, und dieser Sinn heißt Helga, die Schönste, die Gescheiteste, die Beste, die Größte. Warum lügen? Komm, Sandra, komm herüber zu mir, setz dich neben mich, laß mich den Arm um dich legen, laß mich ein wenig spüren, daß da noch jemand ist, zu dem ich fliehen kann, wenn ich zerschunden in meine Höhle krieche."

Ich streckte den Arm aus. Nur der Alkohol gab mir die Sicherheit, und eine Weile sah es so aus, als ob ich ihre Geduld erschöpft hätte, aber plötzlich lächelte sie, kam wirklich, setzte sich neben mich, ich legte den Arm um ihre Schultern und strich mit der Hand über ihr Haar, ihre Wangen. „Danke, Sandra", sagte ich leise. „Warum soll es verboten sein, Nußbäumen zu helfen?"

Sie lächelte. „Nicht verboten. Unklug. Aber wenn wir schon Wahrheiten austauschen, dann beichte eben auch ich, beichte die lautere Wahrheit, die ganze Wahrheit, nichts als die Wahrheit, und hoffe, daß du mich verstehst. Wie du zum ersten Mal bei uns Besuch gemacht hast, war ich vierzehn, ich erinnere mich noch heute an den Tag, der siebzehnte Jänner, eiskalt, finster, einen Sportrock mit Hahnentrittmuster hast du angehabt, einen hellen Pullover und eine dunkelbraune Hose. Die Hand habe ich dir geben dürfen, dann hat mich Helga schon weggeschickt, aber ich war vom ersten Augenblick an verliebt, vierzehn Jahre, eine Seele wie ein weißes Blatt, auf das noch niemand geschrieben hat, du warst mein Ideal, mein Traummann, der leider meiner Schwester gehört. Zu deiner Hochzeit mußte ich Blumen streuen, und diese Hochzeit war für mich wie ein Begräbnis. Wahrscheinlich habe ich in meinem ganzen späteren Leben nie so gelitten, und bis heute ist mir die Erinnerung an diese schmerzvolle Liebe erhalten geblieben — aber nur die Erinnerung, Tommi. Ich bin vierzig, du bist fünfzig, nach Ansicht der Zwanzigjährigen ist für uns alles längst vorüber. Deine Söhne sind erwachsen, wenn einer von ihnen einmal so sorglos ist wie du bei Helga, dann hast du in einem Jahr einen Enkel. Ich bin seit vierzehn Jahren verheiratet, mein Mann ist zwar nicht das Ideal meiner Backfischzeit, aber er ist mein Mann in der vollen Bedeutung des Wortes. Meine Kinder brauchen mich. Was willst du von mir? Daß ich Mann und Kinder verlasse und mich im Schatten des Nußbaums ansiedle? Oder ein Verhältnis? Darauf läuft es doch hinaus. Du möchtest den Arm um mich legen. Gut. Nach einer kurzen Überlegung bin ich einverstanden. Aber was dann? Du legst den Arm um mich, du streichst mir über die Wange, wir rücken näher, es dauert nicht lange und du tastest nach meiner Brust, suchst mit der anderen Hand mein Knie, und alles geht weiter wie gehabt. Bleib mein Jugendtraum, bitte. Er war so schön. Wenn du willst, sage ich dir, daß ich dich über alles geliebt habe, die Erinnerung daran immer noch liebe und dich auch heute mag. Aber erspare mir Unterwäsche, Taschentuch, Badezimmer, die ganze Routine. Wenn du ehrlich warst, dann brauchst du meine Zuneigung. Die hast du. Ins Bett geh mit meiner Schwester oder irgendeiner anderen — bei Helgas Zustand durchaus verständlich."

„Sehr vernünftig", antwortete ich nach einer Pause. „Spürst du denn nichts?"

„Sicher spüre ich. Alles wie gewohnt. Kein Problem. Sei nicht überrascht, aber ich bin schließlich Medizinerin."

„Nicht nur das. Du bist kalt."

„Überhaupt nicht. Ich verstehe dich, Tommi, ich will dir helfen, ich mag dich, du kannst dich auf mich verlassen, leg meinetwegen den Arm um meine Schulter. Ich bin zu allem bereit, weil ich dich gern habe. Nur eins: Zerstöre mir meinen Jugendtraum nicht durch eine Körperfunktion, die heute überall angepriesen wird wie ein Waschmittel."

Ich sagte nichts mehr. Wir saßen noch eine Weile nebeneinander, und ich fühlte mich teils wohl, teils traurig, weil mir der Arm um die Schulter keineswegs genügte. Am nächsten Morgen war ich nüchtern und verstand den Abend nicht mehr.

15

Als ich um elf in mein Büro trat, teilte mir Frau Schmiedel mit deutlich merkbarer Schadenfreude mit, daß sich der Intendant schon zweimal nach meinem Verbleib erkundigt habe. Ich rief an und wurde für zwölf vorgeladen. Wieder sprang Klima auf, eilte mit ausgestreckter Hand auf mich zu, strahlte vor Herzlichkeit, und ich befürchtete schon das Schlimmste. Aber es kam ganz anders.

„Setzen wir uns, lieber Doktor, setzen wir uns! Heute habe ich gute Nachrichten, gut für Sie, für mich leider schlecht, denn ich verliere Sie ungern. Sie sind Petrovich wunderbar an die Hand gegangen, er macht sich, wir sind zufrieden und glauben, daß wir ihn in naher Zukunft allein laufen lassen können. Damit werden Sie frei für andere Aufgaben, und wir haben da eine alte Lieblingsidee, die wir nur nicht verwirklichen konnten, weil uns der geeignete Mann gefehlt hat. Sie werden sicher meiner Meinung sein, daß wir wegen der deutsch-französischen Kontakte in Verbindung mit Amerika und Rußland Frankreich mehr Beachtung schenken sollten, als wir das bisher getan haben. Sie sind für Paris vorgesehen, müßten Ihren Dienst in etwa vier Monaten dort antreten, und ich kann mir sehr gut vorstellen, daß Sie bei dem Gedanken an Paris laut aufjauchzen."

Ich jauchzte befehlsgemäß, wir tranken unseren Schwarzen, kippten unseren Cognac und sprachen eine Weile mit scheinbarer Objektivität und scheinbarer Offenheit über die Herbstwahlen in den Vereinigten Staaten und der Bundesrepublik. Dann war ich entlassen, kehrte in mein Büro zurück, setzte mich hinter den Schreibtisch und überdachte die neue Lage. Paris war nicht Bonn oder New York, aber auf jeden Fall besser als meine jetzige Beschäftigung. Vor allem erlöste mich die Verwendung im Ausland von den Problemen in der Familie, und wenn diese Ansicht auch einen gewissen Mangel an Verantwortungsfreude verraten mag, so steht doch fest, daß ich ja nicht schutzbedürftige Kleinkinder zurückließ, sondern eine Säuferin und zwei erwachsene Söhne, die seit langem nicht mehr auf mich hörten. Ich hatte von früher her etliche Bekannte in Paris, würde mir eine nette Freundin finden und damit peinlichen Entgleisungen wie am Vorabend mit der gut verheirateten Sandra enthoben sein. War ich in Frankreich, dann würden mich keine wohlmeinenden Staatspolizisten mit dem Auftrag belasten, Christoph auf den rechten Weg zu führen, was ohnedies nutzlos war, wie unsere Aussprache gezeigt hatte. Helga sollte trinken oder nicht trinken, Konrad Hasen vermitteln oder nicht, mich konnte man deswegen höchstens telephonisch belästigen. Nicht schön, nein, ich gebe es zu, aber man wird einmal müde, die nahestehenden Monomanen aus der Scheiße zu ziehen, noch dazu, wenn sie das gar nicht wollen. Gut, ich habe die Fünfzig hinter mir. Tauge ich darum nur mehr dafür, jungen Versagern durch meine Pension die Möglichkeit zu weiterem Versagen zu bieten? Was ich heute bin und wovon sie alle zehren, das habe ich, ich allein, aufgebaut! Sorgt selber für euch. Ich gehe nach Paris.

Zwei Stunden nach dem Gespräch mit dem Intendanten hatte das Tomtom unseres Krals bereits die Neuigkeit von Kubus zu Kubus weitergegeben. Meine frühere Sekretärin rief mich an und gratulierte; Frau Schmiedel erklärte mir spontan, daß sie noch nie einen so kollegialen Chef gehabt habe; und als ich um halb drei das Haus verließ, grüßten mich die Leute in der Halle wieder voll Herzlichkeit. Im Spital fand ich Helga in einem Zimmer, dessen zweites Bett nicht belegt war, streifte mit einem Blick die Bücher auf dem Tisch und erkundigte mich nach dem Fortschritt ihrer Arbeit.

Sie sah aus wie dreißig, so schön, daß ich sie haßte. „Bist du wirklich auf den Schwindel hereingefallen?“ fragte sie und lachte. „Ich spiele bloß mit. Die wollen doch alle ihr Erfolgserlebnis. Sie sollen es haben. Kannst du dir nicht denken, worum es mir geht? Raus. Nichts wie raus. Also bin ich brav und gelehrig.“

„Meinetwegen. Warum beschwindelst du Sandra?“

„Die gehört mit zur Mafia. Sie ist ein falsches Luder, aber so etwas merkt ihr Männer nie.“

„Nein. Wie fühlst du dich?“

„Blendend. Sie haben mir den Alkohol gesperrt und behandeln die Entzugserscheinungen. Hundert Skorpione bekrabbeln mich, offenbar der Sinn des Lebens. Wenn die Primaria kommt, reicht man ihr das Krankenblatt auf dem Blech am Fußende des Betts. Sie untersucht es —

nicht mich — mit gerunzelten Brauen. Ich bin nämlich ein Blatt, mußt du wissen, ein Blatt, auf dem Temperatur, Puls, Stuhlgang, Befunde, Injektionen und Tabletten eingetragen werden. Das Blatt nennt man menschliche Würde."

„Es ist eine Gedächtnishilfe. Soll die arme Frau alles im Kopf behalten?"

„Warten wir ab, was du sagen wirst, wenn du einmal für die Umwelt nur noch ein Bündel von unpersönlichen Funktionen bist."

„Dramatisiere nicht. Hör auf zu saufen, und du bist kein Bündel mehr."

„Furchtbar einfach. Ihr redet so leichthin über Alkoholiker, Potator heißt das hier, aber die Geschichte hat doch immer ihren Grund. Wie oft hast du mich betrogen in den letzten fünf Jahren? Dreimal, siebenmal, fünfzigmal? Wie oft könnte ich dich betrügen? Kein einziges Mal. Warum? Ich wüßte nicht einmal, wie man eine solche Situation herbeiführt. Was soll ich noch? Stricken lernen?"

„Vielleicht. Seit Jahrhunderten üblich. Muß vielleicht auch ich."

Wenn ich hier so berichte, scheint alles neu und meine Antwort darum roh, aber ich war mit dieser Frau seit mehr als fünfundzwanzig Jahren verheiratet, ich hatte alles miterlebt, vom zauberhaften Kennenlernen über die erste strahlende Erfüllung und die Geburten bis zum ersten und zum zweiten Frühling. Wir kannten einander bis zum Überdruß. Intimität mag schön sein, aber sie ernüchtert. Dazu die vielen Streitereien, in denen man einander möglichst verletzen will, um dann doch zusammen ins Bett zu gehen.

Scheißehe, dachte ich und vermutete, daß sie dasselbe dachte. Wie beim Intendanten kam es auch hier ganz anders.

„Nicht vielleicht", sagte sie. „Sicher wirst du irgendwann einmal stricken, du gibst nie auf. Nie, nirgends, nur bei mir. Ich bin erst seit gestern hier in diesem Narrenhaus. Trotzdem habe ich nachgedacht. Siebenundvierzig ist heute kein Alter, ich könnte noch lange Freude am Leben haben, aber wie sieht das aus, wenn ich in die Dreiföhrengasse zurückkomme? Die Söhne sind weg, Beruf habe ich keinen. Ich hasse Bridge, ich hasse Kaffeeklatsch, ich hasse Reisen mit halb verwesten Tanten und charmant stammelnden Greisen, ich hasse das Fernsehen mit seinem Programm, das paritätisch für Hausmeister und überkandidelte Intellektuelle aufgeteilt wird. Was soll ich tun? Den ganzen Tag! Das ist doch kein Leben! Ich habe Journalistin werden wollen, aber da waren erst die Kinder, die schließlich ja ich zur Welt gebracht habe — heute tut mir das leid — also widmet man sich den Fratzen. Die werden natürlich größer, verachten schon mit sieben den Haustrampel, bald wird dir das zu dumm, du entschließt dich und gehst zurück in den Beruf. Was ist dort? Ah, Sie sind die Frau vom Doktor Greith, naja, selbstverständlich haben wir etwas für Sie, versuchen wir es einemal mit einer Buchbesprechung. Das mir! Drei vier Bücher besprechen die Mandarine, den Rest kriegen die Töchter von Sportredakteuren, die gerade auf eine Bibliothek sparen, oder die Freundinnen der Kulturredakteure, wenn sie sich nicht zu gut dafür sind. Aber was war ich schon? Eine blöde Mutti. Du hast deinen Namen aufbauen können, ich war mit Windelwaschen ausgelastet."

„Moment mal!" unterbrach ich. „Willst du die Biologie ändern? Seit Millionen Jahren haben Kleinkinder ihre Mütter gebraucht. Ungerecht? Immer war das Kreuz der Weiber die Geburt und das Kreuz der Männer der Krieg. Gerade in unserem Jahrhundert haben die Männer ihr Kreuz meilenweit getragen, während ihr mit der Verminderung der Sterblichkeit im Kindbett höchstens zwei Meter weit gegangen seid. Und wenn du schon damit anfängst, dann geh doch einmal nach Indien, Mexiko oder meinetwegen in die Türkei und predige bei denen. Dort werfen nämlich die Weiber wie die Karnickel, ohne angesichts der entsetzlichen penetratio, der Zeugung, der Empfängnis und der Geburt Erniedrigung zu empfinden!"

Sie lachte, klatschte in die Hände. „Spitze, Tommi! Solltest du in deiner nächsten Show verwerten — nur so nebenbei: Wann warst du eigentlich im Krieg? Aber mir geht es gar nicht um den alten Kampf der Amazonen, der heute so mediengerecht verbraten wird, weil die Wahlwerbung das verlangt, mir geht es um uns. Du weißt alles von Washington D.C. bis Kuala Lumpur, und trotzdem ist dir nie klar geworden, daß Frauen keine Genußmittel sind, sondern Menschen und sich folglich auch ändern können. Ich werfe das Handtuch, Tommi. Ich werfe es, weil ich erfahren habe, daß du erledigt bist wie ich. Ein Druck auf den Knopf, der Halbgott Greith verschwindet in der Versenkung, und ich habe die Chance, meinen Tommi zurückzukriegen. Mit diesem Tommi will ich gern alt werden, weg mit dem Gin, es gibt wieder eine Zukunft! Wir könnten gemeinsam ins Theater, ins Konzert und zu Ausstellungen gehen, darüber sprechen, meinetwegen sogar diskutieren. Mit dir würde ich auch reisen, nicht in diesen Insektengesellschaften, nein, wir zwei, und nicht nach Ceylon, Ostafrika oder in die Karibik, bloß zwei Wochen Paris, wir sind nicht zu alt für Paris, und kein Luxusappartement, ein mittleres Hotel garni würde genügen, wir essen in einem Bistro, flanieren durch die kleinen Gassen, träumen von Villon und Utrillo, spüren das Leben!"

Ich bin gewiß nicht auf den Mund gefallen und habe in vielen Fernsehdiskussionen meine Schlagfertigkeit bewiesen, aber dieser neuen Situation stand ich zunächst ratlos gegenüber. Einesteils kannte ich Helgas plötzliche Anfälle von gutem Willen zu genau, um an eine dauernde Wandlung der Amazone zum Käthchen von Heilbronn zu glauben, andernteils verstand ich, daß sie wegen meines Mißerfolgs Hoffnung schöpfte und diese Hoffnung für sie Rettung vor dem Alkoholismus bedeuten konnte. Ich durfte darum nicht ablehnen; wenn ich allerdings von der bevorstehenden Versetzung nach Paris erzählte, war ich festgenagelt, mußte sie mitnehmen und dann vielleicht schon nach wenigen Wochen gegen den Gin kämpfen, wenn ich nicht mit ihr, Villon und Utrillo durch die alten Straßen flanierte, sondern weiterhin der Greith war, der nicht nur ihr gehörte. Ich benahm mich wie alle denkenden Menschen in einer solchen Lage: Da ich noch vier Wochen in Wien bleiben würde, versuchte ich Zeit zu gewinnen und sagte nur die halbe Wahrheit. Bei Anwendung von Christophs Terminologie: Ich log.

„Du wirst mir ein wenig Skepsis verzeihen. Wenn du es ernst meinst, bin ich bereit. Warten wir ab, Helga. An mir soll's nicht liegen. Es liegt an dir. Oder am Gin."

Wir verabschiedeten uns, ich verließ das Krankenhaus und seufzte tief, aber damit war dieser sonderbare Tag noch nicht abgeschlossen, denn daheim saß Konrad, der inzwischen seine Koffer gebracht hatte. Auch Christoph war da, die ungleichen Brüder hatten einander offenbar beschnuppert, und ich bat beide in die Bibliothek. Wir kippten unseren Whisky, und Konrad brach als erster das Schweigen.

„Wahrscheinlich hast du es gestern schon gemerkt, Vater. Die Geschichte mit München ist Scheiße. Heute habe ich unseren Mittelsmann in Wien besuchen wollen. Er ist verhaftet worden. Ich gebe auf. Das schnelle Geld ist nicht so schnell, wie das Fernsehen es darstellt. Ich gebe auf. Darf ich zurück? Nicht als Gymnasiast, sondern als Student? Nicht Welthandel, sondern Jus? Gerichtsvorsteher am Land wäre mir genug."

Jetzt kannte ich den Text schon. „Ein wenig Skepsis wirst du mir verzeihen. Wenn du es ernst meinst, bin ich bereit, aber der Weg vom Croupier zum Oberlandesgerichtsrat scheint mir ein wenig weit."

„Eine geradezu klassische Untertreibung. Ich falle ins Extrem, und du hast immer gegen Extreme gewettert, aber du wirst mir keinen einzigen Beweis anbieten können, daß die Geschichte der Menschheit nicht in Extremen abgelaufen ist. Wie sollte ich besser sein. Schon gut, Vater, bin gleich still, habe nur von dir gelernt, schiebe dir den Beweis zu, lenke dadurch ab, sei nicht böse, wenn dein Sohn dir deine Taktik abschaut, und bitte keine weitere Diskussion, die du sicher gewinnst."

„Was ist in Spanien passiert?"

Er schüttelte den Kopf. „Erspare es mir. Wozu sollen Einzelheiten jetzt noch gut sein? Du bist viel gescheiter als Christoph, und er hat sofort gewußt, daß ich gefeuert worden bin."

„Kaum ohne Grund. Und jetzt willst du ausgerechnet Richter werden."

„So ein Richter ist doch bei uns unabsetzbar, unversetzbar und unabhängig in seinen Entscheidungen?"

„Ja. Zumindest nach der Verfassung."

„Warum sagst du zumindest?"

„Wer Karriere machen will, ist nie unabhängig."

„Ich will aber keine Karriere. Gerichtsvorsteher in Mank oder Poysdorf . . ."

„Kennst du Mank?"

„Nein."

„Und du willst unabsetzbar die nächsten vierzig Jahre dort bleiben? Als geborener Großstädter? Mutest du dir da nicht zuviel zu? Ganz abgesehen davon, daß die Manker doch alles versuchen werden, wenn sie einen Gerichtsvorsteher kriegen sollen, den sie nicht mögen? Es gibt da Wege, die mit der Verfassung rein gar nichts zu tun haben."

„Wege gibt es immer. Wenn ich aber Gerichtsvorsteher

da oder dort geworden bin, dann bleibe ich doch weiterhin unversetzbar und unabsetzbar?"

„Ja, das schon. Freilich hast du damit dein Schicksal gewählt, bist zwar dort Kaiser, verdienst aber wesentlich weniger als ein Croupier."

„Lassen wir das Verdienen. Mir geht es um die berühmte westliche Freiheit. Wenn es bei uns tatsächlich Leute gibt, die dem Zugriff der Parteien entzogen sind, dann wäre das ja die Freiheit, von der sonst nur geredet wird."

„Du brauchst ein abgeschlossenes Studium und eine Richteramtsprüfung."

„Vorhin hast du gesagt, daß du bereit bist. Willst du mir helfen?"

„Nur im Rahmen meiner Skepsis. Zwei Semester verloren und ich steige aus."

„Abgemacht. Nicht eines wird verloren. Heute weiß ich, was ich will."

Christoph enttäuschte mich nicht. Er lachte. „Das packt doch keine Leinwand! Größtes Filmepos der Jahrhunderte, der verlorene Sohn kehrt zurück, Einstellung 568, im rechten Bildanschnitt das geschlachtete Kalb, links ein sympathischer Folterknecht. Law and order triumphieren."

Ich lachte wie er und wandte mich ihm zu. „Irgendwelche Einwände? Maschinenpistole gefällig? Ein wenig anarchy and disorder, Emanzipation der Straßenräuber und Vergewaltiger, die lange genug unter altmodischen Vorurteilen gelitten haben? Was paßt dir nicht? Ist Croupier sauberer als Richter?"

„Beide sind Werkzeuge. Der eine ist harmlos, denn Spiel ist nicht gesellschaftsschädlich, beim anderen hängt alles davon ab, wer das Werkzeug benützt. Konrad war ein kleiner Croupier, das mag für die Kleinbürger verdächtig klingen, aber er hat niemandem etwas getan. Jetzt soll er Richter werden in unserer durch und durch korrupten Gesellschaft, ein mieser Knecht, der trotzdem soviel Macht hat, daß er Leute hinter Gitter bringen kann, nur weil sie die Korruption satt haben! Ich gestehe dir gern zu, daß du selbst nicht korrupt bist. Wenn du aber für die bestehende sogenannte Ordnung eintrittst, sprichst du für die Korruption und korrumpierst nicht nur deine Zuhörer, sondern jetzt auch noch den eigenen Sohn."

„Entschuldige! Ich habe Konrad überhaupt nichts gesagt, ich habe . . ."

„Was brauchst du ihm zu sagen? Du hast einen Akademikerwahn, geerbt und außerdem noch anerzogen. Ein Sohn, der Croupier ist, macht dich unglücklich. Ein Sohn, der Magister der Rechte und Richter wird, macht dich glücklich. Der berühmte Doktor Greith hat nicht mehr Tatsachensinn als seine Großmutter. Ein Akademiker ist für dich, was er in der Monarchie war, also in einer festen hierarchischen Ordnung. Jetzt haben wir Demokratie, die beschissenste Staatsform, die ohne Korruption gar nicht bestehen kann, was schon Plato festgestellt hat. Welchen Wert gibt dir heute ein Studium? Akademiker sind Handlanger geworden, Hilfsarbeiter für die großen Betrüger. Nicht die Ehre, nur das Einkommen zählt, gleichgültig, wie es erworben wird, aufrechte Gesinnung belächelt man, Idealismus gilt entweder als dumm oder als gefährlich. Das ist die Welt, die du uns so vorbildlich klar als die bestmögliche hinstellst. Manchmal schäme ich mich, daß du mein Vater bist."

Mir riß die Geduld. „Letztes Mal war nur von Mangel an Stolz die Rede, und ich wollte daraufhin das Gespräch abbrechen. Du hast mich zurückgehalten. Ich wäre besser gegangen, denn ihr Jungen seid wie Hunde, denen man drohend gegenübertreten muß, sonst beißen sie einen von hinten in die Beine. Ich werde also drohen, um dir Manieren beizubringen. Schäm dich ruhig meinetwegen, aber bitte nicht mit meinem Geld, sonst bist du ja korrupter als viele andere. In einer Luxuswohnung Ehre und Enthaltsamkeit zu predigen, ist entschieden angenehmer als in einem Keller, und ich gestehe dir die Annehmlichkeit gern zu, nur können wir dabei den Begriff Kompromiß nicht vermeiden. Man schlägt nicht nach der Hand, die einen füttert. Ich biete dir Unterkunft, ich biete dir Essen, und ich verlange dafür den äußerlichen Respekt, wie er unter zivilisierten Menschen üblich ist."

Er überlegte eine Weile, dann stand er auf. „Sei mir nicht böse, Vater. Ja, ich war ein bisserl daneben, und ich entschuldige mich für mein Benehmen. Nicht für meine Meinung. Die gehört zu mir, und ich habe ein eigenes Leben. Möchte es zumindest haben, was es auch kostet."

Nachdem er gegangen war, saßen Konrad und ich noch eine Weile beisammen und sprachen, freilich nicht über Christoph. Um sieben fuhr er zu einer seiner früheren Freundinnen, die er der Umstände wegen „revitalisiert" hatte, ich schlug mir drei Eier in die Pfanne, setzte mich in die Bibliothek und nahm ein französisches Buch vor, um mich wieder an die Sprache zu gewöhnen. Plötzlich läutete das Telephon, es war Sandra, sie erkundigte sich nach Helga und bat mich, einen Sprung zu ihr hinüberzukommen, weil sie wegen eines kritischen Falls schnell erreichbar sein müsse. Vielleicht gab es diesen kritischen Fall, aber gestört wurden wir nicht, denn die Kinder schliefen, der Mann war am Morgen zu einem Kongreß nach Stockholm abgeflogen, und die Tür war versperrbar. Sandra verriet keinerlei Abscheu vor Unterwäsche, Taschentuch oder Badezimmer und faßte das Erlebnis in dem Satz zusammen: „Gott sei Dank, das war schon lange fällig." Als ich um eins in meine Wohnung zurückkehrte, konnte ich feststellen, daß ich meine Söhne vertauscht hatte. Konrad schlief in seinem Zimmer, Christoph hatte das seine geräumt und war ohne Abschied und ohne Mitteilung, wohin er sich gewandt hatte, ausgezogen.

16

Sandra hatte mir prophezeit, daß mich das Fernsehen entsprechend meinen Fähigkeiten verwenden werde, und Helga hatte Sandra ein Luder genannt. Beide Aussagen bewiesen die sattsam bekannte weibliche Intuition, halfen mir aber bei dem Problem Christoph nicht weiter. Ich kannte seine neuen Freunde nicht und mußte damit rechnen, daß er in seiner jetzigen Lage viel eher geneigt war, nach Donarit zu greifen. Der dumme Bub, dachte ich, man muß ihm helfen, er ist zu sauber für diese Welt, irgendwelche Verbrecher, die sich Politiker nennen, werden ihn vorschicken, er geht dabei drauf und sie trommeln und schieben lustig weiter. Gleich darauf pfiff ich mich zurück. Erwachsene Söhne sind Männer, und Männer sind tödlich, wie die polnisch-belgisch-österreichische Gräfin ganz nebenbei festgestellt hatte. Ulanen waren keine Greise. Er will sein eigenes Leben, was es auch kostet. Sein gutes Recht.

In meinem Büro wartete der alte Messenbeck und bat mich um einen kleinen Beitrag zur Erhaltung von fünf aus Italien importierten Eseln, die er vor der Wurstfabrik gerettet hatte. Ich kannte ihn seit Jahrzehnten, hatte seinerzeit begeistert seine Jugendgedichte gelesen, später von seinen selbstlosen Bemühungen um junge Lyriker gehört, oft sein zwar rein subjektives, aber immer klares und offenes Urteil schätzen gelernt. Obwohl er ungemein reizbar und immer gleich bereit war, in irgendeinen heiligen Krieg gegen die menschliche Verlogenheit zu ziehen, hatte er keine Feinde, weil er weder Neid noch persönlichen Ehrgeiz kannte. Er lebte allein, brauchte wenig Geld und keine Anerkennung. Ich hatte ihn gern. Bei seinem letzten Besuch war der unbedingt nötige Kampf gegen das falsche Österreichbild das Thema gewesen. Nun predigte er vom Wind.

„Haben Sie nicht bemerkt, daß außer diesem komischen Aeolus, der erst sehr spät zum Halbgott befördert worden ist, nirgends ein Gott des Windes genannt wird? Alle haben sie wie die Minister ihr Portefeuille, vor allem Donner und Blitz, Krieg, Erdbeben, Fruchtbarkeit, Handel, Jagd, Liebe, sogar der häusliche Herd! Für den Wind ist niemand zuständig, nicht einmal einer aus der riesigen Schar der christlichen Heiligen! Aber auch die Dichter schätzen ihn viel zu wenig; stürmische See, das ja, oder meinetwegen Gewitter in den Bergen. Ich meine Wind, nicht Sensation, und, sehen Sie, ich bin jetzt fünfundsechzig, und erst neulich ist mir aufgefallen, daß der Wind für uns viel wichtiger ist als vieles andere, daß er unser halbes Leben ist! Wir singen vom Heldentum, von Liebe, Pflicht, Opfer, Aufruhr. Gut, gut, gut. Und was wäre ohne Wind? Nichts als bewegte Luft, krächzen die Physiker. Lassen wir einmal weg, daß wir schließlich ohne Luft nicht leben könnten. Müßte sie bewegt sein? Ich betone: ja! Ewige Flaute? Wo ist der kreisende Vogel, wo die Witterung des Wildes oder des Jagdhundes, wo der Geruch der Ölweiden oder der Brathühner von nebenan? Haben Sie nie gehört, wie abends der Wind die Blätter eines Baumes leise gegen Ihr Fenster schlägt? Haben Sie niemals nach einer Nacht voll Arbeit aus dem verrauchten Zimmer den Kopf in den Morgen gehalten, nie erfahren, wie das ist, wenn Ihnen der Wind bei Regen die Botschaft nasser Walderde zuträgt? Er schenkt uns die Hitze der Pußta, die Kälte des Eisbergs, den Atem der Tannen, den Traum der Blüten, und niemand hat sich gefunden, der ihn gebührlich verherrlicht! Wenn er erwähnt wird, dann verweht er das Glück. Welche Undankbarkeit! Er bringt es doch auch! Ich komme darauf zurück: Stellen Sie sich ein Leben ohne Wind vor! Es wäre nicht unser Leben, es wäre das Leben von Robotern. Sie werden entgegnen, daß er uns ebenso mit Gestank belästigt, dem Gestank der Kanäle, der Abwässer chemischer Fabriken, der Schlote, der Fischmärkte und der Küchen, in denen man schlechtes Fett verwendet. Ich gebe das zu. Aber ist es Belästigung? Daß die Welt duftet oder stinkt, ist unsere menschliche Wertung, sie riecht, das ist alles, und wir wären arm, wenn wir nur entweder Duft oder Gestank hätten, erst die Mischung ergibt das volle Erlebnis. Augen und Ohren sind von Vernunft, Jagdtrieb und Angst verdorben. Lassen wir das Tasten, es führt zu weit, denn die Haut ist ein Mysterium. Den Geschmack haben sie kaputt gemacht; Butter schmeckt nach künstlichem Aroma, Fruchtsäfte und Wein haben noch weniger Natur, Fleisch ist wie Pappkarton, Gemüse wie Plastik, Semmeln sind wie Gummi. Weil wir gerade von Semmeln reden! In meiner Jugend, wie schön war das, wenn wir morgens nach echtem Wein heimwärts gewalzt sind, wir hatten ja kein Geld für ein Taxi, und da kamen die frischen Semmeln aus den Backstuben, da standen die Pferde der Milchwagen vor den Läden, es roch nach Milch und nach Pferd! Und im Sommer, auf dem Land, damals gab es noch Land, keine landwirtschaftlichen Betriebe, ich könnte weinen bei dem Gedanken, welches Glück wir aus allen diesen Gerüchen gewonnen haben, vom richtigen Heu bis zu den Kuhfladen. Heute ist sogar der Mist schon giftig. — Und wenn ich bisher nur vom Wind, einer schwachen Luftbewegung, gesprochen habe, dann reden wir einmal von seinem größeren Bruder, dem Sturm. Welche Dynamik in der Natur! Vorher waren Bäume und Sträucher nur Pinselstriche auf einem Gemälde, jetzt geraten sie in Bewegung. Gibt es Schöneres als eine Birke im Sturm, dahinter Wolken, schwarz, blau, weiß gefasert, in voller Fahrt wie aufgeregte Karavellen? Sind Sie jemals schräg vorgeneigt wie ein Schiffszieher gegen den Sturm gegangen, der Ihnen den Atem vom Mund reißt? Haben ihnen die Peitschenhiebe des Regens die Augäpfel zerschnitten? Haben Sie gespürt, wie Ihr Ich immer kleiner wird, eine winzige Nuß, nicht im

Gehirn, nein, wieder im wirklichen Mittelpunkt, in Ihrem Herzen, es ist Nacht, das Schwarz tobt, Sie stolpern, stürzen vor, kämpfen gegen das Unsichtbare, fallen, greifen mit gespreizten Fingern in feuchtes Erdreich, in faules Laub, zerbröckelnde Zweige, in den Humus des Gestern, rundum der Gott, den wir vergessen haben? Oder kennen Sie ihn wenigstens hier in der Stadt, wenn er die Straßen leer fegt, weil die Dachziegel klirrend auf dem Asphalt zerspringen, offene Fensterflügel sich losreißen, die Vorhänge ins Nichts flattern, die Papiere von Ihrem Schreibtisch verweht werden! Ich wiederhole: Mißachten Sie nicht den Wind. Noch haben wir ihn. Vielleicht ist er es, der uns vor der Sterilität retten kann."

Nun, das ist Messenbeck, und man muß ihn erlebt haben, mit seinem wirren Grauhaar, den großen Gesten, seinem Pathos aus Großvaters Zeiten, das bei ihm plötzlich wieder wirkt. Er gefiel mir auch diesmal, aber ich wollte meinen Termin einhalten und schob den sprachgewaltigen Besucher mit dem Hinweis ab, daß der Intendant nach mir verlangt habe. Immer noch an Wind und Sturm und Duft von Tannen und gespreizte Finger in feuchtem Erdreich denkend, fuhr ich nach Mödling.

Als ich dort hochmittags in den Saal trat, wo Beethoven gespielt hatte, glaubte ich, irrtümlich in einen historischen Film geraten zu sein, denn da stand ein ovaler Tisch vor dem Klavier, und um ihn saßen, wie zu einem Familienfoto aufgereiht und die Gesichter mir zugewandt, sieben Personen im Kostüm. Meine Gräfin stellte vor, meine Gräfin erklärte, ich will aber hier nicht sie sprechen lassen, sonder lieber zusammenfassen, weil ich so folgerichtig aufbauen und überdies einfügen kann, was mir erst später bekannt geworden ist.

Manche Wohnstätten haben ihre eigene Seele, die wir kaum in unserer Reife, in Kindheit und Alter hingegen sehr deutlich spüren. Mir war es als Knabe beim Apostelhof so ergangen, und Onkel Max dürfte in den letzten Jahren seines Lebens die gleiche Erfahrung gemacht haben, denn er begann damals nach der Geschichte des Hauses zu forschen. Bei meinen gelegentlichen Besuchen erwähnte er manchmal seine Pläne; ich ließ ihn reden, weil mich die Sache nicht interessierte, und ahnte nicht, daß er Freunde für seine neue Lieblingsidee gefunden hatte. Es waren entweder Leute, die er selbst zufällig getroffen oder die ihm die Baronin Rodakowski zugeführt hatte. Alle zeigten die gleiche Begeisterung für das Thema, und während eines Gesprächs über das Alter des Brunnens im Hof kam man überein, die Arbeit aufzuteilen und jedem einen besonderen Abschnitt der Geschichte zuzuweisen. Da Onkel Max überzeugt war, daß der Brunnen schon viel früher bestanden haben mußte, erhielt er die Zeit vor 1762. Beginnend mit diesem Jahr lagen einige gesicherte Angaben vor. Fürst Aystershaim hatte das Haus für seine Gemahlin bauen lassen, die unter dem Einfluß der Schriften Rousseaus zum einfachen Leben in der Natur zurückkehren, sich aber nicht zu weit von Wien entfernen wollte. Nach ihrem Tod leitete ein Verwalter das Anwesen, 1814 kam es an die Familie Clerfayt, 1840 an einen Hofrat von Kramleitner, und dessen Erben verkauften es an einen gewissen Schimek, der hier seine Mätresse unterbrachte. Um 1880 war der Maler und Bildhauer Gustav Lorentz Eigentümer, und 1908 erwarb es der nachmalige Feldmarschalleutnant Beneder von Montebello. Über die Zeit nach dem Zusammenbruch des Kaiserreichs wußte man genau Bescheid, brauchte also nicht zu forschen.

Onkel Max hatte die schwierigste Aufgabe übernommen, und ich muß leider gestehen, daß er keine Tatsachen, sondern nur höchst fragwürdige Hypothesen erarbeitete. Sein Ausgangspunkt war der Name, der bereits 1762 erwähnt wurde, und da er daran zweifelte, daß der Fürst den Landsitz seiner Gemahlin so genannt haben sollte, vielmehr sicher zu sein glaubte, daß dieser Name damals längst ortsüblich gewesen sein mußte, suchte er in den Archiven, entdeckte aber lediglich eine dem Evangelisten Johannes geweihte Kapelle, die zu einem Gutshof des Klosters Heiligenkreuz am Rande von Mödling gehörte. Aus innerster Überzeugung und ohne wirklichen Beweis leitete er die Herkunft seines Hauses auf den Gutshof der Heiligenkreuzer zurück und nahm, ebenso unbeweisbar, die Entstehung dieses Hofes im Jahr 1156 an. Da man überdies früher den Evangelisten auch für den Dichter der Offenbarung gehalten hatte, erklärte er den Apokalyptiker zum Schutzpatron und hatte damit die Verbindung zum Gobelin hergestellt, in dessen Mitte ja Dürers Melancholie thronte — derselbe Dürer aber hatte die berühmten apokalyptischen Reiter geschaffen.

Ich fragte mich, wie ein scheinbar so fest den Tatsachen verbundener Mensch sich derartigen Phantasmagorien hingeben konnte, erinnerte mich an Newtons Vorliebe für Apokalypse und fand mich damit ab, daß offenbar im Alter — also auch in meinem, wenn ich es erleben sollte — alles möglich war.

Einen ganz anderen Verlauf nahm die Krankheit bei den sieben Gehilfen. Sie behandelten die Abschnitte voll Eifer, versenkten sich immer tiefer in ihre Epoche und berichteten einander regelmäßig von ihren Ergebnissen, bis sie selbst zum Thema ihrer Arbeit wurden. Diese zeitweilige Identifizierung mit einer anderen Persönlichkeit rief mir ein Entdeckung ins Gedächtnis, die Max einmal vor fünfzig Jahren gemacht und von der er mir später erzählt hatte. Damals gab es noch viele unverbaute Plätze im Wiener Stadtgebiet, sogenannte „Gstetten“, auf denen die Buben Fußball spielten; sie kannten einander nur von dort und meist unter Spitznamen wie „Weißer“ oder „Langer“, aber auch unter den Namen berühmter Fußballer, die sie sich zum Vorbild gewählt hatten. Genau wie diese Buben begannen die sieben einander mit dem Namen des Eigentümers ihrer Epoche anzureden, es gab also plötzlich eine Fürstin Aystersheim, einen Verwalter Plakolm, eine Gräfin Clerfayt, einen Hofrat von Kramleitner, eine Schauspielerin Julia Koltay, einen Maler Lorentz und einen Feldmarschalleutnant. So ging das eine Weile, bis man beschloß, einen Jahresfesttag einzuführen, und zwar den 17. September, denn an diesem Tag war 1156 Österreich von Bayern gelöst und zum Herzogtum, also praktisch zum eigenen Staat, erhoben worden. Da gemäß Maxens Erleuchtung auch der Apostelhof aus diesem Jahr stammte, war die Entsprechung wieder einmal hergestellt.

Das erste Fest fand im Wohnraum statt, wurde ein Erfolg und löste trotzdem den Wunsch nach einer Verbesserung aus. In Hinkunft wollte man im Saal vor dem Gobelin feiern und dazu die Kleider der jeweiligen Epoche tragen. Onkel Max erklärte sich für überfordert und mußte zu seiner Überraschung feststellen, daß seine Freunde passende Kostüme besaßen. Er besorgte lediglich den ovalen Tisch und die Stühle, die gemeinsam mit der historischen Garderobe in einer Kammer hinter dem Gobelin aufbewahrt wurden. Mir zu Ehren war an einem gewöhnlichen Tag die Kammer geöffnet worden.

Man wird verstehen, daß ich mich nicht sehr wohl fühlte, denn offenbar saß ich hier auf Maxens Platz einer Verschwörung von Wahnsinnigen gegenüber. Wie das aber oft geschehen soll, verlief auch hier die Unterhaltung durchaus zivilisiert.

„Sie wundern sich wahrscheinlich, woher ich meine Perücke habe", begann die Fürstin, „und ich kann Ihnen dafür zwei Erklärungen anbieten. Die erste besagt, daß sie Julien, unser Coiffeur, für mich entworfen und geformt hat; die zweite, daß ich einmal die Inhaberin eines Damensalons war, und sie von mir selbst anläßlich eines Maskenballs angefertigt worden ist."

„Sie ist bezaubernd“, antwortete ich. „Besonders das kleine Segelschiff auf der Spitze.„

„Nicht wahr? Eine originelle Invention, die nur den Nachteil hat, daß sie keine jähen Kopfbewegungen gestattet. Wissen Sie, hier draußen war ich doch von solchem Firlefanz verschont, ich bin umhergelaufen wie ein Köhlerweib, gerade das war das Bestrickende an Mödling, frei, ungebunden, und trotzdem genügend Dienerschaft zur Stelle, wenn man ihrer bedurfte.“

„Durchlaucht haben nie wie ein Köhlerweib ausgesehen!“ protestierte der Verwalter.

„Ach, Bartel, für dich war ich Fürstin und Köhlerweib und Betthase. Wir können das heute ruhig zugeben. Schließlich sind wir ja seit bald zweihundert Jahren tot.“

„Bei mir fehlt etliches zu den zweihundert.“

„Schon gut, was sind dreißig Jahre vor der Ewigkeit? Immerhin, ein bisserl aigriert war ich schon, daß du knapp fünf Wochen nach meinem Ableben die Kammerjungfer geheiratet hast, diese freche Ziege mit dem großen Busen und den dünnen Armen. Ein großer Busen mit dünnen Armen ist unmoralisch.“

„Ich finde große Busen überhaupt unmoralisch“, erklärte die Koltay.

„Verständlich, wenn man keinen hat“, meinte der Verwalter.

Der Hofrat gluckste vergnügt, der Maler lachte laut, die Fürstin verlangte Contenance: „Man könnte uns ernst nehmen.“

„Keine Gefahr, Durchlaucht“, sagte der Feldmarschallleutnant. „Unser Hausherr hält uns für verrückt. Das Beste, was uns passieren kann. Normal sind wir höchstens für die Baronin, weil sie selber verrückt ist. Nur Verrückte halten die Welt für normal.“

„Exzellenz, wenn Sie . . .“, ich hielt inne. „Ich hoffe, das ist die richtige Anrede?“

Er benutzte mein kurzes Schweigen. „Erfreulich korrekt, und fahren Sie damit fort, es macht mir Spaß, schließlich will jeder Lehrling Meister, jeder Student Doktor und jeder Leutnant einmal Exzellenzherr werden. Ich bin es geworden, ein erfülltes Leben, und hätte ich nicht den Fehler begangen, erst in der Republik zu sterben, wäre ich auf der Lafette zur Grube gefahren worden und man hätte Salut geschossen. So wurde mir bloß ein Pfarrer zugestanden, als ob ich, längst in Pension, an dem ganzen politischen und militärischen Blödsinn schuld gewesen wäre."

„Natürlich warst du schuld", versicherte die Fürstin höflich. „Wir alle waren schuld, haben die Zeichen der Zeit nicht verstanden, diesen Phantasten Rousseau verehrt und dafür eine Revolution mit der Herrschaft von Advokaten geerntet, die heute noch andauert."

Der Feldmarschalleutnant ignorierte sie und wandte sich mir zu. „Hören Sie nicht hin, sie ist aus einem anderen Jahrhundert. Weil man etwas durchschaut, ist man doch noch nicht schuldig! Es kommt auf die Umstände und Möglichkeiten an. Der berühmte Pilatus, was hätte er tun sollen? Rom erwartet, daß er Ruhe hält in seiner Statthalterei. Woher hätte er wissen sollen, daß aus dem jüdischen Sektierer ein Gott wird, den der Kaiser dreihundert Jahre später vor seinen politischen Wagen spannt?"

„Aber, aber!" Mißbilligend schüttelte der Hofrat den Kopf. „Ihre Meinung bleibe Ihnen unbenommen, Exzellenz, aber Ihre Wortwahl sollten Sie besser kontrollieren. Sie könnten religiöse Gefühle verletzen. Christus ist kein jüdischer Sektierer."

„Was sonst? Was sonst, bitte?" Die Zornader auf der Stirn des Feldmarschalleutnants schwoll an. „Ich bin kein Graf, muß also nicht unbedingt katholisch sein wie ein Mesner."

Der Maler legte ihm die Hand auf die Schulter. „Laß es, Carl. Es lohnt längst nicht mehr. Heute glauben sie nur mehr an das Fernsehen. Eine Verblödung hat die andere abgelöst."

Plötzlich schwiegen sie alle und starrten vor sich hin. Das dauerte eine ganze Weile, und ich wagte die Stille nicht zu brechen. Dann hob die Fürstin Kopf, Perücke und Segelschiff.

„War es nicht schön?" fragte sie.

Einer nach dem anderen schaute auf. Einer nach dem anderen nickte.

„Gut", entschied Durchlaucht, Köhlerweib und Betthase. „Wir haben wieder unseren Boden, selbst wenn er manchmal ein wenig wackelt. Denkt an Artikel eins des Gesetzes: Die sogenannte Jetztzeit ist Übergang und keines Wortes würdig. Nur eingemottet kann man sie überstehen. — Carl, ich habe dich unterbrochen."

Der Feldmarschalleutnant seufzte. „Keineswegs, Durchlaucht. Ich wollte ja nur unserem Hausherrn erklären, warum ich, ob jetzt am Untergang Österreichs mitschuldig oder nicht, in dieser feldgrauen Uniform vor ihm sitze. Eigentlich müßte ich die Idee des Carl Beneder verkörpern, und dieser Carl Beneder, Edler von Montebello, kann im Grunde nichts als ein Ulan sein, denn das war ich dreißig Jahre lang, bis ich General geworden bin. Ich habe auch die Uniform noch zu Hause, wie ich sie aber anprobiere, komme ich mir auf einmal vor wie eine Karikatur vom Schönpflug, na, habe ich mir gedacht, sei lieber bescheiden. Wenn man alt wird, hat man bei der Leichten Kavallerie nichts mehr verloren, zieh die feldgraue an, ein goldener Kragen rundum ist nicht das Schlechteste."

Ich kam von den Ulanen nicht los, und da ich mich erst zwei Tage vorher über alle Lanzenreiter informiert hatte, konnte ich das Gespräch mit größtem Anschein von Sachkenntnis weiterspinnen. „Bei welchem Regiment, Exzellenz?"

„Bei den Vierern."

„Ach! Kaiser Franz Joseph!“

Seine Augen leuchteten auf. „Sie wissen das! Grandios! Ein Quizmaster kennt den Inhaber der Vierer! Das wäre eine Veuve Cliquot wert! Leider haben wir keine hier.“

Der Quizmaster tat weh, aber ich ging darüber hinweg. „Rodakowski war mit den Dreizehnern in Italien, die Vierer sind in Böhmen eingesetzt worden. Haben Sie Königgrätz mitgemacht?“

„Um Gotteswillen!“ seufzte die Koltay.

„Laß die Buben“, mahnte die Fürstin. „Sie sind eben so. Concedieren wir ihnen drei Minuten.“

Der Feldmarschalleutnant zuckte bekümmert mit den Schultern. „Ein wunder Punkt, ein sehr wunder Punkt. Wenn Sie so gut beschlagen sind, werden Sie verstehen: Da wird man jahrelang vorbereitet, die idiotischen Herbstmanöver mit ihrem Tribünenkrieg tragen ihr Teil dazu bei, man lebt auf die Reiterschlacht zu, schließlich hat man die Ulanen nicht aus Zufall gewählt, und dann kommt endlich die Wirklichkeit. Was aber passiert? Ulanen sind leicht, natürlich setzt man sie gern als Eclaireurs ein: Herr Leutnant, erkunden Sie die Wenzelsberger Höhe! Zu Befehl, Herr General! Ich erkunde und habe noch nicht einmal den Säbel gezogen, da bin ich schon vom Pferd geschossen! Keine Attacke, kein Galopp, keine flatternden Fähnchen an den gesenkten Lanzen, nein, nein, ich halte ganz harmlos an irgendeinem Waldrand vor Nachod, irgendein preußischer Füsilier hinter irgendeinem Strauch drückt ab, ich liege mit zerschmettertem Oberarm im Gras und kann mir später in Wien erzählen lassen, daß die Vierer bei Chlum attackiert haben — gut, ich gebe zu, das war heitere Trottolosis, sie haben nicht bemerkt, daß zwischen ihnen und den Preußen ein Hohlweg war, in den sind sie hineingefallen, die Viecher stürzen, scheuen, gehen durch, großer Pallawatsch, und die Preußen mit ihren Zündnadelgewehren wacker dazwischen. Den Mut kann uns Österreichern damals niemand absprechen, das Hirn ja. Mit einem Wort, die Kaiser-Ulanen haben schwerste Verluste, und ich kann schnell avancieren. Das klingt gut, aber bedenken Sie: 1863 werde ich ausgemustert, 1866 abserviert und die nächsten siebenundzwanzig Jahre presche ich hoch zu Roß vor, als Unterleutnant Erster Klasse, als Oberleutnant, Rittmeister, Major, Oberst, hinter mir die wehenden Lanzenfähnchen, ein Zug, eine Escadron, ein ganzes Regiment — aber alles gestellt wie auf der Bühne, es sind ja unsere heiligen Manöver, bei denen die Kavallerie entscheiden muß, weil die Obersten Kriegsherren das so haben wollen, obwohl wir alle längst wissen, daß Schützengräben und Artillerie den Ausschlag geben werden, und die Kavallerie schon seit sehr langem nur mehr für die Aufklärung gut ist."

„Die Uniformen waren schön", sagte die Fürstin nachdenklich. „Uniformen, Pferde, Farbe, viel Farbe. Ulanen hat es zu meiner Zeit noch nicht gegeben. Aber die Husaren! Die Kürassiere, die Dragoner! Was für Kerle! Da lacht einem doch das Herz, da versteht man sogar als Frau das Militär! Ihr hättet die Farbe nicht einem Wirtschaftsunternehmen ausliefern dürfen, Carl."

„Nein, Durchlaucht. Leider kam alles so unerwartet. Krieg war manchmal Rauferei, manchmal Handwerk, manchmal Kunst, auf jeden Fall etwas Menschliches. Im 19. Jahrhundert haben uns die Techniker das Spielzeug aus der Hand genommen und kaputt gemacht."

„Was sagen Sie, Herr Hofrat?"

Der schluckte erst mehrere Male. „Pardon", sagte er dann, „wir wissen alle, daß die Verwaltung in unaufhaltsamem Vormarsch und gänzlich unproduktiv ist wie die Ulanen. Ihr Sieg führt zur Versklavung des Einzelmenschen, aber wir werden uns damit abfinden müssen."

„Kurz ausgedrückt: Kacke", faßte die Koltay zusammen. „Nichts als gelbe Babykacke."

Die Fürstin nickte. „So ist es. Einmotten ist das einzig richtige Programm."

Die Uhr im Wohnraum schlug eins. Wir brachen auf.

17

Der Verwalter hob einen Zipfel des Gobelins, einer nach dem anderen verschwand in der dahinter verborgenen Tür, die Gräfin hielt ich fest und bat um ein paar Worte. Einen Augenblick zögerte sie, nickte dann: Ich möge ihr bloß Zeit lassen, das Kostüm abzulegen. Ich wartete also, und bald darauf kamen sie an mir vorbei, sonderbarerweise kaum verwandelt, obwohl sie nun die Kleidung unserer Zeit trugen. Jeder hätte sein können, was er vor kurzem gespielt hatte, von der Fürstin bis zum Feldmarschalleutnant mit dem borstigen grauen Schnurrbart. Meine Gräfin erschien als letzte, wieder grauer Rock und weiße Bluse, wir setzten uns in den Wohnraum, sie schwieg, sah mich bloß an, und wieder spürte ich die ruhige Kraft dieser Augen.

„Wozu sollte das gut sein?" fragte ich endlich. „Haben Sie wirklich geglaubt, daß mich eine Runde von Verrückten umstimmen könnte?"

Sie lachte. „Vorgestern war ich zunächst ganz Ihrer Meinung, aber dann hat mich etwas stutzig gemacht, etwas wie der ferne Ton einer Viola, der Klang eines verschütteten Ichs. Heute sind Ihnen von der Fürstin zwei Erklärungen für die Herkunft ihrer Perücke angeboten worden, eine rationale und eine irrationale. Beide sind möglich. Welche Sie wählen, liegt allein bei Ihnen. Nehmen wir einmal an, daß wir alle verrückt sind. Was heißt verrückt?"

„Wenn man die letzte Stunde hier mit wachen Sinnen erlebt hat, besteht darüber doch wohl nicht der geringste Zweifel."

„Ach! Wirklich? Ich gebe Ihnen drei Beispiele. Da setzt

sich einer in einen Bottich voll Tomatenmark und bleibt drei Tage drinnen, um einen Rekord zu brechen; da bringt ein Maler zu einer Ausstellung eine leere, bloß mit Honig beschmierte Leinwand und hofft, daß sich bei der Eröffnung Fliegen, Bienen und Wespen darauf niederlassen und so ein Muster bilden werden, das er dann Kunst nennt; da arbeitet jemand Tag und Nacht an der Erzeugung eines Nervengases, mit dem man die ganze Menschheit ausrotten kann, ohne daß Gebäude und Nachrichtenmittel zerstört werden. Keiner der drei ist verrückt, denn jeder hat ein allgemein anerkanntes Motiv: Geld. Wer in Geld den obersten Wert sieht, kann nicht verrückt sein. Wenn wir sieben zusammenkommen, bringt das niemandem etwas ein. Also sind wir verrückt."

„Wozu das Empire-Kostüm? Warum müssen Sie sich Gräfin Clerfayt nennen? Wie heißen Sie wirklich?"

„What's in a name? That which we call a rose . . ."

„Eine Rose ist eine Rose ist eine Rose. Mit der Aufhebung der Namen und Begriffe könnten wir unseren Verstand nicht mehr gebrauchen."

„Und wären damit verrückt, nicht wahr? Das Dumme daran ist, daß der Verstand das persönliche Glück zum obersten Ziel erklärt und Glück gar nicht geben kann."

„Wie heißen Sie wirklich?"

„Wollen Sie meine Telefonnummer? Getauft wurde ich auf den Namen Maria de los dolores, aber man ruft mich Marion. Ich bin eine geborene Bobrowska und habe einen Clerfayt geheiratet."

„Dann bitte die Telefonnummer."

„Im Himmel 1823, Durchwahl zu 28-61-94 möglich."

Ich ärgerte mich ein wenig. „So etwas nannte man zur Zeit meiner Großmutter schnippisch. Haben Sie das notwendig? Mir ist das Theater hier egal. Erzählen Sie mir ruhig etwas von der Maria de los dolores, ich schlucke das, aber Sie sind doch kein Backfisch, Sie wissen genau, was es heißt, wenn ich Ihnen sage, daß Sie mir nicht egal sind. Telefonnummer hin, Telefonnummer her — wollen Sie mich wiedersehen oder nicht? Es genügt ein Ja oder Nein."

„Selbstverständlich wollen wir sie wiedersehen! Unser Schicksal hängt doch von Ihnen ab!"

„Sie weichen aus."

„Ja. Ich weiche aus. Ist das keine Antwort?"

„Und wo ist der ferne Ton einer Viola, der Klang eines verschütteten Ichs? Warum verschwenden Sie Lyrismen an mich? Lyrik hat kaum mit Mietverträgen zu tun. Ich gehöre nicht in eure nostalgische Vornehmrunde, ich bin ein Mann von heute und will wissen, wie ich dran bin."

„Lanze eingelegt, Galopp! Waren Ihre Vorfahren vielleicht Ulanen wie Rodakowski und Beneder?"

„Zurück bis Adam. Ich habe gefragt und bitte gehorsamst um eine ehrliche Antwort."

Ich sah, daß sie überlegte. Dann wurde sie plötzlich ernst. „Sie haben recht. Ich weiß, was Sie meinen, und wenn ich ausweiche, dann ist das nicht Koketterie, sondern Schwäche. Irgendetwas an Ihnen zieht mich an, eben dieser ferne Ton der Viola, aber zwischen uns kann nichts sein. Ich bin wirklich eine verwitwete Gräfin Clerfayt und kann nichts bieten als Seele. Ihre Epoche versteht unter Liebe geschlechtliches Vergnügen. Dafür bin ich nicht geeignet. Die ehrliche Antwort muß also lauten: Vergeuden Sie Ihre Zeit nicht mit mir."

Diese Formulierung schreckte mich nicht etwa ab, sondern bestätigte meine Annahme, daß diese Frau bloß durch die heute übliche Kaltschnäuzigkeit kopfscheu geworden war. „Bleiben Sie meinetwegen Gräfin", sagte ich. „Bleiben wir bei Shakespeare und seiner Frage nach dem Namen einer Rose. Sie haben mich nicht richtig verstanden. Ich suche kein Abenteuer im rüden Sinn des Wortes. Sex überschwemmt uns bis zum Ekel. Ich sehne mich nach der geheimnisvollen Insel des Gefühls, wo jede Minute geheiligt und zu Jahrzehnten wird, weil wir nur auf ihr das Dasein als Geschenk spüren können."

Sie schüttelte den Kopf. „Und Sie reden von Lyrismen."

„Ja, das tue ich und tue es weiter. Bei Ihnen ist es der ferne Ton einer Viola, bei mir eine geheimnisvolle Insel. Was wollen Sie mit Ihrer Einschränkung auf die Seele? Wir verstehen einander doch! Sie warnen mich nicht, Sie geben mir das Zeichen, daß ich auf dem rechten Weg bin. Vergessen wir die Ulanen, vergessen wir die Lanze. Gönnen Sie mir die so selten gewordene Freude der Werbung."

„Jede Werbung hat ihr Ziel und ihren Zweck."

„Und sind nicht Ziel und Zweck unsere Erbsünde? Zerstören sie nicht die Schönheit?"

Unschlüssig sah sie mich an. „Ich fürchte, Sie überschreiten die Grenzen der Natur. Menschen sind Menschen, Männer sind Männer. Wäre ich nicht, was ich bin, ich würde über Sie lachen. Sie wollen romantischer sein als die Ulanen, weil Ihre Zeit nicht das kleinste Quentchen Romantik zuläßt. Liebe ist göttlich und Liebe ist tierisch. Sie stehen dazwischen, ich stehe drüben. Aber Sie sind nicht dumm. Ich überlasse Ihnen die Entscheidung. Telefonnummer habe ich keine. Ich werde Sie morgen abends um sieben vor dem Gobelin erwarten."

18

Als ich hinunterkam, stellte mich Hermes, diesmal wieder in roter Badehose und mit Taubenflügeln an Helm und Sandalen. Er war nicht freundlich, sondern sehr dienstlich und bat mich in die Wohnung der Prinzessin, bat mich so entschieden, daß ich annehmen mußte, er würde Fußtritte und Würgegriff anwenden, wenn ich nicht gehorchte. Ich gehorchte also, ging durch einen purpurn tapezierten Vorraum in ein Wohnzimmer, eine wahre Jugendstil-Orgie, meiner Ansicht nach die schlimmste Bosheit, die man dem schlichten Apostelhof antun konnte.

„Nicht erschrecken, nur weiter, es kommt noch ärger", mahnte Hermes, geleitete mich zum Schlafraum seiner Herrin und zog sich diskret zurück. Dieser Schlafraum hatte zwar ein Fenster, aber es war von einem scharlachfarbenen Vorhang verdeckt, scharlachrot war auch die Tapete, von der man freilich nicht viel sah, denn sie war vom Fußboden bis zur Decke mit Fotos beklebt, die alle Arten sexueller Befriedigung darstellten, allein, mit Männern, Frauen, Tieren und leblosen Gegenständen. Es gab nur drei Möbelstücke: ein großes Bett, eine Hausbar auf Rädern und ein ebenfalls fahrbares Büchergestell mit Pornographie. Gelbes Licht sickerte aus verborgenen Quellen. Auf dem Bett lag die Prinzessin. Sie trug ein durchsichtiges schwarzes Höschen. Sonst nichts.

„Na, da sind Sie ja", sagte sie und warf ein Heft auf das Büchergestell. „Kommen Sie her und trinken Sie einen Malzwhisky mit mir. Vorgestern habe ich Sie hinausgeschmissen. Das war ein Fehler, und ich sehe es ein. Machen Sie nie Fehler? Ich hasse Menschen, die keine Fehler machen. Haben Sie keine Angst, setzen Sie sich. Da, auf das Bett. Ich tue Ihnen nichts, bin ja längst kein Lustobjekt für Männer mehr. Das hat sich umgedreht. Heute sind Männer Lustobjekte für mich, und da nehme ich mir welche, die jünger sind als Sie. Schauen Sie nicht so blöde. Naja, da liege ich, meine Haut ist runzelig, mein Busen nur noch eine schlappe Falte, und trotzdem repräsentiere ich die Macht wie seinerzeit die Direktoren mit ihren dikken Bäuchen. Gut, jetzt sitzen Sie endlich. Reden wir vernünftig. Ich habe mich erkundigt. Die Leute hängen hier an ihren Vorschriften, aber Sie sind Österreicher und an Umwege gewöhnt. Das Haus gehört Ihnen, okay. Eigentum ist Eigentum, Gesetz ist Gesetz. Natürlich kann man Ihnen trotzdem das Leben ein wenig schwer machen. Kein

Verstoß, alles on the level. Wollen Sie nicht lieber gleich verkaufen?"

„Prinzessin, ich habe keine Minderwertigkeitsgefühle und bin nicht so leicht zu erschrecken."

„Was bedeutet, daß Sie nicht verkaufen?"

„Ganz recht, wenn Euer Gnaden belieben."

Sie lachte, warf sich zurück, verschränkte die Arme unter dem Kopf. „Bezaubernd! Ein richtiger sturer Mann der alten Schule. So etwas wie der aussterbende Steinbock. Wenn es nicht um Geschäfte ginge, würde ich Sie gern so weiterreden lassen. Ganz ehrlich: Sie gefallen mir. Lange nicht mehr erlebt bei den heutigen Scheißkerlen. Wenn Sie jünger wären, dürften Sie mich behüpfen." Mit einem Ruck drehte sie sich herum, stützte sich auf den Unterarm. „Sie sind doch kein Mechanikergehilfe, Sie wissen doch, was gespielt wird. Früher hatte man es leicht, weil man ein Mann war. Heute hat man es leicht, wenn man eine Frau ist. Alle Massenmedien stehen hinter mir. Sie haben keine Chance."

„Wissen Sie, was Ulanen sind?"

Einen Augenblick schien sie ratlos. „Ja, im Kreuzworträtsel, Reitersoldat mit vier Buchstaben. Was soll's?"

„Angeblich haben zu Beginn des Zweiten Weltkriegs polnische Ulanen mit ihren Lanzen deutsche Panzer angegriffen."

„Und das soll gut gegangen sein?"

„Nein, natürlich nicht. Es war Wahnsinn, aber Wahnsinn kann auch für den Gegner sehr gefährlich werden, weil er nicht berechenbar ist. Was war schon furchtbar an Zeus? Nur sein Zorn. Je mehr Sie mich unter Druck setzen, desto weniger werde ich verkaufen. Bei Bitten könnte ich schwach werden, bei Drohungen nie."

„Bezaubernd. Stehen Sie eigentlich unter Naturschutz? Denn Ihnen ist ja offenbar klar, daß Sie wie Ihre blöden Ulanen mit den blöden Lanzen gegen einen Panzer anreiten? Nie können Sie für den Apostelhof tun, was ich tun kann. Nebenbei spende ich für die Feuerwehr, die Ortspolizei, den Sportverein, beide Parteien und die armen Kinder der dritten Welt. Glauben Sie wirklich, daß sich eine Gemeinde solchen Argumenten auf die Dauer verschließen wird?"

„Nein, Prinzessin. Wie die deutschen Panzerkommandanten haben Sie berechtigte Hoffnung auf den Endsieg. Ich bleibe bei den Ulanen. — Damit darf ich mich wohl zurückziehen. Gänzlich unwichtige Aufgaben warten auf mich."

19

Als ich ins Freie trat, holte ich tief Atem. Die Luft war reiner als in dem scharlachroten Kobel, aber kein Windhauch zu spüren und die Hitze drückte schwerer als am Vortag. Messenbeck fiel mir ein. Nur ein Sturm konnte helfen, den Gestank auflösen und den Duft der Tannen zurückbringen. Etwas ist faul im Staate Dänemark, und wie groß ist Dänemark seither geworden!

Obwohl mich mein Wagen in fünf Minuten zu meinen Eltern gebracht hätte, ließ ich ihn stehen und wanderte zu Fuß dem Schrannenplatz zu; ich mußte erst mit mir selbst ins Reine kommen, bevor ich der Hilflosigkeit und Verzweiflung anderer gewachsen war. Am Beginn der Fleischgasse, auf der Brücke über den Mödlingbach, lehnte ich mich über das Geländer, sah hinunter und suchte den Weg in meine Knabenzeit. Damals war ich hier hinuntergeklettert und hatte den Bach erforscht, der hinter einer Windung verschwand, an beiden Ufern nicht mehr Straße, sondern nur noch die Hinterfront der Häuser. Natürlich wußte ich, wo er wieder sichtbar wurde, aber mich reizte der unbekannte Verlauf, das große Geheimnis, das man nur watend ergründen konnte. Mit nassen Schuhen und Strümpfen und einer Stunde Verspätung war ich daheim angekommen, Großmutter hatte mir Vorwürfe gemacht, ich war frech geworden, und weil ich am nächsten Tag zur Kommunion sollte, mußte ich, um keinen „Gottesraub“ zu begehen, meine Sünde bei einer Nachbeichte um sieben Uhr morgens eingestehen. Das war oben in Sankt Othmar gewesen, wo ich auch meine erste Kommunion erlebt hatte, mit einer reinweißen Kerze, die sich in der warmen Knabenhand langsam verbog. Kein Sturm konnte diese Sauberkeit der Seele zurückbringen. Finden wir uns damit ab, daß Leben beschmutzt und wir im Alter besudelt dastehen.

Im Alter? Bin ich denn alt? Wahrscheinlich mache ich durch, was die Amerikaner Midlife-crisis nennen. Darum die dumme Geschichte mit Sandra und heute die noch dümmere mit dieser Frau, die unbedingt Gräfin sein möchte. Das ist keine Erforschung des Mödlingbachs mehr, das ist Jagd nach Regenbogen. Wo bleibt meine vielgerühmte, vielgelästerte Vernunft? Genügt sie mit fünfzig nicht mehr? Beginne ich auszuschauen nach dem anderen Ufer und dem Land, das sich dahinter ausbreitet? Ist meine Zukunft schon in Vergangenheit abgebröckelt? Wahrscheinlich. Paris ist zwar weitaus besser als meine jetzige Verwendung, gegenüber früher trotzdem ein Abstieg, und ein neuer Aufstieg könnte mich höchstens dorthin bringen, wo ich schon war. Zum reinen Manager tauge ich nicht, will es gar nicht sein. Klima ist da sicher der bessere Mann. Soviel zum Beruf. Was bin ich sonst? Ein wenig Ehemann, ein wenig Vater, ein wenig Liebhaber. Die Ehe hat sich zur chronischen Krankheit entwickelt, die Söhne sind erwachsen und die Liebschaften gewohnte Körperfunktionen. Die Lebenserwartung liegt statistisch etwa bei siebzig Jahren, aber kein junger Mann würde sich wundern, wenn mich übermorgen der „Herzkasperl“ holt und ich die „Patschen aufstelle", wie sie das mitfühlend nennen. „Fünfzig war er? Eh schon alles z'spät." Was kann ich in den zwanzig Jahren bis zum statistischen Tod noch tun? Weiterwurschteln, wie die Wiener sagen.

Ich setzte mich hinauf an die Plattenfelswand oberhalb der Goldenen Stiege, wo ich seinerzeit meine ersten Kletterversuche gewagt hatte, zielte mit kleinen Steinchen auf die jungen Föhren unter mir, bemühte mich in Wolken, Bäumen und Steinen zu denken und kam doch immer wieder zu mir zurück. Was hatte mich meine komische Triestinerin gefragt? Ob ich als Kommentator im Lexikon stehen wollte. Ich hatte bejaht und damit gelogen. Was ist ein Kommentator? Einer, der darüber redet, was andere tun; ein Ochsenfrosch, der mit seinem Gequake Geschichte zu machen glaubt. Stark ist die Feder nur, wenn Macht ihrer Schrift Anerkennung und Verbreitung verschafft, sei es nun Herrschaft oder Rebellion, sei es heute oder erst morgen. Fehlt die Macht, dann verblaßt die Tinte in Vergangenheit. Was war mein Ziel? Ich habe alles daran gesetzt, aus dem verwirrenden Durcheinander der Lügen die Wahrheit herauszufinden, sie faßbar zu formulieren und anderen mitzuteilen. Das ist Wahrheit in der Retorte, sauber und doch farblos. Das Leben will Farbe, und wer in ihm bestehen will, muß sich zu einer bekennen. Auch ich habe das anfangs getan und es später bleiben lassen, weil gefärbte Wahrheit eben die Lüge ist, ohne die unsere Welt zwar nicht existieren kann, die ich aber von ganzem Herzen hasse.

Wer war ich, wenn ich übermorgen sterben sollte? Wie preßt man ein Leben in ein einziges Wort?

Ich fuhr zurück ins Funkhaus, las die letzten Meldungen, diktierte Frau Schmiedel in die Maschine und setzte mich ans Telephon. Helga erzählte mir von einem entzükkenden Assistenzarzt, der sie zum Bleiben überredet habe, Konrad berichtete von seinen Bemühungen an der Universität: Wie vorauszusehen, dürfe er erst im Oktober inskribieren, aber ein Semester Wirtschaftswissenschaft werde ihm angerechnet, und außerdem gebe es einen Sommerkurs für Römisches Recht, an dem er schon morgen teilnehmen könne. Bevor er auflegte, teilte er mir ganz nebenbei mit, daß sich Christoph bei Sandra gemeldet, jedoch nur eine Telephonnummer und keine Anschrift verraten habe. Sandra gab mir die Nummer und nach wenigen Minuten hatte ich auch die Anschrift. Als ich anrief, hob drüben ein Wilhelm Voitl, Lebensmittel, ab. Er wisse nicht, wo Christoph Greith wohne, der junge Mann kaufe lediglich bei ihm ein, und ob er etwas bestellen solle?

Ich dankte, unterschrieb drei Briefe, die Frau Schmiedel für mich vorbereitet hatte, verabschiedete mich und fuhr auf den Laaerberg. Voitls Geschäft war klein, den Forderungen der Zeit gemäß aber für Selbstbedienung eingerichtet, eine appetitlich dicke Frau mit Pfirsichgesicht saß an der Kasse, Herr Voitl selbst sorgte für die Beratung seiner Kunden. Er war groß, schlank, an die vierzig, und auf seinem Kopf wuchs nur mehr an den Schläfen und im Nakken dichtes blondes Haar.

„Nein, ich kenne keinen Christoph Greith", sagte er. „Nur den Namen hat man mir gegeben, damit ich Nachrichten übermitteln kann. Sind Sie der Herr, der vor einer halben Stunde angerufen hat? Ich kann Ihnen hier auch nicht mehr sagen."

Nach kurzer Einschätzung seines Charakters entschloß ich mich zu direktem Angriff. „Christoph ist mein Sohn, großjährig und gestern bei mir ausgezogen. Er soll bleiben, wo er ist, ich hole ihn nicht zurück, aber leider muß ich Kontakt mit ihm halten, weil mich die Staatspolizei gewarnt hat. Ich will nicht riskieren, daß er in irgendeinen Blödsinn von rechtsradikalen Bombenlegern verwickelt wird."

Er fiel sofort um. „Das ist natürlich ganz was anderes",

antwortete er, nahezu dienstbeflissen. „Mit solchen Sachen möchte ich nichts zu tun haben. Die jungen Leute, Sie wissen ja, so schlecht sind sie nicht, man hat Verständnis. Aber Staatspolizei? — Wahrscheinlich ist er drüben beim Haidvogl."

Ich erhielt Anschrift und Wegbeschreibung, ließ den Wagen zurück, ging etwa fünf Minuten und fand nach einigem Suchen die richtige Nummer an einem ebenerdigen Schrebergartenhäuschen. An der Vorderseite hatte es links zwei eng aneinandergerückte Fensterchen, dann eine schmale Tür und rechts wieder Zeit Fensterchen; die schweren Haken dazwischen verrieten, daß die ganze Front mit Holzladen dicht gemacht werden konnte. Ich öffnete das Tor eines niedrigen Gartenzauns, ging über ein paar Steinplatten auf das Haus zu und klopfte. Es dauerte eine Weile, dann sah ein junger Mann mit auffallend kurzem Haarschnitt aus einem der Fenster und fragte scharf: „Was wollen Sie?"

„Ein paar Worte mit meinem Sohn."

„Aha. Sie sind also der berühmte Doktor Greith. Entschuldigen Sie, wenn ich Sie nicht gleich erkannt habe. Im Fernsehen schauen Sie jünger aus. Christoph ist da. Reden Sie mit ihm, wenn das unbedingt sein muß."

Er ließ mich ein, kümmerte sich nicht weiter um mich und verschwand in einem Nebenzimmer, dessen Tür er hinter sich schloß. Der Raum, in dem ich stand, gab genaue Auskunft über die Weltanschauung seines Bewohners. An der rechten Wand hingen ein riesiges Eisernes Kreuz aus Sperrholz, in die Mitte genommen von einem Karabiner und einer Panzerfaust; an der linken eine Wehrmachtsbluse mit den Schulterklappen eines Feldwebels, darunter auf einem mit Samt überzogenen Brett die Auszeichnungen des Trägers: beide Eisernen Kreuze, Verwundeten- und Sturmabzeichen, Nahkampfspange und zwei Panzervernichtungsstreifen; an der Längswand zwischen den beiden Türen in die Nebenräume ein Bild Adolf Hitlers, ein Stahlhelm, ein Koppel und zwei gekreuzte Seitengewehre; von den Türen zu den Ecken hin mehrere gerahmte Fotos aus dem Zweiten Weltkrieg. Das Mobiliar bestand aus einem runden Tisch, zehn Stühlen und einem Aktenschrank. Auf einem der Stühle saß Christoph, hatte offenbar gelesen, schob nun das Buch zur Seite und stand auf. Die Hand bot er mir nicht.

„Hast du einen Haftbefehl?"

Ich spürte ein sonderbares Würgen in der Kehle und schluckte krampfhaft. „Schau dich doch um, Christoph!" bat ich. „Das bist nicht du, das ist Abfall von einem Gestern, das wir Gott sei Dank hinter uns haben. Du rennst in dein Verderben, du opferst dich auf, aber nicht für die Zukunft, sondern für eine furchtbare Vergangenheit!"

„Wenn es um Ideale geht, sollte man nicht danach fragen, ob sie Dividenden bringen."

Gerade dann! wollte ich antworten, und fast gleichzeitig fielen mir die Ulanen ein. Ich schwieg.

Lange blieb es still zwischen uns. „Wir reden in verschiedenen Sprachen", sagte er endlich.

„Da bin ich mir nicht so sicher." Ich schob einen Stuhl zurecht und setzte mich. Er blieb stehen. „Du hältst mich für einen korrupten Opportunisten, der keinen Sinn für Ideale hat. Das stimmt nicht. Ideale geben dem Leben Richtung und damit Sinn, es ist wie mit der Liebe, aber besonders in der Liebe und bei den Idealen wird am meisten betrogen. Weil Liebe und Ideale so schön sind, werden sie angesetzt, um den stärker an sein Gefühl gebundenen Mitmenschen bis zum Weißbluten auszunützen. Wohlgemerkt: Ich sage nichts gegen Liebe und Ideale, ich verweise nur auf die seit Jahrtausenden bekannte Tatsache, daß der Liebende und der Idealist die leichteste Beute für den Gauner sind, daß sie Gauner geradezu anziehen und darum ein wenig vorsichtig sein sollten, was sich hinter großen Worten verbirgt. In den letzten paar Tagen habe ich mich mit dem romantischen Ideal beschäftigt und es — durch einen dummen Zufall — am Beispiel der Ulanen verfolgt. Das ging so weit, daß ich vorgestern abend Bücher über dieses Thema gewälzt habe, und dabei ist mir ein bezeichnendes Ereignis untergekommen. Der englische Dichter Tennyson, meist kränklich und niemals Soldat, schrieb im Krimkrieg ein berühmtes Gedicht über den Angriff der Leichten Brigade in der Schlacht von Balaklawa und verherrlichte darin die englische Kavallerie, im gegebenen Fall Husaren und Lancers, also Ulanen. Bei Balaklawa wurde diese Brigade frontal gegen feuernde Kanonen eingesetzt und verlor fast die Hälfte ihrer Leute. Über den Mut der Ulanen gibt es keinen Zweifel, ihr Idealismus ist bewundernswert, vielleicht sind sie sogar glücklich gestorben, obwohl es dafür keinen Beweis gibt. Schuld an ihrem Tod aber waren nicht etwa die russischen Kanoniere, sondern ein verblödeter Befehl eines Lords Raglan, und ihr Oberst, Lord Cardigan, der eigentlich die Spitze hätte halten sollen und darum vor allen anderen gefährdet gewesen wäre, die Schlacht jedoch sonderbarer Weise überlebte, als Held gefeiert und zum General befördert wurde." Ich deutete auf das Hitlerbild. „Der da oben — wir wollen jetzt gar nicht von den Konzentrationslagern sprechen — hat unzählige Male solche Befehle gegeben. Ich bin fast sicher, daß wir das Ideal zum Leben brauchen und unsere heutige Gesellschaftsform den schlechtesten Boden dafür bietet, aber ich hasse alle, die mit dem Ideal ihre Geschäfte machen, und möchte die Idealisten vor ihnen schützen. Besonders meinen Sohn."

Christoph schüttelte nur den Kopf und rief nach seinem Freund. Der kam und machte mich zunächst aufmerksam, daß in seiner Wohnung kein Hakenkreuz zu sehen, der Laderaum des Karabiners verlötet und die Panzerfaust eine Attrappe sei. Das Bild an der Wand dürfe man nicht als

Programm, sondern lediglich als Erinnerung an einen durch infame Hetzpropaganda verleumdeten großen Staatsmann und Feldherrn betrachten, der ebenso wie Wallenstein, Cromwell oder Napoleon längst der Geschichte angehöre, jedoch immer noch als Malergeselle oder Tapezierer eingestuft werde, was nachweislich falsch sei, also bewußten Rufmord bedeute und darum berechtigtes Mißtrauen erwecke; gerade die weiterhin andauernde hysterische Angst vor Hitler beweise, daß es sich kaum um irgendeinen Tapezierer gehandelt haben könne. Trotzdem sei er natürlich historisch zu werten und nur insofern Vorbild, als er es vor fünfzig Jahren verstanden habe, das deutsche Volk aus dem Sumpf des moralischen Niedergangs zu retten, und wenn wir auch den Krieg verloren hätten, sei der nachfolgende Wiederaufbau eben jener von Hitler geformten Generation zuzuschreiben, während sich die verweichlichte jetzige Generation der gesamten westlichen Welt bloß in Diskotheken, auf Sex-Parties und bei Rauschgiftorgien bewähre, ihr Untergang also — sollte nicht bald Abhilfe geschaffen werden — unschwer vorauszusehen sei. Das Ziel der Kameraden bestehe darum nicht etwa in der Wiedererweckung des Nationalsozialismus, der ebenso längst zur Geschichte gehöre, sondern in der Gestaltung unserer Zukunft. Eine Gesellschaft könne sich einzig durch ihre Moral am Leben erhalten, wie aber sehe es damit aus! Durch Pille und übertriebene Emanzipation sei die Moral der Frau im Schwinden, durch heimtückische Gesetzgebung das Band der Familie zerrissen worden; die Schulen untergrüben jegliche Autorität und verhinderten das Heranwachsen einer so lebenswichtigen geistigen Elite; durch die Möglichkeit des Zivildienstes werde der wehrbereite Mann als Idiot eingestuft, wie der Staat überhaupt den korrupten Kaufmann, den Verbrecher und jedes asoziale Individuum schütze, den schließlich staatsbildenden Normalmenschen aber als Spießbürger mißachte; die Massenmedien negierten das Leistungsprinzip und verkündeten als obersten Wert das Vergnügen, obwohl die politische und wirtschaftliche Entwicklung sehr deutlich zeige, daß wir Zeiten entgegengingen, die von verzogenen Fratzen und größenwahnsinnigen Weibern nicht gemeistert werden könnten. Bester Beweis für diese Diagnose sei der Osten, der solche Aufweichungen der Moral eisern bekämpfe. Nur er habe darum die Chance des Überlebens, wenn nicht bald Alarm geblasen werde.

Während seines Vortrags hatte er mich immer wieder erwartungsvoll angesehen und mir Zeit zum Widersprechen gelassen. Da ich jedes Argument samt Gegenargumenten kannte, war ich still geblieben. Als er endlich nicht mehr weiter wußte, fragte ich ihn, ob er die Erinnerungsstücke an den Wänden aus der Bundesrepublik Deutschland bezogen habe; nach Zeitungsberichten gebe es da einen Laden in München, doch seien leider in den letzten Jahren die Preise unverschämt gestiegen.

Er nickte. „Das ist richtig. Aber probieren Sie es einmal und kaufen Sie einen Dragonerhelm oder eine Tschapka oder nur einen Artillerie-Tschako von der k.u.k.-Armee — da werden Ihnen die Augen übergehen. Ich habe nichts gekauft. Den Stahlhelm, die zwei Seitengewehre und den Karabiner haben mir Freunde geschenkt. Alles andere ist geerbt."

„Von wem?"

„Von meinem Vater. Die Uniform da, das war seine Ausgangsbluse, die hat er auf seinem letzten Urlaub angehabt, dazu die Auszeichnungen und das Koppel. Er hätte ja unterschnallen können, aber das war ihm 1944 zu angeberisch."

„Ihr Vater ist gefallen?"

„Nein. Einbeinig aus der Gefangenschaft zurückgekommen. Wissen Sie, wie schwer das ist mit einer Prothese, wenn vom Oberschenkel nur mehr ein ganz kurzer Stumpf da ist? Mein Vater hat sie weggeschmissen und die Krücken behalten. Vor drei Jahren ist er gestorben, verbittert, hat es nie verstanden, daß man Deserteure, die zu den Jugoslawen übergelaufen sind, groß als Helden feiert und ihn als Kriegsverlängerer und Volksfeind verdammt, obwohl er nie einen Häftling bewacht, nie einen Gefangenen oder Zivilisten erschossen, sondern immer nur den Schädel für das Vaterland hingehalten hat. Was glauben Sie, was er war? Kein Sadist, nicht einmal Parteimitglied. Ein Maurer. Wäre er nicht gerufen worden, hätte er Häuser gebaut. Man hat ihn gerufen, er ist gegangen wie Millionen andere. Der Dank des Vaterlandes war Beschimpfung, seit ein paar Jahren bis zum Haß gesteigert. Jeder verbummelte Student, jedes blöde Emanzenweib, jeder Süchtige, jeder Diskothekenhase und jeder Betrüger ist heute mehr wert als der Soldat. Höhepunkt der Idiotie: Man macht Soldaten zu Beamten, als ob die nachts im Zelt schlafen und im Krieg ihr Leben einsetzen müßten. Unser Staat ist nicht nur unanständig, er ist nachtwandlerisch, denn die Zeichen stehen schon am Himmel."

Wieder erwartete er eine Antwort und diesmal gab ich sie ihm. „Alle vier Jahre haben die Österreicher das Recht, ihre Regierung zu wählen. Was immer man ihnen bietet und was immer sie tun, eins ist sicher: Linke oder rechte Extremisten mögen sie nicht."

Er lachte. „Warten wir ab. Die Krise kommt. Mit leerem Bauch wählt man anders als mit vollem."

„Was heißen soll, daß die Bäuche entscheiden?"

„Ja, das heißt es! Wohlstand demoralisiert. Der Mensch zeigt erst seine Werte, wenn es ihm schlecht geht."

„Sie kämpfen also für eine Welt, in der es den Menschen schlecht geht?"

Die Frage war ihm peinlich, auch Christoph merkte das und mengte sich ein. „Hör auf, Sigurd. Du kennst seine Taktik nicht. Mit solchen Fragen treibt er dich in die Ecke, und wenn dir die Argumente ausgehen, macht er dich fertig. Man darf nicht verteidigen, man muß pausenlos angreifen, ihn antworten lassen, damit er keine Zeit für seine neuen Pläne hat. Ja, das ist eben die Schwäche von euch Rechten — ihr habt nicht diskutieren gelernt wie die Linken. Bei Walter hätte er es wesentlich schwerer. Laß mich ran."

Er setzte zu seiner Frage an, aber ich unterbrach ihn. „Wer ist Walter?"

„Siehst du?" Er warf seinem Freund einen Seitenblick zu. „Das ist Taktik. Man lenkt ab, schiebt den Gegner auf ein ganz anderes Thema, zwingt ihn damit, seinen Angriff neu aufzubauen und gewinnt außerdem Zeit für die eigene Verteidigung." Zu mir gewandt: „Walter ist ein hochbegabter Mathematiker und interessiert sich nebenher besonders für Ethologie und Ökologie, also Verhaltensforschung und Umweltlehre. Er ist Anarchist. Genügt dir das jetzt?"

Ich nickte.

„Schön, dann habe ich es leicht und beginne mit der ersten Frage. Die Antwort, bitte, möglichst kurz. Gehöre ich zu deiner Gruppe, Sigurd?"

„Nein."

„Wollt ihr mich überhaupt haben?"

„Nein."

„Warum nicht?"

„Du bist ein Intellektueller, denkst zuviel, hast keinen echten Glauben."

„Und warum hast du mich dann bei dir aufgenommen?"

„Aus Kameradschaft. Für einen Intellektuellen bist du ein guter Kumpel, du meinst es ehrlich, und wenn wir dir gegen deinen Vater helfen können, dann muß man das tun."

Ich sah ein, daß mein Sohn zwar die Matura nicht schaffte, aber keineswegs dumm war, und stand auf. „Das wär's dann", sagte ich.

„Ja, das wär's dann. Berichte deinen Staatspolizisten, daß ich hier nur geduldet werde, weil man mich gern hat."

„Ich habe dich nicht gern?"

„Nein. Wahrscheinlich hast du fast alle Begabungen, aber die zum Gernhaben ist leider unterentwickelt, reicht höchstens für meinen Bruder, der dich charmant um den Finger wickelt. Ihm glaubst du sogar seine plötzliche Begeisterung für Studium und Richterei."

„Ich will es glauben. So wie ich glauben will, daß du nicht demnächst den Südbahnhof in die Luft sprengst, weil man dort soviele Volksfremde trifft. Wenn ich dich nicht gern hätte, wäre ich nicht hier. Mir geht es nicht um Staatspolizisten, mir geht es um dich. Fühl dich dadurch nicht belastet. Sei frei; im Gegensatz zu deinen neuen Freunden halte ich sehr viel von der Freiheit. Aber laß mich nicht ohne Nachrichten verrecken. Das ist kein Befehl, kein Rat. Das ist eine Bitte."

Ich reichte ihm die Hand. Nach einigem Zögern nahm er sie.

20

Als ich abends unter meiner Leselampe saß, läutete das Telephon. Sandra erkundigte sich nach Christoph. Ich beruhigte sie und erzählte kurz von meinem Gespräch im Schrebergarten. Trotzdem kündigte sie ihren Besuch an.

Um neun war sie da.

„Glaub ja nicht, daß ich wegen Christoph gekommen bin", sagte sie, als ich ihr öffnete. „Laß die zwei Spinner machen, was sie wollen. Ich komme meinetwegen, und du führst mich jetzt hinein, gibst mir einen Cognac und läßt mich ein wenig reden."

Ich gehorchte, brachte sie in mein Zimmer, sie wählte meinen Platz mit dem Licht im Rücken, leerte das Glas auf einen Zug, raufte ihr Haar und fügte ein Achselzucken mit etlichen zwecklosen Armbewegungen hinzu.

„Nur ruhig", mahnte ich. „Schließlich bist du Medizinerin, Herrin über Leib und Seele, Leben und Tod."

„Spiel nicht den Clown. Gestern. Ich muß es dir erklären."

„Vergessen wir's."

Sie schüttelte den Kopf. „Nein, das nicht. Verdrängen ist schlecht. Aussprechen. Durchsprechen. Klarheit."

„Was sagen die Engländer? Schlafende Hunde soll man schlafen lassen."

„Gestern hat der Hund nicht geschlafen, sondern sehr laut gebellt."

„Bitte. Du bist mein Gast. Sprich dich aus. Sprich durch. Kläre."

„Willst du mir zuliebe für eine Stunde ernst sein? Du weißt, ich mag dich. Ich schätze dich. Mir liegt ehrlich daran, daß gerade du mich verstehst."

Ihr Ton war so ehrlich, daß ich das Visier hochschob, die Zugbrücke herunterließ und das Tor öffnete. „Rede, Sandra. Wenn ich dir helfen kann, werde ich es tun."

Sie nickte, als sei nun bewiesen, was sie immer schon behauptet hatte. „Schau, Tommi. Es ist komisch mit unserem Leben, und wahrscheinlich bin ich blöd, daß ich erst jetzt daraufkomme. Da sind wir jung, alles wirbelt durcheinander, Verstand und Gefühl, Optik und Akustik, Rhythmus und Ruhe. Man kämpft sich durch, weist Verstand und Gefühl ihre Plätze an, benutzt Optik und Akustik vernunftgemäß, schiebt den Rhythmus in die Musik ab, braucht die Ruhe nur zur Rast. Man steht im Leben, hat einen Steuerberater, eine Wohnung mit Schlüsselbrett neben der Eingangstür. Morgens und abends putzt man sich die Zähne, versucht den Kindern das richtige Lügen beizubringen, übernimmt Verantwortungen und unterwirft sich dem Fahrplan. Tust du es nicht, gehst du unter, was immer Romantiker behaupten. Mit fünfundzwanzig ein Versager zu sein, das kann man mit ein bißchen Charme zum interessanten Vorzug umschminken. Mit fünfundvierzig ist es ein Grund, sich umzubringen. Du fügst dich also, übernimmst die eben frei gewordene Stelle in der Tretmühle und tröstest dich damit, daß diese Stelle nicht ganz unten ist. Wenn ich in meinem weißen Mantel durch die Plastikkorridore des Spitals gehe, grüßen mich nicht nur die Schwestern, sondern auch Frau Navratil, deren Kind man vor einer Stunde wegen wahrscheinlich unheilbaren Verbrennungen eingeliefert hat. Ich bin wer. Herrin über Leben und Tod, denn ich spreche das Urteil. Erhebend mit achtundzwanzig. Aber das Leben geht weiter. Alles wird Gewohnheit. Beruf, Mann, Kinder. Irgendein Rest deiner Jugend ist zurückgeblieben, und du fragst dich: Soll das wirklich alles sein? Längst wissen wir: Ordnung ist widerlich und notwendig. Aufstehen, Badezimmer, Frühstück, Krankenbesuch, Mittagessen, Kinder, Ordination, Einladung, Ehemann, gewohnter Sex, Schlaf, Regel, Blutdruck, Verdauung, Bandscheiben, Zeitung, Kongresse, Abrechnungen, Politik, Bettmachen, am nächsten Morgen aufstehen, Zähne putzen — und so weiter bis zum exitus. Einerseits ist das alles zum Kotzen, aber nur eine Katastrophe könnte helfen, und wer will die schon? Harald könnte tödlich verunglücken oder mich wegen einer Zwanzigjährigen verlassen, Michael süchtig werden. Man fürchtet das Besondere, wenn es aber ausbleibt, erstickt man im Gleichmaß. — Entschuldige, du kennst das alles, hast es schwerer als ich, mit Helga, Konrad und Christoph. Du wirst wissen, worauf ich hinaus will."

Ich konnte nur lachen. „Mädchen, in deiner Situation sind wir doch alle. Wir haben uns durchgekämpft und den großen Preis gewonnen: zweimal täglich Zähne putzen in einer eigenen Wohnung. Verdienst du mehr, dann sind noch eine Villa in der richtigen Gegend und ein Swimming Pool drin, aufgeputzt mit dem Opernball und gelegentlichen Flügen nach Rio, San Franzisco oder Tokio, wo du die gleichen Leute triffst wie in München. Sehr schön, wenn du dieses hehre Ziel erreichst; zwei Jahre später gehört alles einfach dazu und wird zur Last, weil jeder Zuwachs erhalten werden will. Du schuftest, damit du auf der Stelle treten darfst, und verfluchst die Bequemlichkeiten, die du dir erarbeitet hast, weil gewohnte Anstrengung nie so hart ist wie der Verzicht auf gewohnte Erleichterung."

„Das ist mir zu abstrakt. Laß es mich konkret sagen. Vorgestern war ich hier und du hast deinen Kopf an meine Schulter gelegt. Ich glaube, es war der schönste Augenblick in meinem Leben. Der Traum meiner Jugend in Erfüllung gegangen. Und was hat mir mein Verstand ins Ohr geflüstert? Daß da keine Zukunft zu gewinnen, sondern nur eine Erinnerung zu verlieren ist. Wie eine kleine Lehrerin habe ich alles zerredet und zu Hause vor Wut über meine Kleinkariertheit geheult. Du blödes Weib, ein Doktorat schaffst du, dem Erleben bist du nicht gewachsen, jede ungebildete und darum unverbildete Verkäuferin hätte genommen, was ihr da so unerwartet geschenkt wird! Du bist zu intellektuell, zu wenig Frau, du läßt dich von papierener Vernunft leiten und versteckst dich vor der Freude, weil sie teuer sein könnte! — Aber vielleicht kann man den Fehler wieder gut machen. Morgen ist auch noch ein Tag. Und dazu ganz ordinär: Es darf doch nicht wahr sein, daß ich mit meiner großen Liebe nie ins Bett gegangen bin! Gehen wir also ins Bett. Und damit wird es ein wenig schwierig. Wunderschön, nichts gegen dich, nichts gegen uns, alles in Ordnung. Nur habe ich mich danach gefragt, warum es schön war. Weil ich einige Sekunden nicht an die gewohnte Erregung, sondern an den Jugendtraum gedacht habe: Das ist jetzt wirklich Tommi, er ist es, der dich umarmt! Der Gedanke an den Traum hat mich glücklich gemacht. Wenn das aber so ist, warum dann die Körperfunktion, die so leicht ins Anonyme abgleitet, weil der Trieb das Gefühl überschreit? Vielleicht hat die kleine Lehrerin doch mit Recht gewarnt? In einem solchen Moment redet man sich dann ein: Ich habe es Helga heimgezahlt. In einem solchen Moment sagt man: Das war schon lange fällig. Man wird trotzig wie ein ganz junges Mädchen, das den Gesetzen des Lebens nur ein verächtliches Achselzucken gönnt, weil es mit Lässigkeit Unverwundbarkeit vortäuschen will. — Ich bedaure nichts. Die große Liebe ist echt, keine Wortmacherei. Aber ich bin kein Verhältnis, werde auch nicht deine zweite Ehefrau. Ich habe meinen Mann und meine Kinder, und wenn ich einmal versucht habe, den Traum zu umarmen, dann bleibt es bei diesem einen Mal."

Ich liebte sie wieder, streckte den Arm aus, und sie kam.

„Ein wenig Zärtlichkeit, Tommi", bat sie. „Nichts sonst."

Ich werde alt, dachte ich.

21

Der Samstag war, obwohl wir erst die Mitte des Juni erreicht hatten, der heißeste Tag dieses sonst ziemlich kühlen Sommers. Ich lud Konrad zum Essen ein, fuhr aber nicht in den Wienerwald, der wahrscheinlich von Stadtflüchtlingen überschwemmt sein würde, sondern wählte das Restaurant am Schwarzenbergplatz, wo wir unter Bäumen im Freien saßen und nach angemessener Wartezeit sogar bedient wurden. Unter uns ragte das pompöse marmorgoldene Siegesdenkmal der Roten Armee, gegen die Stadt zu sah man, flimmernd im Dunst und nur für den Wissenden erkennbar, das Reiterstandbild des Fürsten Schwarzenberg, dem man in der Völkerschlacht bei Leipzig den Oberbefehl übertragen hatte: zwei Pole der österreichischen Geschichte.

„Du hast dir wahrscheinlich Gedanken gemacht wegen meiner Versorgung“, sagte Konrad, als der Kellner endlich unser Bier brachte. „Ein Studententaschengeld — und mehr könnte ich ja gerechter Weise nicht erwarten — würde natürlich nicht langen, aber der Bubi Erlauffen — die Familie kennst du sicher — zieht jetzt ein eigenes Geschäft auf und nimmt mich hinein — alte Freundschaft und so, und dreimal dieselben Damen, nicht gleichzeitig, immerhin, so was verbindet — auf ihn kann man sich verlassen, achtzehn Karat, und der große Vorteil: Ich habe keine geregelten Arbeitsstunden, kann nebenher alles machen, bin frei für das Studium. Häuser werde ich mir keine bauen davon; für Whisky, Zigaretten, Blumen und einmal in der Woche ausgehen, dafür langt's.“

Selbstverständlich kannte ich die Erlauffen, es gab sie wie Sand am Meer, und die achtzehn Karat mochten sich in manchen Fällen auf die Tradition beziehen, sicher nicht auf Gold, denn Vermögen besaß in dieser Familie kein einziger mehr. „Was für ein Geschäft?“ fragte ich.

„Das beste. Es kann einfach nicht schief gehen. Woran leiden wir heutzutage? Mangel an Kontakt. Was ist das schwierigste Problem der Jungen? Die eigene Wohnung. Und wer liest schon täglich die Annoncen in sämtlichen Zeitungen? Niemand. Wir machen das für den Kunden, geben ihm für einen läppischen Betrag die Adressen und verlangen nur für den Fall eines Abschlusses eine kleine Provision.“

„Wie ein Realitätenbüro.“

„Nein. Wir vermitteln ja keine Realitäten, wir verkaufen Adressen. Zu uns kommt nicht das Angebot, sondern nur die Nachfrage. Das ist ja das Bestechende an der Sache.“

Ich seufzte dezent, um ihn nicht zu verletzen. „Das Adressengeschäft war schon etliche Male in einer Konsumentensendung des Fernsehens. Was daran heute noch legal ist, wird es wahrscheinlich im nächsten Jahr nicht mehr sein."

„Was man anständig betreibt, kann nicht illegal werden. Bubi garantiert für Anständigkeit. Du kennst ihn doch?"

„Ich kenne ihn nicht, und alte Namen sind mir längst keine Garantie mehr. Das Adressengeschäft ist anrüchig. Wenn du wirklich Richter werden willst, wäre es besser, die Finger davon zu lassen."

„Manchmal frage ich mich wirklich, ob du heute lebst oder im vorigen Jahrhundert." Es war nicht böse gemeint, wie er es sagte, bloß ein wenig verwundert und durchaus freundschaftlich. „Nicht einmal im Fernsehen haben sie uns das Geschäft versauen können, und wenn wir schon vom Fernsehen reden, mein Gott, du müßtest das doch wissen, die haben eben ihren Job, die müssen Material sammeln, damit sie obenauf bleiben, daheim japsen die hungrigen Kinderchen nach ihrem Stereogerät, also scheuch den Schilling, und was geht immer? Natürlich der Gebrauchtwagen, die Ferienreise nach Griechenland und die Wohnungsmisere. So ist das. Wir leben nicht unter Maria Theresia. Schau mich nicht so entsetzt an! Ich spiele ja mit, aber nach den heutigen Regeln. Wenn ich sage, daß ich Richter werden will, denkst du gleich an deinen Urgroßvater vom Kassationshof und vom Obersthofmarschallamt. Das ist hundert Jahre her, Obersthofmarschall gibt es keinen mehr, der Kassationshof heißt Oberster Gerichtshof, und dorthin kommt man nur mit Hilfe einer Partei. Was weiter unten herumkurvt, das weiß ich von der Eveline — lach nicht, es wird Eveline ausgesprochen, wie Vaseline — die tippt bei einem Anwalt und hat mir erzählt, daß man zu Mittag in irgendeinem Beisel beim Grauen Haus die Herren Richter in Jeans und Lederjacken antreffen kann. Sie schleifen einen Spruch wie die Praterpülcher, saufen sich voll und gehen besoffen zum Dienst zurück. Als ehemaliger Croupier ist Richter darum für mich ein Abstieg, und den nehm ich nur wegen der Unabsetzbarkeit in Kauf, wie ich dir gesagt habe. Hohe Ethik und Standesbewußtsein gehören zum Kaiser Franz Joseph, und der ist seit über sechzig Jahren tot."

„So lernt man es in der Schule." Es war am Vortag leichter gewesen, dem Idealisten Realismus, als nun dem Realisten Idealismus zu predigen, und ich fragte mich, wo ich selber stand. Da ich mich weder hier noch dort entdecken konnte, lag der Verdacht nahe, daß ich längst im Teich der Objektivität ertrunken war. „Wie du glaubst", sagte ich.

Das ärgerte ihn. „Habe ich nicht recht?"

„Zum Teil. Daß sich bestimmte Moralbegriffe geändert haben, versteht sich von selbst, ich glaube aber nicht, daß eine solide Geschäftsführung unbedingt zum Untergang führen muß. Was die jungen Richter in ihren Lederjacken betrifft, können wir ganz allgemein einen sprachlichen Niedergang feststellen, der noch vor vierzig Jahren undenkbar gewesen wäre. Mit der richterlichen Integrität haben freilich Slang, Anzug und ein paar Viertel Wein nichts zu tun. Ein Croupier in seinem Smoking kann ein Betrüger, ein Richter in seiner Lederjacke ein Ehrenmann sein, und umgekehrt. Trinken werden sie wahrscheinlich beide."

„Ein trinkender Croupier ist untragbar."

„Pardon. Du hast mir etwas erzählt, ich habe geantwortet. Schlußsatz: Sei vorsichtig, Erlauffen hin, Erlauffen her."

Ich bezahlte, und wir fuhren ins Krankenhaus, wo wir eine strahlend schöne Helga beim Studium mehrerer Leitfäden über den Aufenthalt in Paris begrüßten. Sie versicherte Konrad, daß er immer mehr zum Wunschtraum jeder Frau werde, und legte mir ein bis zur letzten Minute ausgefülltes Programm für unsere Reise nach Paris vor, das nicht nur die architektonisch und historisch bedeutsamen

Bauwerke, sondern auch die gastronomischen Kultstätten et les attractions umfaßte. Wer immer das alles absolviert hatte, war ein Meister in der Kenntnis des Klischees und genau der Besucher, der dort mit Recht geschröpft wurde.

Ich stimmte begeistert zu, und als wir nach einer halben Stunde wieder im Wagen saßen, sagte Konrad: „Nichts weiß ich so sicher, als daß du mit Mutti nie nach Paris fahren wirst."

„Und woher die Sicherheit?"

„Weil du dich sonst gewehrt hättest."

„Das kann ich im Augenblick nicht. Wo sie auch eine Hoffnung sieht, man muß sie darin bestärken."

„Wirst du fahren?"

„Das hängt von den Umständen ab."

„Also nein." Eine Weile schwiegen wir beide. „Irgendwann wirst du Farbe bekennen müssen."

„Ja. Warten wir ab."

Am Hietzinger Platz, wo irgendeine seiner Freundinnen wie eine Kuh auf das Decken wartete, setzte ich ihn ab. Es war vier, und ich hatte noch drei Stunden Zeit. Da ich zu Hause alle Fenster geschlossen und die Vorhänge heruntergelassen hatte, mochte es dort angenehm kühl sein, aber Bücher reizten mich im Augenblick nicht besonders, mich zog es nach Süden, also fuhr ich nach Mödling, setzte mich in einem ruhigen Heurigengarten zu einem Viertel und überdachte die letzten drei Tage.

Mittwoch, 11. Juni. Du lernst eine Möchtegern-Gräfin in grauem Rock und weißer Bluse kennen und bist von ihr so fasziniert, daß du ihr gestattest, den Schlüssel zu deiner Wohnung zu behalten. Abends überfällst du die nichtsahnende Sandra mit einer Liebeserklärung, die nach sechsundzwanzig Jahren doch ein wenig verspätet anmuten muß. Sandra reagiert vernünftig, und am nächsten Tag bist du ihr dankbar dafür.

Donnerstag, 12. Juni. Nichtsahnend besuchst du Sandra, die aber inzwischen einen dringenden Nachholbedarf entdeckt hat und dich in ihr Bett zieht. Nachher stellt ihr beide die Notwendigkeit dieser Maßnahme in Frage: Die platonische Idee gegenseitiger Zuneigung war schöner und wichtiger als die Kopulation.

Freitag, 13. Juni. Du sprichst mit den armen Irren im Apostelhof und zeigst deiner Gräfin deutlich, daß du auch ihr gern eine Liebeserklärung machen würdest, wenn sie deine Werbung gestattet. Mit dieser Einschränkung auf eine rein geistige Beziehung ist sie einverstanden und will dich heute abend treffen.

Was läßt sich aus diesen Tatsachen ableiten? Wenn da ein sexueller Notstand vorläge, wäre es einfach. Es stimmt aber nicht. Was vorliegt, ist ein Gefühlsnotstand.

Der alte Messenbeck fiel mir ein. Wie gestern vom Wind, hatte er vor etwa einem Monat von der Liebe geschwärmt. „Diese Betontroglodyten sind stolz darauf, daß sie die Verlogenheit abgeschafft haben, und stecken doch in ihrer eigenen Verlogenheit bis zum Hals. Für sie darf es nur Verstand und Sex geben, Begeisterung ist dumm, Liebe nur mit Kitsch verkleistertes Genitalspiel, dann aber fliehen die Jungen ins Rauschgift, weil sie diese geistentleerte Welt nicht ertragen können. Für mich war Romantik nie irgendein Stil, sondern die Missa solemnis des Gefühls, das Aufgehen im spiritus sanctus, der uns löst von einem kleine Planeten einer kleinen Sonne. Wenn ich in meinem Alter sagen kann, daß ich gelebt habe, dann nicht wegen Verstand und Sex — nein, die zwei waren schuld an meinen Depressionen. Begeisterung und Liebe, die haben mein Leben voll gemacht, ihm Sinn gegeben, und darum steige ich immer noch in den Sattel, verhänge die Zügel, lege die Lanze ein und breche sie für die Liebe, eine Liebe, die heute verfemt ist, eine Liebe, die zur körperlichen Erfüllung drängt und doch davor zurückscheut, aus Angst, daß der Zauber daran brechen könnte, eine Liebe, die keine sexuellen Praktiken erwägt, eine Liebe, die nicht bloß befriedigt, sondern vereint, die eine Hochzeit, also eine Hohe Zeit ist, die alles neben sich klein erscheinen läßt und die so schmerzhaft getrennten Geschlechter in einem Mysterium verschmilzt! Liebe, wie ich sie in meiner Jugend erlebt habe, war elementar. Damals konnte man noch einer Frau begegnen und daran glauben, daß diese Begegnung alles ändern würde. Von nun an war die Zukunft nicht mehr der schmale vorgezeichnete Weg zum Tode, sie öffnete sich weit, die Berechnung verschwand, der Atem des Großen, des Wahren, des Göttlichen traf dich, die Sonne aller Sonnen ging auf, die Nebel versanken in nassen Wiesen und Bächen, der Sturm trug dich über die Wipfel der Eichen hinauf zwischen die Burgen weiß geballter Wolken. Die Erde gab dich frei, sogar der Panzer des Ichs fiel Stück für Stück von dir ab, Handschuh, Helm und Harnisch, vor dir dehnte sich unendliche Weite, in der du dich verströmen durftest, und das Licht war um dich und in dir. Diese Gnade der Befreiung durch die Liebe ist nur uns Menschen geschenkt worden, und was machen wir damit? Wir begnügen uns mit einem Kochbuch der Befriedigung."

Freilich ist das keine wortgetreue Wiedergabe von Messenbecks Hymne, aber ich kann mich genau erinnern und habe Übung in der Übernahme fremder Formulierungen. Was mich, hier in Mödling vor meinem Viertel Wein, plötzlich sonderbar berührte, war die Erwähnung des Turniers, die nicht von mir, sondern von ihm stammte. Er verhängte tatsächlich die Zügel, legte die Lanze ein! Offenbar war es nun an der Zeit, endlich meine Ulanen in größerem Zusammenhang zu sehen. Die Lanze wurde zum Symbol wie der aus dem Kreis nach oben weisende Pfeil und mahnte mich, die Väter nicht zu vergessen.

Ich trank ein zweites Viertel, lachte ein wenig über mich, dachte an Helga, Konrad, Christoph und Sandra, wußte genau, daß ich vielleicht vor einem Wendepunkt meines Lebens stand, und tröstete mich mit dem Gedanken, daß es für mich wie für meine nur in der Idee existierenden Ulanen nur ein Ziel gab, das vor uns lag und nicht hinter uns. Wie hatte Messenbeck gesagt? Die elementare Begegnung kann alles ändern. Heute mußte jede Änderung die Katastrophe bedeuten. Trotzdem hielt mich nichts. Mit eingelegter Lanze rannte ich meinem Schicksal entgegen. Warum? Wozu? Frag die Männer vor mir. Wir sind eben so. Es ist unsere Schwäche und unsere Stärke.

22

Sie wartete vor dem Gobelin, alles wurde hell um mich, und ich glaubte zu schweben. Mein Verstand freilich hämmerte gegen die Knochenwände seines Gefängnisses und schrie, daß da bloß die tiefer stehende Sonne dem Raum eine ganz normale Helligkeit gebe, daß ich keinesfalls schwebe und nicht etwa einer Göttin gegenüberstehe, sondern irgendeiner Frau, die wie jeder Mensch an Hühneraugen, Schnupfen oder Durchfall leiden konnte. Ich lächelte darüber hinweg. Laß ihn doch toben, den Kleinen, er taugt höchstens zur Steuerberatung, ich werde von der Freude getragen, und wenn es auch deine Aufgabe ist, mich vor dem Tod zu bewahren: Der Tod kann nicht so ohne Trost sein wie deine Einöde der Zwecke, Kompromisse und scheinbaren Erfolge. Ich schwebe und ich will weiterschweben in diesen schwerelosen Himmel des Gefühls. Jede Fessel fällt von mir ab, die Fesseln des Plans, der Verantwortung, der Geltung, endlich spüre ich wieder, daß ich lebe und daß das Leben keine Tretmühle sein muß, kein Schachspiel der Interessen, daß man es spüren kann, nicht nur im Kopf, in den Sinnen und Muskeln, sondern in jeder noch so kleinen Zelle unseres ganzen Körpers.

Erst schwiegen wir beide, dann werden wir wohl gesprochen haben, aber ich kann mich an nichts erinnern; da war nur ihre Nähe, die mich einhüllte, und die Worte verblaßten zu dummer Alltagsrede. In einem kleinen Café, das ich später nie wiedergefunden habe, saßen wir einander gegenüber. Zwei Lampen brannten, eine über der Bar, eine über unserer Ecke, sie warfen lange Schatten, die Schatten fielen schräg über den Boden, Tische und Wände, und als der Kellner unsere Gläser brachte, kam der Zwerg aus seiner Knochenhöhle, kam schräg über die schiefe Fläche auf uns zu und bat mich, seine Vorschriften wenigstens teilweise zu befolgen. Ich gehorchte, das Wachs meiner Schwingen schmolz, ich stürzte in die Ebene und erinnerte mich an meinen Namen.

„Wer sind Sie wirklich?" fragte ich.

„Die Wirklichkeit ist ein auf tausend Seiten gleichzeitig aufgeschlagenes Buch."

„Das ist unmöglich."

„Hinter den Möglichkeiten liegt ein unendlich großes Reich. Was halten Sie für wirklich? Was Sie sehen? Sie sehen mich. Was Sie hören? Sie hören mich. Was Sie angreifen können? Da ist meine Hand. Bin ich nicht wirklich?"

„Ich habe nicht gefragt, ob Sie wirklich, sondern wer Sie wirklich sind. Clerfayt gehört in das unendlich große Reich hinter den Möglichkeiten. Es gibt im 18. Jahrhundert einen österreichischen Feldmarschall Clerfayt. Nachher taucht der Name nicht mehr auf."

Sie sah mich an, aber ich hatte den Eindruck, daß sie durch mich in ein fernes Land sah. „Wenn Sie den Feldmarschall nachgeschlagen haben, dann werden Sie auch wissen, daß er aus dem Hennegau kam, der mit Burgund österreichisch war und erst 1815 an die Niederlande fiel. Die meisten Wallonen waren mit dieser Regelung nicht einverstanden, und viele kehrten in ihre Heimat zurück, um mitzuhelfen, ein eigenes Königreich Belgien zu gründen, was ihnen 1830 endlich glückte. Wäre es nicht denkbar, daß Nachkommen des Feldmarschalls unter diesen Rückwanderern waren, und Sie dann in sämtlichen Bänden des Apostolischen Hofkalenders bis zu den heutigen Telefonbüchern den Namen nicht mehr finden werden?"

„Sie sind Belgierin?"

„Wäre es nicht denkbar, daß ein verarmter Clerfayt während der deutschen Besetzung im Zweiten Weltkrieg nach Österreich zurückgekehrt sein könnte?"

„Denkbar ist vieles. Ich möchte die Wahrheit."

Jetzt lachte sie und gab mir beide Hände. „Ja, das ist es! Sie sind kein Charmeur, kein Genie, vielleicht berühmt, aber was ist schon berühmt, wenn man weiß, wie der Ruhm gemacht wird. Warum ich hier neben Ihnen sitze, hat einen ganz anderen Grund: Ihr oberster Wert ist die Wahrheit, Sie haben sich aus ihr ein Absolutum gebaut, obwohl Ihnen klar sein muß, daß die Wahrheit ebenso wie mein Buch mit den tausend aufgeschlagenen Seiten hinter den irdischen Möglichkeiten liegt. Leben ist Veränderung, also Wahrheit des Lebens veränderlich und kein Absolutum."

Ich entzog ihr meine Hand. „Das soll der Grund sein, warum Sie neben mir sitzen?"

„Durch den Glauben an das Absolute stehen Sie mit einem Fuß in meinem Reich."

„Sie spinnen", sagte ich und lehnte mich zurück. „Natürlich können Sie selbst entscheiden, warum Sie neben mir sitzen. Mein Grund ist wesentlich einfacher. Ich will endlich wissen, in wen ich mich verliebt habe. Wer sind Sie?"

„Ich bin die Gräfin Clerfayt, geborene Bobrowska auf Chystowyce, genannt Marion, aber ich sehe ein, daß Sie damit überfordert sind, und weil wir eben von der Vielfalt der Wahrheit gesprochen haben, gebe ich Ihnen drei Wahrheiten. Beginnen wir mit Chystowyce, einem Dorf mit ein paar Häusern und einem Schlößchen, einen Tagesritt von Zamósz gegen Nordosten, nicht weit vom Bug, der Grenze gegen Rußland. Das Land ist schön, flache, fruchtbare Wellen mit Birken und Windmühlen, darüber ein Himmel, so hoch und weit, wie er hier nie sein kann, im Herbst bedeckt von verschieden getönten Wolken, ein Anblick, den ich nie vergessen werde. Aber wir leben auf einer Insel. Es gibt keine Eisenbahn, keinen Autobus, nur das Pferd trägt oder zieht uns zu anderen Menschen. Zur Messe in Uchanie fahren wir eine Stunde, nach Zamósz kommen wir im Sommer höchstens einmal im Monat, und dann geht man durch eine typische östliche Kleinstadt. Daheim keine Zeitung, kein Radio, kein Fernsehen. Was wir haben, sind Bücher. Wir lesen Rousseau, Voltaire, Diderot, den Don Quichotte, den Gil Blas und immer wieder Paul et Virginie. Dazu das Klavier, die Staffelei und der Stickrahmen. Eine Schule ist unbekannt, unser Lehrer wohnt im Haus des Verwalters am Tor. Wenn ich ins Freie trete, versinkt unsere Welt hinter mir, rundum, soweit ich sehe, soweit ich denken kann, nur Erde, Erde, Erde, Himmel, Himmel, Himmel. Manchmal haben wir Besuch vom Gut in Molodiatycze, dann wird getanzt, und während draußen der Mond auf menschenleere Ebenen herunterschaut, fühlen wir uns ganz französisch. Mutter ist meistens krank und dämmert in verdunkeltem Zimmer. Vater treibt es mit der weiblichen Dienerschaft und den Bauernmädchen, aber er ist eben ein richtiger Mann, und ich würde ihn gern heiraten, wenn das möglich wäre. Die zwei Brüder träumen von einem großen Königreich Polen, reiten und fechten täglich mehrere Stunden, schießen mit ihren Pistolen. Jeden Abend beten wir den ganzen Rosenkranz. Verstehen Sie mich, bitte, nicht falsch. Kein Mädchen von heute könnte meine Jugend ertragen, und doch war sie das Schönste in meinem ganzen Leben. Jede Nacht träume ich von unserem Blick über Windmühlhügel. Polen ist ein herrliches Land, und wie gern wäre ich in seiner heiligen Erde begraben!"

Ich hustete und erinnerte sie an meine Gegenwart. „Haben Sie nicht zufällig auch Turgenjew gelesen?"

„Den kannten wir nicht, aber ich verstehe Ihre Anspielung. Russen waren bei uns nicht beliebt; einmal hat mir meine Cousine *Die arme Lisa* von Karamsin geschenkt, und Vater hat das Buch weggeworfen: Man liest nicht seine Feinde, damit gibt man ihnen mehr Macht, als die Kosaken erreiten können."

„Ich habe nie etwas von einem Karamsin gehört."

„Er ist aus der Mode gekommen."

„Wann war er modern?"

„Um 1800."

„Und das ist Ihre erste Wahrheit?"

„Noch nicht ganz. Ein Bild fehlt. — Die letzten Stunden meiner Mutter waren gekommen, Arzt und Priester sollten geholt werden, Vater war sinnlos betrunken, die Brüder standen bei ihren österreichischen Regimentern, also war ich es, in einem Schlitten, denn wir hatten ja Mitte Februar. Mit dem Pfarrer war es leicht, den holte ich aus Uchanie, der Arzt aber saß in Zamósz, darum auf dorthin, ein Tagesritt, habe ich gesagt, hin und zurück ungefähr neunzig Werst, Sie können dasselbe in Kilometern rechnen. Er fuhr wirklich mit, Schlachta galt damals noch etwas, in der Nacht war ich aufgebrochen, am nächsten Nachmittag erreichten wir Chystowyce. Ich werde es nie vergessen, wie die Dämmerung einfiel. Der blaugraue Himmel, die weiten weißen Felder, die immer blauer wurden, bis sie in den Himmel übergingen, die Raben auf den kahlen Bäumen, eisiger Wind, das Knirschen der Kufen, das heiße Schnauben der Pferde, ihr Dunst, der Geruch, wenn sie äpfelten. Da und dort einmal ein Dorf, versunken im Schnee, der bis über die kleinen Fenster und hoch auf dem Stroh der Dächer lag, kein Licht, nur ein wenig Rauch aus den Schornsteinen, und dort überwinterten sie nun rund um ihren Lebensofen, Mensch, Nutzvieh, Hund und Katze. Als ich aber in Chystowyce ankam, half der Kutscher mir und dem Doktor aus dem Schlitten, das Tor ging auf, und da waren Licht, Wärme und Geborgenheit einer westlichen Kultur."

Der Zwerg flüsterte mir den Einwand zu. „Vorhin haben Sie weibliche Dienerschaft erwähnt. Es muß doch auch männliche gegeben haben. Zumindest einen Reitknecht, einen Jäger, dazu den Lehrer. Warum ist niemand von denen nach Zamósz gefahren?"

„Mit denen hat Vater ja getrunken. Sie lagen unter dem Tisch."

„Wissen Sie nicht, was Sie mir da anbieten? Literatur. Nicht Wahrheit."

„Könnte in der Literatur nicht mehr Wahrheit sein als in sogenannten Tatsachenberichten?"

„Das ist eine von Literaten gern aufgestellte Behauptung, der man leicht mit der Behauptung antworten kann, daß Literatur Lüge ist. Polen hat Eisenbahnen, Autobusse, Zeitungen, Radio, Fernsehen und wird seit dreiunddreißig Jahren von Kommunisten regiert. Warum lügen Sie mich an?"

Damit verschwand meine Erinnerung. Als ich erwachte, lag ich daheim in meinem Bett.

23

Beim Rasieren streifte ich mit der Kante des Apparats mein Ohrläppchen, Blut tropfte ins Waschbecken, platzte zu roten Sternen, und mir fiel ein, daß Parzival von drei Blutstropfen im Schnee gefangen gehalten worden war. Der Gedanke brachte mich in Wut. Jetzt auch noch Mythos? Nein, danke. Dieser verrückte Messenbeck, nur er hatte mich in meine romantische Gefühlsübersteigerung und eine längst untragbar gewordene Terminologie hineingetrieben! Marion, Gräfin Clerfayt? Wahrscheinlich irgendeine Mitzi aus Favoriten, und ich ließ mich von ihr an der Nase herumführen wie ein Tanzbär! Schluß mit dem Blödsinn.

Rätselhaft blieb freilich das Aussetzen des Gedächtnisses. Zwei Viertel Wein beim Heurigen und zwei Vermouth im Kaffeehaus konnten keinen Vollrausch ausgelöst haben, und knapp vorher war ich ganz wach gewesen, hatte auch jedes Wort in der Erinnerung. Binnen einer Sekunde war der Vorhang gefallen, und ich wußte nicht einmal, wer mich nach Hause gebracht, die Wohnung aufgesperrt und mich ins Bett gelegt hatte. Dazu der Zusammenstoß mit der Sotnie, im umgekehrten Zeitablauf vor ein paar Tagen im friedlichen Mödling erlebt. Irgendetwas stimmte nicht mit mir, auch wenn mich Puschnigg so freundlich beruhigt hatte.

Ich ging hinüber und weckte Konrad. Der schüttelte schlaftrunken den Kopf und beteuerte, daß keinesfalls er mich heimgeleitet habe, aber im Grunde sei das doch egal, Hauptsache, daß es offenbar noch Samariter gebe. Hut ab vor den unbekannten Fremden, sie sind die Retter der Menschheit.

Da mir keine andere Wahl blieb, zog ich mich an und fuhr zum Apostelhof.

Die Rodakowski empfing mich in ihrer genial bewirtschafteten Küche, führte mich sofort in den Salon, flatterte wie ein verängstigter Vogel von der Kredenz zur Kommode und wieder zurück, nippte auf dem Weg verstohlen von einem Glas, das sie, hinter einer Käseglocke verborgen, auf der Kredenz abgestellt hatte, und befragte mich über meinen Krieg mit der Scharlachroten.

„Da ist vorläufig noch kein Krieg, gnädige Frau, und ich bin auch nicht deswegen hier. Ich möchte bloß eine kleine

Auskunft von Ihnen: Unter welchem Namen und welcher Anschrift ist ihre Nichte erreichbar?"

Sie erschrak, als hätte ich ihr mit der Polizei gedroht. „Meine Nichte? Meine Nichte? Sie meinen Gräfin Clerfayt? Ja, die — ich weiß nicht, was ich sagen soll. Wenn Sie mit ihr gesprochen haben, werden Sie doch . . .? Anschrift? Das geht nicht. Darf ich Ihnen — ein Gläschen Kontuschowka, wenn Sie gestatten . . ."

„Kontuschowka ist aus."

„Da haben Sie recht. Armes Polen, unser ewiger Kampf um die eigene Freiheit zwischen den Großmächten, aber Lanze, Ulanka und Tschapka sind zu schwach, die Gleichmacherei ist stärker. Wollen Sie nicht vielleicht doch einen guten, selbst gebrannten Schnaps?"

„Nein, danke." Ich hatte genug von Cagliostro. „Bevor sich nichts Neues mit der Prinzessin ergeben hat, will ich nur eines von Ihnen: die Adresse Ihrer Nichte."

Eine Weile starrte sie ratlos auf das Bild an der Wand, als könnten ihr Romako oder die Großmutter helfen. Wirklich fiel ihr plötzlich etwas ein: „Wie spät ist es?"

Ich sah auf die Uhr. „Zwanzig nach zwölf."

„Da sind sie noch oben! Beeilen Sie sich! Für Sie ist das doch kein Problem!"

Gehorsam lief ich hinauf zum Gobelin, traf aber dort nur den Feldmarschalleutnant, der mich beruhigte: Die Gräfin habe sich ein wenig verzögert und werde binnen weniger Minuten erscheinen. „Ich freue mich, daß Sie den Schritt in die Vergangenheit gewagt haben", sagte er dann. „Ich meine, man kennt Sie, eigentlich ist ja die Gegenwart Ihr Metier; Marion hat uns erklärt, daß es weniger um die Gegenwart als um die Wahrheit geht, und Sie den Apostelhof bewahren wollen. Jetzt sind Sie da und behandeln uns wie Ihresgleichen. Das schafft Vertrauen. Die anderen nehmen ja nicht Kenntnis von uns. Sie merken nicht einmal, daß sie im letzten Stockwerk des Turms von Babel wohnen, daß von nun an nicht weitergebaut wird und der Turm schon bald einstürzen wird. Wissen Sie, ich bin Soldat, furchtbar ungebildet, verstehe nichts von Theologie oder Philosophie. Aber ich wundere mich immer, wenn Feuer, Rad, Schießpulver, Dampfmaschine und Atombombe als Symbole der Zeitwende gedeutet werden. Das sind Äußerlichkeiten. Unser Zusammenleben hat sich seit Jahrtausenden kaum geändert. Heute stirbt die Familie, stirbt das Dorf. Vielleicht werden wir das überstehen, aber Menschen sind wir nachher nicht mehr. Also entfliehe ich lieber dem Zeitzwang und gehe zurück in die Erinnerung."

Mich ärgerte die Maskerade. „Sie sagen, daß Sie Soldat sind. Haben Sie in der Deutschen Wehrmacht gedient?"

„Nein."

„Im Österreichischen Bundesheer?"

„Nein."

„Dann haben Sie doch höchstens das Ende des Ersten Weltkriegs mitgemacht. Die folgenden 62 Jahre waren Sie nicht Soldat. Warum behaupten Sie also, Soldat zu sein?"

„Weil ich der Feldmarschalleutnant Carl Johannes Chrysostomos Beneder von Montebello bin."

„Das sind Sie nur hier im Apostelhof."

„Ganz recht. Und wo sind wir? — Dort kommt Ihre Dame. Ich hoffe, daß ich Ihnen die Wartezeit verkürzt habe. Tschau."

Er verschwand hinter dem Gobelin, und da war Marion. Kaum sah ich sie, senkte sich der Schleier des Zaubers wieder über mich. Ich kämpfte dagegen an.

„Verzeihen Sie mir, wenn ich Sie überfalle. Es ist wichtig für mich. Wir waren gestern in einem kleinen Café, und nach einem gewissen Zeitpunkt setzt mein Erinnerungsvermögen aus. Was ist geschehen?"

Sie legte die Hand auf meinen Unterarm und zog sie gleich darauf wieder zurück. „Glauben Sie mir zunächst, daß ich Sie verstehe und mit Ihnen fühle. Was den gestrigen Abend anlangt, waren wir nie in einem kleinen Café, sondern sind im Apostelhof geblieben. Irgendwann haben Sie mir wütend vorgeworfen, daß ich lüge, sind in Ihren Wagen gestiegen und fortgefahren. Erst jetzt kann ich Ihnen meine Antwort geben. Ich lüge nicht."

„Was Sie mir da erzählt haben, war nachempfundener russischer Roman des neunzehnten Jahrhunderts."

„Kann sein. Ich habe nicht gelogen, aber Sie wollen eben eine Wahrheit, die in Ihren Schubladenkasten paßt. Ich gebe Sie Ihnen heute. Mein Name ist Maria Bobrowski, verwitwete Clerfayt, geboren am 8. Dezember 1945 in Chystowyce, wohnhaft in Mödling, Goldene Stiege 57. Ich lebe dort mit meiner alten Schwiegermutter, die ich betreuen muß, weil sie ein Pflegefall ist, und mit meiner Schwägerin, die religiöse Visionen hat, darum von der Behörde vernommen und schließlich entmündigt worden ist, weil sie den Brotpreis nicht nennen konnte. Ich arbeite in einer Sparkasse. Telephon haben wir keins, und aus verständlichen Gründen empfangen wir auch keine Besuche. Genügt das?"

Nun war ich es, der nach ihrem Arm griff, und ich ließ ihn nicht los. „Nein, das genügt nicht. Sie wären keine Frau, wenn Sie nicht wüßten, was Sie in mir angerichtet haben. Sie sind auch kein junges Mädchen, das bloß die Sensation genießt, einen Mann von fünfzig zappeln zu lassen. Wer sind Sie wirklich?"

„Ich bin die Gräfin Clerfayt, geborene Bobrowska, genannt Marion. Leider weiß ich, was ich angerichtet habe, und gottlob bin ich kein junges Mädchen. Vielleicht empfinde ich ähnlich für Sie wie Sie für mich, sonst würde ich nicht mit Ihnen reden. Mehr aber ist nicht möglich."

„Ich habe kein Verhältnis vorgeschlagen, sondern um die Zustimmung zu meiner Werbung gebeten. Sie spielen Katz und Maus mit mir. Das ist nicht fair."

„Es ist so fair, wie es die Umstände gestatten. Und bedenken Sie immer, daß Ihre Vorstellung von der Wirklichkeit subjektiv ist. Mit Ihren Gedanken und Gefühlen entwerfen Sie ein Bild von mir, das keineswegs der Wirklichkeit entsprechen muß." Behutsam, fast zärtlich, nahm sie meine Hand und löste sie von ihrem Arm. „Vielleicht träumen Sie nur."

„Ich träume nachts, nicht mittags."

„Wenn das so wäre, würden Sie mich nicht einmal bemerken."

Meine Vernunft meldete sich und warnte mich, daß ich von meinem Ziel, Aufklärung über den gestrigen Abend zu erlangen, durch die im Apostelhof üblichen geheimnisvollen Sinnsprüche abgelenkt worden sei. „Bitte wenden Sie Ihre Erfahrungen mit Ihrer Schwägerin nicht auf mich an. Ich bin kein Geisterseher, ich war es nie. Hätte ich nicht vor ein paar Tagen ein sehr sonderbares Erlebnis gehabt, würde ich die ganze Geschichte mit einem Achselzucken abtun. Dieses Erlebnis und der gestrige Abend stellen mich leider vor die unangenehme Frage, ob mein Gedächtnis nicht die normale Bahn verlassen hat. Einmal zuviel Erinnerung, dann wieder zuwenig! Ich bange um meine Gesundheit, ich will mich lediglich beruhigen, und Sie machen mich noch verrückter, als ich vielleicht schon bin."

„Ich bemühe mich zu helfen."

„Das tun Sie nicht. Sie behaupten, daß wir in keinem Café waren, und ich sehe dieses Café genau vor mir, wir die einzigen Gäste, zwei Lampen, lange schräge Schatten, eine schiefe Ebene, über die der Kellner und der Zwerg . . ." Jäh hielt ich inne, weil mir auffiel, daß ich damit kaum überzeugen konnte. „Gut, meinetwegen. Kein Café. Dann aber auch keinen Vermouth. Bleibt der Heurige. Sollen zwei Viertel Wein mein Gedächtnis blockiert haben?"

„Ich weiß ja nicht, wohin Sie nachher gefahren sind, wieviel Sie dort getrunken haben."

„Ich bin nicht der Typ, der sich allein vollaufen läßt."

„Warum allein? Wenn Sie keine Erinnerung daran haben, könnten Sie doch in Gesellschaft gewesen sein."

„In meiner Bekanntschaft ist niemand, mit dem ich mich bis zur Bewußtlosigkeit betrinken würde. Wo haben Sie mir die Geschichte von der Schlittenfahrt zum Arzt in Zamósz erzählt?"

„In einem kleinen Café, und wir waren die einzigen Gäste. Aber mein Café hatte keine schiefe Ebene, keine langen Schatten, keinen Zwerg; es war das Café in Zamósz mit seinen knarrenden Sesseln, dem plattfüßigen Ober Loszek und dem Geruch nach Anis. Sie haben Ihre Wahrheit, und ich habe die meine, und in der menschlichen Wirklichkeit sind wir dort drüben im Wohnraum gesessen. Soviel zu Ihren Träumen, Herr Doktor Greith. Nur jenseits kommen wir zueinander, so verschieden unsere Wahrheiten auch sein mögen. Und jetzt entschuldigen Sie mich bitte."

Bevor ich noch antworten konnte, war sie hinter dem Gobelin verschwunden.

24

Ich wartete eine Weile, dann hob ich den Gobelin, fand die Tür, aber sie war versperrt. Ich rief Marion. Sie antwortete nicht, und drinnen blieb es still. Ich erwog die Möglichkeit eines zweiten Ausgangs, fügte mich meinem Mißerfolg, stieg hinunter, sah beim alten Weinstock Hermes in seiner Badehose, winkte ihm zu, verließ den Apostelhof und fuhr zur Goldenen Stiege. Wie ich vermutet hatte, gab es dort keine Nummer 57.

Daheim tauchte ich in Kühle und Halbdunkel, denn ich hatte vor meinem Aufbruch die Jalousien heruntergelassen, und nur durch wenige goldene Ritzen sickerte Sonne in den Raum. Erst als die Platte schon lief, merkte ich, daß ich danebengegriffen und nicht Dworák sondern Chopin aufgelegt hatte, das erste Konzert mit seinem kriegerischen Anfang; sofort kreisten die Ulanen mich ein, ich ergab mich, setzte mich in meinen Sessel und schloß die Augen. Leise wie Daunen fielen die Flocken, der Himmel war bleiern, Dämmerung sank über die weißen Flächen, bis zu den Knien stand ich im Schnee und von weitem schon hörte ich den Schlitten. Dann kam er heran, Pferde mit zerzausten Mähnen schnaubten, schäumten, schleuderten mit den Hufen Schneeklumpen auf mich, die Kufen knirschten, weiß übersprüht war das Bild, und doch sah ich im fahlen Licht den Kutscher auf dem Bock, den Arzt und die junge Bobrowska im Fond, Maskengesichter über einer Pelzdekke, und schon vorüber, das Schellengeklingel aufgelöst in der sinkenden Nacht. Im nächsten Haus mit gelbem Fenster suchte ich Schutz. Dort hockten sie um den Ofen, im trüben Schein einer Funzel aber erkannte ich den alten Messenbeck, der hier aus der Bibel las, um die Lebenden in ihrer großen Kälte zu trösten. „Nur Tränen oder Zorn habe ich für den Menschen. Die Tränen sind Tropfen der Liebe, denn ihm ist nur die scheinbare Hoffnung im Kleinen gegeben, Mühsal und Gram sind ihm Begleiter, und sein Ende ist grausam, sei es in der Jugend, sei es im Alter. Viele trauern an kleinen Bahren, und das ist nur ein Teil des Opfers, das ihnen auferlegt ist; alles müssen sie verlieren, woran sie ihr Herz gehängt haben: Eltern, Frau, Kinder, Freunde, Vieh und Hof. Jeglicher Besitz verweht, und auch die Seele ist wie der Wind, nackt gehen sie von hinnen, und wenn ein Leben erfüllt war, dann war es erfüllt von Sorge und Leid. Entgehen sie aber dem Los, das ich für sie erwählt habe, glauben sie, daß sie die Welt ändern könnten nach ihrem Sinn, fressen sie nicht den Staub, ist ihr Angesicht nicht überschwemmt von ihrem Schweiß, gelingt es ihnen, Kälte, Hunger, Durst und somit meinem Gesetz auszuweichen, dann offenbart sich ihre Niedrigkeit, sie werden zu Schweinen, die ich nicht sehen will, sie sind Schmach vor meinen Augen, und ich werde sie strafen mit meinem Zorn, wie ich Babylon gestraft habe und Sodom und Rom und Byzanz und alle die anderen, die nichts entbehren und darum Freude und Liebe vergessen haben. Meine Kinder sind die Darbenden, ihr Leid ist ihre und meine Bejahung, denn so und nicht anders habe ich sie erschaffen."

Ich schob ihn zur Seite und wandte mich an die Hausfrau, die aber war plötzlich keine polnische Bäuerin, sondern sah aus wie Rosa, das rechtschaffene Weib des rechtschaffenen Tischlermeisters Valentin, brachte mir ein Schälchen Kaffee und verriet mir, daß die Gräfin die Idee der Liebe sei. „Sie kennen doch die Geschichte vom Baron Kempelen und seinem Schachspieler! Die junge Frau hat den Alten überredet, daß er den beim Aufstand schwer verwundeten Bobrowski in seinem Automaten versteckt, und später ist der Automat auf Befehl der Zarin erschossen worden, aber da war nicht mehr der Bobrowski drin, sondern der Kempelen."

Ja, die Geschichte kannte ich, wollte schon antworten, aber wieder drängte sich Messenbeck vor. „Aus Aberglauben habe ich ihn nicht mitgenommen, und wenn Sie ihn heute überhaupt kriegen, müßten Sie in jedem Antiquitätenladen Tausende dafür bezahlen. Neununddreißig, beim Einmarsch in Polen, ich zu Fuß und immer weit hinten, sind wir in der Kaserne von Debica einquartiert worden, und da waren sie, die gekreuzten Lanzen an der Wand, Eisenstangen mit ihren Fähnchen, und irgendwo der Steigbügel, ein rechter, die linken sind ja genau wie bei uns, der rechte aber hatte unten die Ausbuchtung, eine Art flachen Napf, in den man die Lanze stellen konnte. Bedenken Sie, Doktor, das mir! Mitten im zwanzigsten

Jahrhundert. Ich habe ihn liegen lassen, weil uns zurückholt, was wir mitnehmen!"

„Ich brauche keinen Steigbügel mit flachem Napf!" schrie ich.

Aus der Kulisse trat der Staatspolizist auf mich zu. „Sind Sie eigentlich Pole?"

„Nein."

„Warum mischen Sie sich dann in unseren Fall?"

Der Tonarm durchlief den leeren Kreis, die Maschine stand still. Meine Eltern hätte ich besuchen können, vielleicht Helga oder sogar Christoph; nein, ich träume Chopin. Ich bin müde. Laß die Kälte kommen, der Schlitten fährt nach Chystowyce, ich bleibe zurück im Schnee, der mich wärmend umfängt, mich schlafen läßt, und morgen ist alles vorüber. Heute schon bin ich eine Legende. Was mich erwarten könnte, zählt nicht. Was zählt, liegt hinter mir.

Das Telephon läutete. Meine frühere Sekretärin teilte mir mit, daß gemäß letzter Information für meinen Posten in Paris auch eine weibliche Hilfskraft vorgesehen sei und sie gern mit mir gehen würde, eine Lösung, die allgemein gebilligt werden müßte, weil wir doch ein in jeder Hinsicht bestens eingearbeitetes Team darstellten, und ob ich nicht den Abend mit ihr verbringen wolle. Ich versicherte ihr, daß Paris für sie wie für mich ein Stockgleis bedeute, ich meine Entscheidung längst getroffen und den heutigen Abend längst vergeben habe.

Gleich darauf läutete es wieder. Mein Vater.

„Bist du es, Tommi?"

„Ja."

„Ich wollte dir nur sagen, daß deine Mutter vor einer Stunde gestorben ist."

Von der sicheren Erwartung bis zum wirklichen Eintritt des Übels ist ein großer Schritt. Erst nach einigen Sekunden antwortete ich: „Gut. Ich komme."

Seine Stimme klang nicht anders als früher. „Wozu? Jetzt ist sie tot. Soweit es an einem Sonntag möglich ist, habe ich alles geordnet."

Er schwieg. Ich schwieg. Die Leitung rauschte ein wenig. Dann legte er auf.

Der berühmte neunzigste Psalm fiel mir ein, den Messenbeck für seine Predigt verwendet haben mochte, aber ich dachte nicht an die siebzig, wenn es hoch kommt achtzig Jahre, dachte nicht an Mühe und Arbeit, ich erinnerte mich an den Satz: Wir bringen unsere Jahre zu wie in Geschwätz.

Während der ganzen Fahrt wurde ich von krampfhaftem Schluchzen geschüttelt, wischte immer wieder die Tränen von den Wangen und verfluchte mich: Nur zu verlogener Sentimentalität bist du fähig! Warum heulst du? Der Mutter wegen? O nein. Deinetwegen. Du tust dir leid, weil dir vor ein paar Stunden der Weg vom Apostelhof in die Goethegasse zu weit, der Besuch zu unbequem war. Damals hat sie noch gelebt, vielleicht nach dem einzigen Kind gerufen. Du aber willst deine kühle Einsamkeit, in der du von Steigbügeln mit flachem Napf träumen kannst. Alle deine Jahre hast du zugebracht in Geschwätz. Staunenden Zuhörern erklärst du das Getriebe dieser Welt, machst die Drähte sichtbar, an denen die großen Kräfte wirken, schenkst der kleinsten Hütte Klarheit und Wahrheit, bist der weise Meister. Geschwätz. Im ursprünglich Menschlichen versagst du. Deine Eltern hast du einem einsamen Alter überlassen, deiner Frau die Ginflasche in die Hand gedrückt, deine Söhne ohne Hilfe auf ihrem eigenen Weg in die Wüste geschickt. Und jetzt jagst du hinter der Idee der Liebe her.

Als ich in Mödling ankam, hatte ich mich wieder in der Gewalt. Vater öffnete wie immer, versperrte hinter uns das Haustor, führte mich in das Schlafzimmer, wo Mutter in ihrem Bett lag wie aufgebahrt, ein Bündel Knochen, von

Haut überspannt. Ich erkannte sie kaum. Auf dem Nachttisch brannte eine Kerze.

Wieder spürte ich das Würgen in der Kehle, aber Vater ließ mir keine Zeit zum Zusammenbruch. „Den Hausarzt habe ich wie durch ein Wunder erreicht“, sagte er. „Glücklicherweise ist sein Sohn im Neufelder See beinahe ersoffen, darum verfrühte Heimkehr aus dem Wochenende. Gekommen ist er zwar nicht, aber ein gestempeltes unterschriebenes Formular habe ich abholen dürfen. Das gebe ich dann dem Leichenbeschauer, der mir für den späten Nachmittag angekündigt worden ist. Mit seinem Paß kann ich zur Bestattung gehen, die macht erst morgen früh auf, wird mir aber die weiteren Rennereien abnehmen. Sterben ist heute ein sehr bürokratischer Vorgang.“

Ich schüttelte den Kopf und holte tief Atem. „Warum redest du?“

„Warum fragst du? Irgend jemand muß doch den Verstorbenen die letzte Ehre erweisen, und die besteht heute im Gehorsam gegenüber der Behörde: Mach den Toten keine Scherereien, sorge für die richtigen Papiere. Gott sei Dank hat Angela nicht verlangt, daß sie verbrannt und ihre Asche in alle Winde verstreut werden soll. Das ist nämlich verboten. Friedhof oder Urnenhain, so befiehlt das Gesetz, und für beide mußt du bezahlen. Pietät kann beziffert werden. Wenn du aber nach zehn Jahren die neuen Gebühren nicht erlegst, fällt der Platz an die Friedhofsverwaltung zurück. Ich möchte gern wissen, was sie dann mit Knochen und Urnen machen. Ablieferung in einem Fernheizwerk?“

„Hör doch auf!“ schrie ich. „Sie war meine Mutter!“

„Ja, ja. Und sie ist meine Frau. Ist es und bleibt es. Meine Liebe steht nicht zur Debatte, meine Person steht nicht zur Debatte, meine Haltung steht nicht zur Debatte. Was willst du von mir?“

„Nichts. Besser: helfen. Würdest du nicht zumindest heute Nacht mit mir in meine Wohnung kommen?"

Er grinste verächtlich. „Angst vor Angela, weil sie tot ist? Ich bin über fünfzig Jahre neben ihr gelegen. Eine Nacht mehr wird mich nicht umbringen. Und wenn sie es täte, wäre das ein Geschenk."

„Du willst hier . . .?"

„Natürlich. Der Tod ist doch keine Grenze, den Paß brauche ich bloß für die Bestattung. Angela war und ist fast mein ganzes Leben, und das sogenannte Jenseits reicht weit ins Diesseits hinein. Aber woher sollt ihr das wissen. Ihr habt keine Beziehung zur Ewigkeit. Ich gehöre zu meiner Frau und ich werde sie begraben."

„In Ordnung. Aber immerhin bin ich euer Sohn."

„Ach, wirklich? Wann ist dir das aufgefallen? Du hast dein Leben. Wir hatten unseres. Und was nennt ihr schon Leben? Eine zufällige und kurzfristige Vereinigung von komplizierten Eiweißmolekülen. Die Moleküle gehen auseinander, heute bei Angela, morgen bei mir, und dann wirst du merken, wie lebendig wir werden. Früher hast du uns zur Seite schieben können, später werden wir immer bei dir sein. Wie als kleiner Bub wirst du uns nach jeder Entscheidung fragen, ob du richtig gehandelt hast. Angeblich tot, werden wir dein Maßstab sein, ein geistiger Maßstab ohne Skala, alle eure Einheiten, ob Quanten oder Lichtjahre, werden unwesentlich sein neben uns, denn nicht einmal eine Katze ist eine Ansammlung von komplizierten Eiweißmolekülen, über ihr steht die Idee, die ihr nicht messen, nicht zählen, nicht wägen könnt!"

Ich bin gewiß nicht der Typ des Materialisten, den er mit diesem Satz treffen wollte, aber ich legte ihm die Hand auf die Schulter, verabschiedete mich und fuhr zurück nach Wien.

25

Da stand ich nun zwischen meinen vier Bücherwänden, in der kühlen dunklen Stille meines Zimmers, und obwohl ich doch hierher geflohen war, dachte ich weiter an Flucht, weil ich das Alleinsein nicht ertrug, weil ich einen Menschen brauchte. Ja, ja, vor kurzem hatte ich meinen Vater ebenso wie meine Mutter einsam zurückgelassen, aber sein Gerede von der Ewigkeit war eine Warnung für mich gewesen: Binnen weniger Minuten hätte er wieder einmal versucht, mich von den ewigen Werten der Literatur zu überzeugen, mich, der ich so genau wußte, daß verpflichtende Werte einzig von der Macht gesetzt werden, und man gegen dieses Diktat nur ankommt, wenn man selbst Macht gewinnt. Auch Literatur lebt ja nicht in einer Retorte, sondern ist wie alles andere beeinflußt von Politik, Wirtschaft, Glaubensvorschriften, Cliquenwesen und Propaganda.

Ich rief Sandra an. Sie erwartete ihren Mann, der von seinem Kongreß zurückkam. Konrad war nicht daheim, so unerreichbar wie Christoph, Helga lag im Spital, sicherlich nicht die richtige Umgebung für meine Stimmung. Meine frühere Sekretärin hatte ich vor wenigen Stunden abblitzen lassen, trotzdem versuchte ich es mit ihr. Sie war nicht zu Hause.

Vier Bücherwände und Stille.

Oft hatte ich gehört, man könne den Tod der Mutter in der Jugend verschmerzen, im mittleren Alter hingegen sei er eine Katastrophe, die das ganze weitere Leben zeichne. Meiner Ansicht nach stimmte das nicht für mich, weil dieser Tod wirklich nur Erlösung sein konnte; bei jedem Besuch hatte ich unter Mutters Zustand gelitten und gehofft, daß ihr Leiden bald vorüber sein möge. Jetzt war alles anders. Pausenlos schrie Poes Rabe in mir: never more, never more, never more! Dann packte mich das Schluchzen, gegen das kein Wille half. Ich nannte mich Heuchler und

Weichling, ich dachte an die Haltung meines Vaters. Vergeblich.

Ist da kein Mensch, der mir für ein paar Stunden Trost und Ruhe schenken kann?

Was sich von selbst anbot, war die mir ganz fremde Marion. Zu ihr drängte alles in mir, aber sie hatte immer wieder gelogen, ich wußte nicht einmal, wo ich sie finden sollte, und der Umweg über die Rodakowski schien nach jüngsten Erfahrungen kaum Erfolg zu versprechen.

Zum Teufel, war ich nicht der berühmte Greith, dem Millionen begeistert zugehört hatten, fast so bekannt wie ein Fußballer, Popsänger oder Rennläufer? Manche Politiker und Wirtschaftsbosse behaupteten, meine Freunde zu sein, aber sie würden große Augen machen, wenn ich bäte, sie an einem Sonntagnachmittag anweinen zu dürfen.

Lassen wir sie, lassen wir den Beruf, denken wir an die wirklichen Freunde und beginnen wir mit den Frauen. Mila ist gestorben, Liesel viel zu dumm, Cornelia lebt in Australien, Christl in Oregon, Françoise in Toulon, alle übrigen waren Eintagsfliegen. Die Männer? Herbert Gehirnblutung, Max Krebs; Helmut hat sich schon vor zwanzig Jahren aus dem Fenster gestürzt, Gerhard hat sich erhängt; Fritz, Rudi, den zweiten Helmut und Bobby seit Jahren nicht gesehen, ebenso Wolfgang, und wenn ich mir das so ansehe, dann habe ich in den letzten zehn Jahren keine neuen Freunde gefunden. Mit stolzem Sinn bin ich geradewegs in die Vereinsamung hineinmarschiert.

Plötzlich fiel mir meine Triestinerin ein, und mit einem Mal glaubte ich sicher zu wissen, daß gerade sie es war, der ich mich anvertrauen konnte. Wie aber sollte ich sie erreichen? Dutzi, dazu ein paar echte Vornamen, die ich mir nicht gemerkt hatte, ebenso wenig wie den Familiennamen. Ein Admiral spielte mit. Ich befragte meine Bücher, ging die Namen der Marine durch und blieb bei Hermann Spohr hängen. Im Wiener Telephonbuch gab es eine einzige Dame dieses Namens. Sie meldete sich nicht. Irgendwann hatte ich einen Marinehistoriker getroffen. Auch er meldete sich nicht. Fünf Uhr vorbei, ein Sonntag.

Immerhin war ich durch diese Scheinaufgabe aus meiner Verzweiflung gerissen worden, ich verfolgte meine Spur weiter und erinnerte mich an den Kellner, mit dem Dutzi slowenisch geredet hatte. Ich rief die Schiefe Laterne an und sprach mit dem Mann. Er antwortete sofort: die alte Frau Reininger. Den Vornamen wußte er nicht, im Telephonbuch fand ich eine ganze Spalte Reininger, wählte zuerst die weiblichen Vornamen, dann die männlichen, die Hälfte von ihnen hob nicht ab, die anderen kannten keine Dutzi. Sechs Uhr, ein Sonntag.

Nun stand ich schon so sehr unter der Hypnose der Jagd, daß der Gedanke an die tote Mutter nur manchmal hervorbrach. Genau genommen gab es gar keinen Grund mehr, warum ich Dutzi aufstöbern sollte, und wenn ich schließlich doch noch in der Schiefen Laterne nach Frau Reininger fragte, geschah das nur, um eine Sache, die ich begonnen hatte, auch exakt zu Ende zu führen.

Sie kam an den Apparat. „Dutzi Reininger. Ich bin überrascht, aber ich höre."

„Hier ist Greith. Ich glaube, ich brauche Sie."

„Glauben Sie? Oder brauchen Sie wirklich?"

„Beides."

„So ernst? Warum kommen Sie nicht herunter?"

„Ziemlich weit. Ich bin in Hietzing. Außerdem nützt mir kein Lokal. Meine Mutter ist heute gestorben."

Es blieb eine Weile still. Dann: „Ich habe kein Auto. Darf ich Sie zu mir einladen?"

Sie nannte eine Adresse in der Schwindgasse, ich fuhr auf den fast leeren Parkplatz des Hörfunks und läutete wenig später an Dutzis Tür. Sie empfing mich in irgendeinem orientalischen Umhang, führte mich durch vier sogenannte Salons mit alten Möbeln, Ölbildern in reich geschnörkelten

Goldrahmen, Samtportieren und riesigen Perserteppichen in einen Raum, den sie wahrscheinlich bewohnte, denn dort stand das Fernsehgerät, dem ich unsere Bekanntschaft verdankte.

„Lassen Sie sich Zeit“, sagte sie. „Setzen Sie sich. Geduld ist das wichtigste im Leben. Ich habe da eine Flasche spanischen Weinbrand von meinem dritten Mann. Keine Angst, jetzt ist sie schon offen, man muß sie also auf jeden Fall trinken.“

Sie goß mir ein, ich nahm ihr die Flasche aus der Hand. „Die ist doch noch von vor dem Krieg!“

„Und? Heute mag alles Alte schlecht sein, Brandy nicht! Los! Erst einmal ein Glas, ein zweites, ein drittes. Wir haben es nicht eilig. Wie wir auch hetzen, das Leben wird dadurch nicht länger.“

Wir tranken und schwiegen.

„Erzählen Sie von Ihrer Mutter“, sagte sie dann.

Ich zuckte mit den Schultern und deutete hinauf zu dem Bild über dem Kamin. „Der Admiral?“

„Ja.“

„Bei der Rodakowski hängt ein echter Romako.“

„Glückwunsch. Hätte ich auch gern.“

„Eins seiner berühmtesten Bilder zeigt Tegetthoff auf der Brücke seines Flaggschiffs während der Seeschlacht von Lissa: Mütze schief, Hände in den Hosentaschen, Beine gespreizt, Zehen einwärts wie ein Steinzeitmensch. Warum hat Romako denn nicht ihren Großvater, den Admiral gemalt?“

„Er sollte es, hat sich aber vorher umgebracht, weil alle diesem Makart zugejubelt haben. Künstler sind empfindlich und brauchen Anerkennung. Wenn sie bemerken, daß Talmi bewundert und das Echte übersehen oder nicht erkannt wird, packt sie leicht die Verzweiflung. — Hatte Ihre Mutter einen Vater?“

„Trotzdem werden sie heute im Larousse oder in der

Britannica Makart finden, Romako aber nicht. Es hat sich also nichts geändert."

„Daß euch immer noch das Gedruckte imponiert! Wenn ich mit jemandem spreche, dann überlege ich mir, ob er nicht vielleicht lügt. Wenn ich Gedrucktes sehe, dann denke ich sofort, daß es gelogen ist. Drucken kostet Geld, und wer Geld hergibt, will damit mehr Geld verdienen. — Aber ich habe Sie etwas gefragt. Hatte Ihre Mutter einen Vater?"

„Natürlich. Damals waren Väter noch üblich und sogar geschätzt. Worauf wollen Sie hinaus? Großvater war durchaus standesgemäß: Edler von Teufenstein, Rittmeister bei den Arcieren."

„Die Arme!"

„Warum arm? Sie war gar nicht so, mit beiden Beinen ist sie in der Gegenwart gestanden! Auf ihrer alten Nähmaschine, heute Museumsstück, hat sie mir einen Anzug genäht, alle meine Pullover gestrickt, meine Strümpfe gestopft, Türangeln geschmiert, Sicherungen ausgewechselt, Steckkontakte und Kabel repariert und, wenn meine Schuhe gedoppelt werden mußten, die Sohlen mit Leinöl eingelassen, damit sie länger halten. Heute doppelt man keine Schuhe, stopft kein Strümpfe, man kauft eben neue, heute ist konservativ ein Schimpfwort, unser Wohlstand hängt von der Verschwendung ab. Wenn aber die Voraussagen stimmen, kann sich das im nächsten Jahr schon ändern. Vielleicht lacht man dann nicht mehr darüber, daß im Winter nur ein Raum geheizt wurde, daß Licht nur brennen durfte, wo sich jemand aufhielt, daß Mutter gebrauchte Streichhölzer sammelte, weil sie in genügender Menge zum Unterzünden verwendet werden konnten. Nach dem Krieg hatten wir kein Licht, kein Gas, keinen Brennstoff; wir aßen wurmige Erbsen, maßen einander die paar Gramm Brot zu, und für ein Kilo Zwiebel verkaufte Mutter ihr goldenes Armband, ein Erbstück, denn immer im

Elend sind der hilfreiche Mensch und der Aasgeier am nächsten. Die einen halfen uns während der Luftangriffe, die anderen sorgten für das Kapital, das sie beim sogenannten Wiederaufbau nötig haben würden. Da war kein Rittmeister mehr, kein Edler, keine Arcieren, Mutter hat allein . . ."

Ich hielt inne, weil ich mein Schluchzen unterdrücken mußte.

„Raus damit", sagte Dutzi. „Kotzen Sie es raus. Warum wären Sie sonst zu mir gekommen."

„Ich will nur, daß Sie verstehen, wie das damals war. Im Jahr Vierzig ist mein Vater eingerückt, hat das Vaterland irgendwo in Rußland verteidigt, und ist erst Achtundvierzig zurückgekommen. Acht Jahre lang war ich der Mann im Haus, für meine Mutter gab es keinen billigen Ersatz, und viele Jahre später hat sie mir erzählt, daß sie einmal, als sie Vater zur Bahn gebracht hatte und nach Hause zurückgekehrt war, an meinem Bett den Kopf an meine Brust gelegt und sich geborgen gefühlt habe; ich war damals elf Jahre alt. Was soll ich Ihnen erzählen von ihr? Daß wir nebeneinander auf der Schwelle unserer Terrasse gesessen sind und Kirschkerne möglichst knapp über das Geländer geschnipst haben? Oder wie sie 1945 mit den Russen fertig geworden ist? Von der Mutter her hat sie ein wenig Tschechisch gekonnt, sie geht also dem russischen Kapitän entgegen und teilt ihm tschechisch mit, daß sie von ihm und seinen Leuten ritterliches Benehmen erwarte. Er hat ihr die Hand geküßt, und nichts ist passiert. Oder wie sie vor ein paar Wochen aus dem Bett in eine Zimmerecke geflohen ist und dort aus einer Schnapsflasche trinken wollte, was natürlich unmöglich war, weil sie ja nicht mehr schlucken konnte?"

„Und warum sind Sie traurig?"

Die Frage kam nicht an. „Sie war so lustig! Sie hat so gern gelacht!"

„Das ist doch schön. Niemand lebt ewig. Warum sind Sie traurig?"

Jetzt verstand ich sie. „Was soll ich sonst sein? Meine Mutter . . ."

„Schon gut. Glauben Sie an Gott?"

Das machte mich für einige Sekunden mundtot, denn so ein Angriff ist unter gebildeten Menschen heute nicht mehr üblich. Endlich sammelte ich mich. „Die berühmte Gretchenfrage. Vielleicht ja, aber keineswegs so, wie er im Religionsunterricht gelehrt wird, und nie würde ich aus diesem eher vagen Glauben die Hoffnung ableiten, meine Mutter im Himmel wiederzufinden."

„Haben Sie Ihre Mutter tot gesehen?"

„Ja."

„Und haben Sie nicht bemerkt, daß an diesem toten Körper das Wesentliche verschwunden war?"

„Natürlich."

„Und was soll das Wesentliche gewesen sein? Da ist die Erinnerung an einen kleinen Buben, an dessen Brust eine reife Frau Trost gefunden hat; die Erinnerung an einen bösen Feind, der ihr plötzlich die Hand küßt; die Erinnerung an ein ganzes Frauenleben mit seinen Erwartungen, Erfüllungen, Enttäuschungen, vom ersten Rendezvous über das Kirschkernschnipsen bis zur Schnapsflasche, aus der man nicht mehr trinken kann! In der Physik darf nichts verschwinden. Das soll für den Geist nicht gelten? Halten Sie mich ruhig für blöd, aber ich weiß ganz sicher, daß ich mit meinen Eltern vereint werde, weil wir alle der Atem Gottes sind."

„Sagen die Inder."

„Ja. Und? Könnten sie nicht recht haben? Aber meinetwegen etwas ganz anderes. Einer meiner Freunde, ein ernst zu nehmender Wissenschaftler, gesteht mir, daß er mehr mit dem Mysterium rechnen muß als jeder Theologe; er zitiert einen berühmten englischen Physiker, der erklärt hat, das All sehe für ihn eher wie ein großer Gedanke Gottes als wie eine Maschine aus. Wenn ich jetzt sage, daß wir ein Gedanke Gottes sind, dann dürfen Sie mir nicht die Inder vorwerfen, sondern die Physiker."

Ein Hund, vor dem unvermutet ein Hase aufspringt, wird den Hasen jagen; ein alter Diskutierer wie ich kann nicht widerstehen, auf ein Argument mit dem Gegenargument zu antworten. „Das Zitat ist bekannt und stammt von James Jeans, der schon vor dreißig Jahren gestorben ist. Nach dem Zweiten Weltkrieg hat man sich bemüht, einen modernen Weg zur Religion zu finden. Kierkegaard ist ausgegraben, Jaspers hochgelobt worden, und unter dem Eindruck der Atombombe hat man die Physiker zu Propheten gemacht. Da waren Eddington, Jeans, Schrödinger, Heisenberg, Jordan, und alle haben sie tröstend versichert, daß sie in ihrer Disziplin über die Anschaulichkeit längst in Grenzgebiete vorgestoßen seien, wo die kausale Vernunft versage. Schlußfolgerung: Vielleicht ist es doch besser zu beten. Genützt hat alles nichts. Religion ist vorbei, ob jetzt christlich, indisch oder physikalisch. Wir werden uns damit abfinden müssen, daß das Ich — und das meinen doch die Religiösen, wenn sie von der Seele sprechen — daß das Ich erst zwei Jahre nach der Geburt entsteht und im Tod zugrundegeht. Was sollte es auch außerhalb der irdischen Bedingungen? Es ist aufgebaut aus Erfahrungen wie Kälte und Hitze in der läppischen Spanne von nicht einmal hundert Graden, auf Entfernung, Berührung, mehr oder weniger Licht, Farbe, Schmerz und Stoffwechsel. Alles das wäre in irgendeinem denkbaren Jenseits nutzlos. Ein Gedanke Gottes? Soll Gott wirklich nur in diesem schmalen Bereich der Temperaturskala oder der elektromagnetischen Wellen gedacht haben? Das Ergebnis, ob Inder oder Physiker, ist immer das gleiche. Binden wir die berühmte Seele an unser Ich, dann muß sie sterben, weil die Inhalte des Ichs außerhalb der Erde unbrauchbar sind. Binden wir sie nicht, dann mag sie wohl weiterleben, hat aber mit dem Ich und seinen Erinnerungen nichts zu tun."

„Sie reden von einem denkbaren Jenseits. Können Sie das Jenseits denken? Das würde doch aussehen wie die dauernden Engelschöre der Christen, die ewige Jagd der Germanen oder die Huris der Mohammedaner. Und was die hundert Grade oder die wenigen elektromagnetischen Wellen anlangt, sind das eben Bedingungen, die für das Leben geschaffen worden sind, genau wie die Anomalie des Wassers. Sicherlich glauben Sie auch an Millionen Planetensysteme. Das redet man uns ein. Niemand hat noch Planeten außer unseren eigenen gesehen. Wo ist der Beweis, daß es sie gibt? Warum soll nicht wirklich die Erde das einzige Experiment Gottes sein? Ein Gedanke Gottes? Wenn das so ist, dann haben auch die wenigen Grade und Wellen ihren Platz. Ich bleibe also dabei: Beide treffen wir unsere Mütter wieder."

„Ihr Glaube in Ehren, gnädige Frau. Die Wahrscheinlichkeit ist leider gleich null."

Eine Weile sagte sie nichts, dann schüttelte sie den Kopf. „Sie sind doch so gut im Denken. Überlegen Sie einmal. Sie kommen zu mir, weil Ihre Mutter gestorben ist. Ein echter Notfall. Vermutlich soll ich Ihnen in einer Krise helfen. Ich tue das, vielleicht mit schwachen Kräften, aber in bester Absicht. Fast könnte ich Ihre Großmutter sein, ich bin vierundachtzig, lebe schon lange auf Abruf und habe mir für diesen Fall meine eigene kleine Philosophie aufgebaut. Sie mag falsch sein. Trotzdem genügt sie mir. Sie wollen sie zertrümmern. Warum? Was habe ich Ihnen getan?"

Ich sah ein, daß der Vorwurf berechtigt war, und kroch zurück in meine Schale.

„Verzeihen Sie mir. Vielleicht habe ich ein wenig zuviel an mich gedacht."

„Kann sein. Aber diese Erkenntnis wäre ein guter Anfang."

„Ich gelobe Besserung. — Ist nicht nach Ihrem Großvater ein Kreuzer benannt worden?"

Sie erzählte vom Admiral und von Triest, dann brach ich auf und wußte genau, daß ich weiterhin vor allem an mich denken würde. Wenn dich jemand auffordert, an andere zu denken, dann prüfe sorgfältig die Rechnung, denn meistens bist du derjenige, der sie bezahlen soll.

26

In der Schiefen Laterne bekam ich ein spätes Nachtmahl, dann fuhr ich nach Hause. Konrad war noch nicht da, ich setzte mich in mein Zimmer, legte die Concertini von Pergolesi auf und bemühte mich, meine Gedanken und Gefühle zu ordnen. Als plötzlich das Telephon läutete, sah ich auf die Uhr: zehn nach elf. Wer rief jetzt noch an?

„Hier Beneder. Wir haben von dem schmerzlichen Verlust erfahren, der sie heute getroffen hat, wollen Ihnen unser tief empfundenes Beileid übermitteln und Sie gleichzeitig bitten, uns im Apostelhof zu besuchen.„

Ich seufzte hörbar. „Meinen aufrichtigen Dank. Wieso wissen Sie davon?"

„Mein Gott, wir sind Mödlinger, es spricht sich herum, und alle kannten wir Ihre verewigte Frau Mutter."

„Das ist sehr freundlich von Ihnen. Nochmals vielen Dank. — Auf bald."

Schon wollte ich auflegen, da rief er: „Moment, Moment! Sie kommen doch?"

„Gern. Im Lauf der Woche, sobald es sich einrichten läßt."

„Nein! Jetzt! Durchlaucht erwartet Sie. Und die Gräfin Clerfayt hat mir aufgetragen, Sie herzlich zu bitten."

Der letzte Satz ließ mir keine Wahl.

Wie zwei Tage vorher saßen sie in ihren Kostümen hinter dem ovalen Tisch, diesmal aber führte mich nicht Marion ein, sondern der Feldmarschalleutnant, der mich zur Fürstin Aystershaim geleitete. Die stand auf, küßte mich auf beide Wangen, bot mir Maxens Stuhl an, so daß ich den sieben wieder wie einem Tribunal gegenübersaß, und sagte feierlich:

„Wir grüßen Sie, Doktor Greith. Was wir heute tun wollen, ist kein alltäglicher Brauch. Wir werden Ihre Frau Mutter ehren, wie wir noch niemanden geehrt haben. Zunächst müssen Sie wissen, daß wir uns nicht zufällig vor diesem Gobelin versammeln. Für uns ist er ein Symbol, und ich bitte Sie bei allem, was uns heilig ist, ein Symbol als das zu nehmen, was es ist: eine außerhalb der Vernunft gebaute Brücke zum Undenkbaren. Lachen ist leicht, ahnen schwer. — Meister, jetzt sind Sie dran."

Sie setzte sich, der Mann im Malerkittel trat vor den Gobelin und zuckte mit den Schultern, als wollte er sich entschuldigen.

„Offen gestanden halte ich diese Webarbeit für mißglückt wie alles, das unser menschliches Dasein auf solche Art einzufangen versucht. Größe ist nur im Kleinen erreichbar. Was hier vor allem fehlt, ist die Konzeption, aber was soll's, wir müssen uns mit diesem Pfusch einer Welt begnügen, und weil wir uns regelmäßig vor ihm versammeln, haben wir uns sogar daran gewöhnt."

„Man hätte den Maler nie reden lassen dürfen!" flüsterte die Koltay.

Lorentz wandte sich ihr zu und verbeugte sich. „Ich bete dich an, göttliche Julia, du warst ein betörendes Käthchen von Heilbronn, aber schon für eine französische Komödie einfach zu dumm."

„Diese Bemerkung scheint mir deplaciert", rügte die Fürstin.

„Ich finde sie richtig", erklärte der Feldmarschalleutnant.

„Fi donc, Carl! Vergiß dich nicht! Außerdem kannst du die Koltay doch gar nicht gesehen haben!"

„Und wie ich sie gesehen habe! Als Käthchen! Und damals war sie über fünfzig!"

Der Hofrat räusperte sich auffallend laut, stand auf und winkte den Maler an seinen Platz zurück. „Sei dem, wie dem auch immer sei, wir haben es alle hinter uns und ermangeln darum jeglicher Kompetenz oder Ingerenz. Zu allem Überfluß verlieren wir dabei unser Ziel aus den Augen, das durch eine triviale Konversation in seinem Wert herabgesetzt werden könnte. Meiner eigenen, freilich unmaßgeblichen Meinung nach ist der Gobelin gar nicht so schlecht, weil sein Schöpfer ja eine Menge von Möglichkeiten offen gelassen hat, und was ist schon ein Kunstwerk, wenn es nicht die Tür zu eigenem Weiterdenken aufstößt? — Sie sehen selbst, Herr Doktor, daß hier das menschliche Dasein komprimiert worden ist. Seit langem sitzen wir nun davor, und irgendwann einmal sind wir übereingekommen, unseren Platz darin zu finden, und zwar nicht etwa adäquat unseren Ehren und Meriten, sondern lediglich im Hinblick auf die Physiognomie. Dementsprechend sitze ich selbst in dem offenen Verschlag ganz rechts als Schreibknecht eines Provinznotars. Selbstredend habe ich protestiert, bin aber majorisiert worden, weil meine sechs Freunde die Ähnlichkeit zum entscheidenden Merkmal erklärt haben."

„Und haben Sie nicht gegen mich gestimmt, wie man mir den dritten Spießträger im Hintergrund zugewiesen hat?" rief der Feldmarschalleutnant.

Die Fürstin nickte. „Und mir diesen Schlampen?"

„Ganz recht", antwortete der Hofrat. „Auch in diesen casibus war eben schlagende Ähnlichkeit gegeben. Tatsächlich ist meistens mit sechs zu eins abgestimmt worden.

Bei Durchlaucht als Marketenderin mit umgehängtem Schnapsfäßchen, bei Frau Koltay als züchtige Bauersfrau, bei unserem Meister als Seiltänzer und bei der Exzellenz als Spießträger. Nur die Gräfin als Tänzerin und der Verwalter als Minister gingen unanim durch."

„Kein Wunder", sagte die Koltay. „Die Tänzerin dreht ihre Pirouette im Vordergrund! Ich schau nur aus irgendeinem Fenster!"

Der Verwalter befragte die Fürstin: „Durchlaucht gestatten?" Als sie nachsichtig nickte, erhob auch er sich und wandte sich an mich. „Wo bleibt, über die Jahrtausende hinweg, der Unterschied zwischen einem Verwalter und einem Minister? Waren alle Minister gute Verwalter? Vor allem aber: Ist es schließlich nicht unwichtig, welche Rollen wir auf diesem Gobelin spielen? Das Schicksal verweht uns, ob Kaiser, König, Edelmann, Bürger, Bauer, Bettelmann. Nur die Engel dort oben bleiben, und der Engel rechts hat das Gesicht Ihrer Mutter. In diesem Engel wird Ihre Mutter weiterleben."

Alle schwiegen, auch ich. Endlich schüttelte ich den Kopf und wollte antworten.

Die Fürstin gebot mir zu schweigen. „Sagen Sie nichts. Sie halten uns für verrückt, und das ist gut so. Trotzdem kennen wir eure Wirklichkeit, kennen unsere Feinde, die Feinde der Vergangenheit, und haben ausreichende Gründe, einen besonders perfiden Angriff zu befürchten, vor dem wir auch Sie warnen wollen. Sie selbst haben vor ein paar Tagen die Gräfin zu unserer Sprecherin erkoren, denn in ihrer Zeit hat ja Beethoven hier gespielt. Warten sie drüben im Wohnraum. Schon nach wenigen Minuten wird die Gräfin bei Ihnen sein und alles Weitere erklären."

27

Ich gehorchte, und sehr bald darauf kam Marion, nicht mehr im Kostüm, sondern im gewohnten grauen Rock mit der weißen Bluse. Sie setzte sich mir gegenüber, und plötzlich war da wieder die schiefe Ebene, brannten zwei Lampen, ihre Rahmen nun noch oben und unten abgeschrägt wie bei meiner Schiefen Laterne, wo alles seinen Anfang genommen hatte; schräg fielen die Rahmenschatten über den Raum, von jedem Tisch und jedem Stuhl mehrfach gebrochen. Sogar die Wände waren schräg, helle und dunkle Flächen trafen schräg aufeinander, die hellen gelb, die dunklen blauschwarz. Mit gesenktem Kopf hockte der Zwerg an einem fernen Tisch, noch weiter im Hintergrund lehnte der Ober, und keiner der beiden wagte sich zu uns vor.

„Haben Sie dem Feldmarschalleutnant aufgetragen, mich herzlich zu bitten?"

„Ja. Es war uns allen sehr wichtig, noch heute mit Ihnen sprechen zu können, weil wir erfahren haben, daß Sie morgen erpreßt werden sollen. Ganz Österreich kennt Ihren Namen, kennt Ihr Gesicht, Ihr Ruf beruht auf Ihrer Integrität, Ihrer Objektivität und Ihrer Liebe zur Wahrheit. Gerade darum sind Sie sehr leicht verwundbar; ein klein wenig Verleumdung genügt schon, Sie für die Öffentlichkeit untragbar zu machen. Man wird Sie vor die Alternative stellen, entweder den Apostelhof sofort zu verkaufen oder in ein paar Tagen, groß aufgemacht, in mehreren Zeitungen zu lesen, daß Ihre Frau in einer Trinkerheilstätte liegt, Ihr älterer Sohn ein Adressenbetrüger ist, und man den jüngeren als rechtsextremen Terroristen verhaftet hat."

Eine Weile zögerte ich, lehnte mich dann zurück. „Chère Madame la Comtesse, jetzt bin ich an der Grenze meiner Toleranz angelangt. Ich habe es satt, mich von einem Magdeburger Mannequin, das sich Prinzessin nennt, einer

Sparkassenangestellten, die als Gräfin auftritt, und etlichen anderen Gespenstern wie ein Schulbub behandeln zu lassen. Der Apostelhof ist für mich eine schwere finanzielle Belastung, und ich hätte sofort verkauft, wenn ich nicht durch eine beispiellose Arroganz herausgefordert worden wäre. Dann sind Sie gekommen und haben mich verzaubert. Trotzdem bin ich keineswegs so blindwütig romantisch, um nicht zu wissen, daß sich in der viel geschmähten Realität nichts geändert hat. Das heißt: Ich werde mich aus Prinzip keiner Erpressung beugen und lieber versuchen, den Apostelhof irgendeiner österreichischen Körperschaft abzutreten. Was meine so leicht verwundbare Stellung angeht, sehe ich die Dinge ein wenig anders. Meine Frau ist nämlich in keiner Trinkerheilstätte, mein älterer Sohn kein Betrüger, und der jüngere kein Terrorist."

Der Zwerg im Hintergrund applaudierte laut. Marion hörte ihn nicht oder gab vor, ihn nicht zu hören. Ich hätte nun gehen können, blieb aber sitzen. Auch Marion hätte gehen oder widersprechen können und blieb ebenfalls sitzen. „Merkst du nicht, warum sie bleibt?" keifte der Zwerg. „Sie denkt an den Hof, nicht an dich!"

Lange saßen wir einander gegenüber und starrten auf leblose Gegenstände. Ich erinnerte mich an unser erstes Zusammentreffen und an die Macht ihrer blauen Augen. Endlich wagte ich es, und da war ihr Blick, gerade auf mich gerichtet.

„Ihr habt soviel Vergnügen wie kaum ein Zeitalter vor euch", hatte Messenbeck gesagt. „Ihr habt Geld, ihr habt sogar Zeit, und trotzdem seid ihr unglücklich, weil euch die Liebe fehlt, die ihr vermarktet und entwertet habt, so daß ihr euch ihrer schämt. Die Liebe aber ist das einzige Geschenk Gottes in einer Welt der Prüfungen, und wenn ihr bemäkelt, daß sie nicht dauert, dann ist daran eure Krämerwaage schuld, als ob ein Lot Liebe nicht mehr wäre als tausend Tonnen Erfolg. Ich danke für jeden Tag Liebe in meinem Leben, denn an diesem Tag habe ich gelebt. Sie allein hat mir Sinn und Inhalt gegeben, und es war ganz unwichtig, wem ich sie zugewendet habe."

Dieser verdammte Messenbeck.

„Sie wissen, wie ich für Sie empfinde."

„Ich weiß es. Ich weiß aber auch, daß wir uns darüber nicht freuen dürfen. Gestern haben Sie meine Wahrheit Lüge genannt, ich war böse und habe das Gespräch abgebrochen. Heute mittag waren Sie wieder hier, und da habe ich Sie bewußt angelogen, voll Erbitterung, daß nicht einmal Sie echt und falsch unterscheiden können. Nein, ich gehöre nicht in eure zufällige Ordnung, ich wohne nicht auf der Goldenen Stiege, habe keine Schwiegermutter, keine Schwägerin und keinen Posten in irgendeiner Sparkasse. Ich bin eine Gefangene dieses Hauses. Darum waren wir auch nie in einem Café . . ."

„Und wo sind wir jetzt?" schrie ich. „Da sind die Lampen, da ist die schiefe Ebene, mein Zwerg, Ihr Loszek . . ."

„So sehen Sie es. Jeder sieht anders. Die Wirklichkeit ist eine Übereinkunft, damit wir miteinander leben können. Es darf deshalb keine andere neben ihr geben."

„Die Wahrheit hingegen ist vielfältig! Danke. Ich habe die Lektion begriffen. Leider ist für uns gewöhnliche Menschen die Wirklichkeit maßgebend; die Wahrheit wird erst nach Übereinstimmung mit der Wirklichkeit als wahr anerkannt. Sie haben mir drei Wahrheiten versprochen und mich statt dessen zweimal angelogen."

Wortlos stand sie auf und ging die schiefe Ebene hinunter. Als sie den Zwerg erreichte, schrumpfte er bis auf Daumenlänge zusammen, der Ober Loszek legte ihr einen langen weißen Mantel um die Schultern und brachte sie zur Tür. Dort wandte sie sich plötzlich um, warf den Mantel zu Boden und kam zu mir zurück. Als sie mich ansprach, verriet ihre Stimme Zorn und Verzweiflung.

„Was Sie für mich empfinden! Gut, ich gebe zu, daß ich von den anderen vorgeschickt werde; ich gebe zu, daß es um den Hof geht, aber glauben Sie denn, daß nur Sie Gefühle haben können? Wenn Sie es unbedingt hören wollen: Ich empfinde mindestens ebenso stark wie Sie. Uns trennt nicht Mangel an Gefühl, uns trennt ein Gesetz."

Ich sprang auf, und sofort trat sie einen Schritt zurück.

„Marion, warum sagst du mir nicht die Wahrheit?"

„Ich habe es getan! Und was tust du? Du bittest um Werbung und verlangst einen Meldezettel! Würde ich dir die zweite Wahrheit geben, vom Haus in der Innenstadt, dem Fayence-Ofen im blauen Zimmer, wo ich entbunden wurde, von der breiten Treppe, über die der General sporenklirrend zu mir heraufsteigt, um mir mitzuteilen, daß mein Mann gefallen ist, von der Halsbräune, die mir den kleinen Stani genommen hat, ich halte seinen kleinen Körper auf meinen Armen, dann muß mich Agnes stützen, draußen der Ruf des Posthorns, als könne alles weitergehen wie früher, aber die Wirklichkeiten vergehen, die Wahrheiten bleiben. Was würdest du antworten? Ob ich das nicht vielleicht in einem Roman gelesen habe. Die Fürstin hat recht: Es ist gut, wenn ihr uns für verrückt haltet."

Hätte ich sie umarmen dürfen, es wäre alles leichter gewesen. So gehorchte ich dem Zwerg und fragte: „Wenn dein Mann gegen Ende des Krieges gefallen ist, müßtest du heute über fünfzig sein. Hilf mir doch! Ich will dir ja glauben, aber mach es nicht zu schwer! Vergiß eure Manie mit der Geschichte! Wir leben heute! Wer bist du? Wie heißt du? Wie kann ich dich erreichen?"

Ich spürte den gehauchten Kuß auf meinen Lippen. Dann war ich allein.

28

Daheim gönnte ich mir einen großen Schluck Whisky. Als das Telephon läutete, sah ich auf die Uhr. Zehn nach elf. Wer rief so spät noch an?

„Hier Voitl, Sie erinnern sich doch, das Geschäft an der Ecke! Ich habe erfahren, daß man den Sigurd und Ihren Sohn weggeholt hat. Die Polizei. Sie waren damals so freundlich, darum rufe ich Sie an, und weil ich selber einen Buben habe."

Ich brauchte eine Weile, um mich umzustellen. „Die Polizei? Meinen Sohn? Warum?"

„Woher soll ich das wissen? Rechtsextrem, nicht wahr?"

„Sie meinen Christoph. Ich habe zwei Söhne. Warum weggeholt?"

„Keine Ahnung. Ich habe mir nur gedacht, ich muß Ihnen das sagen. Damit Sie was tun können. Sie haben doch sicher Beziehungen."

„Vielleicht. Vielleicht. Danke. Vielen, vielen Dank."

Natürlich hatte ich Beziehungen, leider keine zum Kommissariat Favoriten, wenn das überhaupt in Frage kam. Da war der Chef der Staatspolizei, da war der Polizeipräsident von Wien, beide hatte ich da und dort getroffen. Sehr persönlich war unser Wortwechsel nicht gewesen. Immerhin kannten mich die beiden, aber sollte man in einem solchen Fall nicht besser zum Schmiedel als zum Schmied gehen? Und wen durfte man überhaupt jetzt noch anrufen? Inzwischen war es ja viertel zwölf geworden.

Jetzt erst fiel mir die Zeit auf. Zehn nach elf hatte mich Beneder angerufen, zehn nach elf auch Voitl. Dazwischen aber war ich in Mödling gewesen! Es gibt einen guten Rat für den Fall, daß man Unmöglichem begegnet: Suche die nächstbeste mögliche Lösung. Das war nun einfacher als bei der Sotnie, denn es handelte sich ja nicht um die Umkehrung der Zeit, sondern nur um ihren Verlust, der mit einem Tagtraum erklärt werden konnte. Ich hatte an Marion gedacht und mir ihren Kuß gewünscht. Punktum, Streusand drauf. Kehren wir zur Wirklichkeit zurück und versuchen wir es einfach mit dem Kommissariat Favoriten, vielleicht haben wir Glück. Das hatte ich tatsächlich, denn schon der Polizist am Apparat wußte von der Festnahme eines Christoph Greith, der hier im Arrestlokal auf die Vernehmung warte. Sonst wußte er freilich nichts, auch nicht, wer die Festnahme angeordnet habe; da müsse man die Ankunft des Journalbeamten am nächsten Morgen abwarten.

Als ich auflegte, hörte ich die Wohnungstür und dachte an Konrad. Wer in den Raum stürmte und mich leidenschaftlich umarmte, war Helga. Sie küßte mich auf Mund, Ohren und Augen, nannte mich ihr Herzstück und erklärte mir, daß sie mit dem Oberarzt, von dem ich nur den Vornamen Walter erfuhr, nach Israel auswandern werde. Ich roch den Gin und fragte, ob man sie denn entlassen habe.

„Entlassen? War ich in einer Strafanstalt? Und wenn ja, was macht man in einer Strafanstalt? Man versucht auszubrechen." Sie lachte und ließ sich in meinen Sessel fallen. „Es ist mir zu blöd geworden. Ich bin doch nicht krank, ich bin versoffen, und die wollen mir den Sinn kiloweise andrehen, nach dem alten Motto: Darf's ein bisserl mehr sein, gnä Frau? Wenn ich getrunken habe, fühle ich mich besser, und die predigen mir, daß Pflichterfüllung zufrieden macht. Da müssen sie früher aufstehen, auf solche Sirenenklänge falle ich nicht mehr herein. Nein, nein, ich war satt, habe mich angezogen und bin weggegangen. Die Schwestern waren in der Teeküche, der Mann am Tor hat mich nicht einmal angeschaut, und wenn er mich angehalten hätte, dann wäre ich eben bei mir selbst auf Besuch gewesen. Einzelzimmer haben ihre Vorteile. Was ist bei euch? Wo sind die Buben?"

„Vermutlich bei ihren Freundinnen. Ich weiß nicht, ob es sehr vernünftig war, so einfach davonzulaufen."

„Nein, es war nicht sehr vernünftig, mein Süßer." Plötzlich schlug sie auf den Tisch und schrie mich an. „Ich scheiße auf eure Vernunft! Wohin hat sie uns gebracht? Jahrelang eine Karriere aufbauen, und dann genügt eine saublöde Wahl und du bist abserviert! Ich gehe vor die Hunde, die Buben gehen vor die Hunde, nur weil der tüchtige Papa ein Ziel hat, aber ein paar Nebochanten, die mit einem Stimmrecht vorgeschickt werden, dürfen entscheiden, ob der heilige Greith weiter heilig sein darf! War das den Aufwand wert?"

„Letztes Mal warst du so optimistisch. Warum siehst du heute so schwarz? Es ist noch nicht aller Tage Abend."

„Gott sei bedankt für seine göttlichen Sprichwörter! Uralte Volksweisheit! Trostprogramm seit den Pharaonen! Laß mich in Frieden damit! Mein Leben ist kaputt, du bist der heilige oder entheiligte Greith, meine Kinder sind erwachsene Nieten, die Zukunft liegt im Alkohol, und ich bin längst nicht mehr böse darüber. Er ist besser als die Menschen."

„Hast du was gegessen?"

Sie nahm den Aschenbecher vom Tisch und schleuderte ihn auf mich. Ich wich aus, er flog durch die offene Tür und blieb im Vorraum liegen. „Schade", sagte sie heiter. „Heiliger Greith unverletzt, heilige Glasscheibe unverletzt, heiliges Bild unverletzt. Die Zukunft ist unser! — Ich weiß ja so gut, warum du vom Fressen redest: Alkohol braucht Unterlage. Nun denn, laßt uns fressen. Was beliebt? Garantiert strahlenverseuchter Thunfisch? Mit Abgasen angereicherter Spinat? Chemie-Pastetchen? Oder lieber gegrillte Kalorie, getrüffelte Joule, eingemachte Spurenelemente? Der ganze Erdball deckt unseren Tisch!"

Aus Erfahrung wußte ich, daß sie in den nächsten Minuten zusammenbrechen würde, aber ich lief in die Küche, schnitt Brot, bereitete ein paar Schnitten. Als ich zurückkam, saß sie immer noch in meinem Sessel, ein schmales Bändchen in der Hand, das sie sofort weglegte. Meine Whiskyflasche war leer.

„Wir machen uns ein kleines Fest", sagte ich, nicht sehr überzeugend.

Sie hörte den Unterton nicht, stand auf, schwankte ein wenig. „Ja, Tommi. Wir machen uns ein Fest, ganz im Sinn des Wiener Landespatron Augustin: Alles ist hin. Laß doch alles hin sein! Wir haben unser Fressen, unseren Alkohol und unseren Sex! Komm, ich bin ganz wild darauf, vergiß diese idiotischen Brötchen, wir gehen ins Bett, wir werden . . ."

Es war ein volles Programm, das sie da entwarf, dann hielt sie plötzlich eine Hand vor die Augen, sank zu Boden und schlief sofort ein. Allein konnte ich sie nicht tragen, und wenn ich sie an den Beinen in ihr Zimmer geschleift hätte, wäre es mir doch nicht möglich gewesen, sie dort auf ihr Bett zu heben. Da stand ich also, mit einer Liebe hinter den sieben Bergen, einer volltrunkenen Ehefrau auf dem Teppich und einem Sohn im Arrest. Zuerst wollte ich auf Konrad warten, dann überlegte ich, daß Helga ja nun sechs Tage lang auch den Alkohol entbehrt hatte und vielleicht mit einer Vergiftung zu rechnen war; ich rief darum Sandra an, und sie versprach zu kommen. Gleich darauf wählte ich die Nummer Morellos, eines Anwalts, der mich seinerzeit in zwei Presseprozessen vertreten hatte und mit dem ich seither so etwas wie befreundet war. Ich erreichte ihn, bat ihn um seine Hilfe, und er war bereit, sich schon am frühen Morgen im Kommissariat Favoriten nach Christoph zu erkundigen und von ihm ein Mandat zu verlangen, das ihn zu weiteren Schritten ermächtigte.

Obwohl ich mir den Kopf zerbrach, fiel mir doch nichts ein, was ich nun noch tun könnte, also holte ich eine neue Flasche Whisky, setzte mich in meinen Sessel, starrte einmal auf Helga, dann wieder auf meine Bücher, und fragte mich, wie ich in diese entsetzliche Einsamkeit geraten war. Was da Familie heißt, ist keine. Meine Eltern sind Staffage: Man hat sie eben. Lebendig werden sie erst, wenn sie sterben. Und wenn dann Mutter stirbt, fliehe ich zu einer Triestinerin, die ich zweimal gesehen habe. Keine Frau, kein Kind, kein Freund, kein Kollege, kein Nachbar. Wir haben unsere Seelen verloren. Wozu leben wir? Nicht das dumme Warum. Nein: Wozu! Die Frage ist oft gestellt und immer wieder abgelehnt worden, weil sie ja vom menschlichen Zweckdenken ausgeht, das in einer außermenschlichen Welt angeblich keinen Platz hat. Und wenn ich nun als Mensch keinen Zweck mehr erkenne, soll ich mich dann umbringen?

Endlich war Sandra da, wir brachten gemeinsam Helga ins Bett und besprachen den Fall in meinem Zimmer. Ihrem Kodex gemäß war natürlich die Flucht aus einem Spital ein Kapitalverbrechen, das kaum gesühnt werden konnte. Sie hatte sich eingesetzt, schließlich seien ja Betten nicht so leicht zu kriegen, und damit war es jetzt vorbei, jedes Krankenhaus würde sich weigern, jemanden aufzunehmen, der einfach davonlief; Helga im Schutz der Dunkelheit zurückzuschaffen, sei ein Blödsinn, weil die Schwestern längst Meldung gemacht haben mußten. Sie rief ihre Freundin an, die nichts wußte, aber wenigstens den Oberarzt Walter kannte, den Sandra wenig später weckte. Nein, nein, versicherte er sofort, er habe keiner Patientin eine Emigration nach Israel vorgeschlagen, denn erstens sei er kein Jude, zweitens habe er eine Frau und zwei Kinder, und drittens brauche er ein wenig Schlaf, weil ihn morgen ein schwerer Tag erwarte.

„Was jetzt?" fragte ich.

Sandra schüttelte den Kopf. „Ich weiß es nicht. Kann sein, sie wacht um sechs auf wie im Spital. Ich glaube eher, daß sie bis zwölf durchschläft. Um sechs bist du dran. Ich komme gegen Mittag. Für alles, was weiter geschehen soll, habe ich noch kein Rezept."

29

Als ich das Haus verließ, schliefen Helga und Konrad noch. Im Büro rief mich Vater an und teilte mir mit, daß Mutter erst am kommenden Samstag nachmittag im Mödlinger Friedhof beerdigt werde. Knapp darauf berichtete mir Morello, daß er mit Christoph gesprochen und die Unterschrift unter das Mandat erhalten habe; seiner Ansicht nach stehe es gar nicht so schlecht, denn obwohl unter Sigurds Hütte ein Waffenversteck entdeckt worden sei, glaube man nicht recht an Christophs Kenntnis davon, und die Staatsanwaltschaft werde es darum nicht leicht haben, Beweismaterial aufzuspüren. Eine halbe Stunde später kam meine frühere Sekretärin, erneuerte ihr Angebot für Paris und setzte zur Verstärkung ihrer Argumente mehrmals ihren Busen ein, teils durch Einblicke in ihr tiefes Décolleté, teils durch scheinbar zufälliges Anschmiegen an meinen Oberarm.

Knapp nach eins meldete sich der angekündigte Erpresser, ein Wiener Rechtsanwalt Doktor Jung, dem Äußeren nach ein Muster an Respektabilität. Er zählte mir noch einmal alle Vorteile auf, die sich mir durch den Verkauf des Apostelhofs an seine Mandantin, die Prinzessin Schwanau, bieten würden, und erklärte abschließend, daß er, obwohl seine Mandantin inzwischen nach Florida abgeflogen sei, jederzeit für sie den Kaufvertrag aushandeln könne. Ich hörte ihm ruhig zu. Als er fertig war, fragte ich, was ich zu erwarten hätte, wenn ich auf das Angebot nicht einginge. Einen Verlust von etwa einer Million Schilling, antwortete er. Und was sonst? Er zog die Brauen hoch. Wieso was sonst?

„Ihre Mandantin hat mir in ziemlich rüder Form versichert, daß es Mittel gebe, mich zu diesem Verkauf zu zwingen."

„Meine Mandantin ist ein wenig impulsiv. Sie dürfen ihre Worte nicht auf die Waagschale legen."

„Ich habe inzwischen erfahren, daß man mich durch Veröffentlichungen aus meinem Privatleben beruflich unmöglich machen will."

Sein Körper straffte sich, er richtete sich auf, sah mich starr an. „Ich hoffe doch sehr, daß Sie solche Vermutungen nicht mit meiner Kanzlei in Verbindung bringen. Was sollen das für Veröffentlichungen sein?"

„Wenn Sie Einzelheiten wünschen, gebe ich sie Ihnen gern, damit Sie sehen, daß ich informiert bin. Angeblich ist meine Frau in einer Trinkerheilstätte, mein älterer Sohn leitet ein betrügerisches Unternehmen, und der jüngere ist rechtsextremer Terrorist."

„Danke." Er stand auf, nickte kurz und wollte sich schon der Tür zuwenden, als er plötzlich innehielt, sich langsam wieder setzte und den Kopf schüttelte. „Absurd. Unbegreiflich. Ich kenne Ihre Kommentare, Herr Doktor. Bei einem anderen würde ich fragen, ob er zuviel Kriminalromane gelesen hat. Aber Sie? Gerade Sie als Journalist müssen doch die einschlägigen Gesetze kennen! Wer hat Sie ins Bockshorn gejagt? Das Privatleben ist geschützt. Die Trinkerheilstätte geht die Masse nichts an, und was Ihre Söhne betrifft, wird man ihre Namen erst bekanntgeben, wenn die zwei rechtsgültig verurteilt worden sind."

Ich erwachte und verstand mich selbst nicht mehr. „Verzeihung. Man hat mich tatsächlich ins Bockshorn gejagt. — Verkaufen werde ich trotzdem nicht."

„Warum nicht? Weil die Prinzessin ein Original ist?"

„Weil ich Drohungen und Zwang nicht vertrage."

Wieder schüttelte er den Kopf. „Sie sind doch kein Romantiker vom Jahr 1848! Freilich wird heutzutage soviel von Freiheit geredet. Werden Sie nicht trotzdem ununterbrochen bedroht und gezwungen? Sie wollen auf eigenem Grund ein Haus nach Ihrem Plan bauen — man verbietet Ihnen das. Sie müssen vor einer roten Ampel halten, obwohl weithin kein anderer Verkehrsteilnehmer zu sehen ist — der moderne Gesslerhut auf seiner Stange. Sie fühlen sich von der Exekutive oder der Steuer ungerecht behandelt — dürfen Sie das Gericht anrufen? O nein! Sie müssen sich bei derselben Behörde beschweren, die Ihnen Unrecht getan hat. Wo und wann immer der Mensch frei war, hatte er keinen Schutz. Wenn er Schutz sucht, verliert er seine Freiheit. — Von uns werden Sie gewiß nicht gezwungen. Die Prinzessin bietet Ihnen den besten Preis. Vergessen Sie ihr sonderbares Betragen. Wahrscheinlich haben sich in früheren Jahrhunderten Prinzessinnen nicht anders benommen."

„Ich dachte, etliche Revolutionen hätten das geändert."

„Nur die Namen der Machthaber", antwortete er, gab mir die Hand und ging.

Voll Scham sah ich ihm nach. Was hatte er gesagt? Absurd. Unbegreiflich. Wie war es möglich, daß ich trotz jahrelanger Erfahrung auf diesem Gebiet die Tatarennachricht der Verrückten im Apostelhof kritiklos für richtig gehalten hatte? Wenn ich an die Sotnie, die Späße meiner Erinnerung und das Café mit der schiefen Ebene dachte, schien es fast, als würde ich Schritt für Schritt die Verbindung zur Realität verlieren. Was ist Realität, würde Marion fragen. Sehr einfach: Sie ist unser Leben, besonders mein Leben. Die Abrüstungsgespräche zwischen den USA und der UdSSR, die Zukunft Namibias im Rahmen des Nordsüd-Dialogs, der russische Einmarsch in Afghanistan, die Geiselnahme der Perser und die Auswirkung der Demütigung Amerikas auf die kommenden Präsidentschaftswahlen, die Verflechtungen des Ölgeschäfts und die dadurch bedingten Änderungen in der Machtpolitik, die möglichen Folgen der Energiekrise — das waren meine Themen. Das bin schließlich ich selbst.

Bin das wirklich ich?

Ich schüttelte mich, rief mich zur Ordnung, fragte bei Morello an, erreichte seine Kanzleileiterin und erfuhr, daß gegen Christoph zwar eine Anzeige an die Staatsanwaltschaft laufe, er selbst aber vor einer Stunde entlassen worden sei. Nachdem ich noch einen Termin bei dem jungen Rössler für sechzehn Uhr erkämpft hatte, wandte ich mich meiner Arbeit zu, blätterte deutsche, französische, italienische, britische und amerikanische Zeitungen durch, hielt da und dort an, machte Notizen und verließ um halb vier das Funkhaus.

Mit seiner Neigung zur Korpulenz, dem schütteren blonden Haar und den hellblauen Fischaugen verleitete der junge Rössler dazu, ihn zu unterschätzen, aber er hatte in zehn Jahren sein Unternehmen so weit ausgebaut, daß es nun als eines der wenigen krisenfesten galt, besaß großen Einfluß in der Stadt Mödling und hatte überdies beste Beziehungen zur Landesregierung. So tüchtig er auch war, fehlte ihm in den Augen der älteren Mitbürger eine wesentliches Eigenschaft: Er war kein Herr und sprach keineswegs den richtigen Akzent. Um zu erklären, woran man den richtigen Akzent erkennt und inwiefern Rössler dagegen verstieß, müßte man eine Dissertation schreiben. Da es diese meines Wissens nicht gibt, möge der Hinweis genügen, daß mit dem richtigen Akzent nicht etwa das Idiom der Witzfigur des Altgrafen Bobby gemeint ist, sondern ein fehlerfreies Schriftdeutsch mit bloß geringer österreichischer Intonation, wie es zum Beispiel Herr Doktor Habsburg-Lothringen spricht.

Von solcher Perfektion war Rössler weit entfernt. Er verwendete die Vorwörter ohne und wegen mit dem Dativ, er verschluckte die meisten Endungen, sagte mir statt wir, jetzen statt jetzt und verriet besonders durch die Aussprache der Diphtonge au und ei, daß weder Eltern noch Lehrer den richtigen Akzent für wichtig gehalten hatten, welche Annahme offenbar auch nicht falsch gewesen war, da der junge Rössler seinen Betrieb mit Erfolg aufwärts geführt hatte, was manchen Leuten mit dem richtigen Akzent nicht gelungen war. Trotzdem: Er hatte ihn eben nicht, diesen richtigen Akzent, und ebenso wenig verstand er von der Kunst einer Gesprächseinleitung, denn er erklärte mir sofort ohne Umschweife, worauf ich bei dem geplanten Verkauf des Apostelhofs vergessen hatte. Da sei also diese „Kaluppen", in der unglückseligerweise einmal Beethoven gespielt und an seiner Missa komponiert habe. Leider gebe es aber in Wien und seiner Umgebung an die hundert Beethovenhäuser, weil das Genie äußerst grantig und nicht gerade seßhaft gewesen sei. Man dürfe den Fremdenverkehr nicht überfordern. Heiligenstädter Testament — okay. Was noch? Wenn die Landesregierung jemanden finde, der den Apostelhof erhalten wolle, dann sei das zu begrüßen; die Liegenschaft selbst zu erwerben und dann dafür Geld aufzuwenden, das Gebäude und den verwilderten Park nach den unzeitgemäßen Vorstellungen des Denkmalamts zu restaurieren, könne man von einer verantwortungsbewußten Verwaltung, sei es nun die Gemeinde oder das Land, nicht erwarten. Gott sei Dank zeige diese Prinzessin deutliches Interesse, womit allen Beteiligten bestens geholfen wäre.

„Damit ginge der Apostelhof in bundesdeutsches Eigentum über."

„Und? War Beethoven nicht aus Bonn?"

„Der Anschluß vom Jahre 38 wird verdammt. Ist der stille Anschluß durch Abgabe von Boden, Jagdberechtigungen und Aktienmajoritäten patriotisch?"

Er lachte ebenso schallend wie falsch. „Gerade Sie sind doch nicht von Hinterkickeritzpatschen! Sie wissen sehr gut, was gespielt wird, und wer nicht mitspielt, ist eben draußen. Ohne die Bundesrepublik können wir einpacken. Wenn ich heute als Mittelbetrieb einigermaßen gut dastehe, dann nur, weil ich ohne Komplexe einfach das mache, was die Deutschen sagen. Heuer werden Maria Theresia, Josef und Franz Joseph gefeiert. Sehr nett, aber diese Zeiten sind vorbei, auch wenn man sie nostalgisch verbraten kann. — Warum sind Sie zu mir gekommen? Wegen dem Apostelhof. Verkaufen Sie ihn ruhig, aber nicht an uns."

Damit war alles gesagt, ich verabschiedete mich und überlegte, warum ich eigentlich verkaufen sollte. Gewiß war da die Erbschaftssteuer für ein Grundstück, das nichts abwarf; andererseits konnte man mich nicht zwingen, den Hof aufzugeben. War er mein Opfer wert?

Plötzlich verlor ich die Richtung, lag im hohen Gras und wußte, daß ich vom Pferd gestürzt war, sah den Gegner, einen riesigen Kosaken, deutlich vor mir, galoppierte mit meinen Leuten über die Pläne, auf die Sotnie zu, die aus dem Wäldchen hervorbrach . . .

Ich kannte den Text, setzte meinen Willen dagegen und gewann. Keine Ulanen, keine Sotnien, keine grausamen Lanzen, bloß Atombomben, an die man uns seit mehr als dreißig Jahren gewöhnt hat. Neutronenbombe? Meinetwegen. Nervengas? Meinetwegen. Was kann ich gegen meine eigene Zeit tun?

30

Mir graute davor, aber ich überwand mich und fuhr in die Goethegasse. Derselbe Klingelknopf, derselbe Vorgarten, dieselben Stufen, über die mich Vater hinaufführte. Im Wohnzimmer hingen über Mutters Sessel ein brauner Flanellkittel, ein paar braune Wollstrümpfe und etliche abgetragene Wäschestücke; davor standen die Pantoffel und auf dem Tischchen lag die Brille: Zeugnis eines Menschen. Das Haus war bedrückend leer. Ich verstand Vater nicht, der ruhig in die Bibliothek voranging, mir Platz bot und sich in seinem Stuhl zurücklehnte.

„Wie geht es den Buben?" fragte er.

„Danke. Gut."

Wir wechselten noch etliche belanglose Worte, dann erzählte er mir, daß man sich bei ihm erkundigt habe, warum nicht ich, sondern ein gewisser Iwanowitsch das Weltgeschehen kommentiere. Ich berichtete von meiner neuen Verwendung, verbesserte den Namen auf Petrovich, verschwieg aber auch hier meine künftige Versetzung nach Paris.

„Du bist also abgesägt worden; ich habe das erwartet. Wie alt ist dieser Petrovich?"

„Achtunddreißig."

„Und du warst heuer fünfzig. Zeit für die Wachablöse. Die Jungen wollen ihren Platz am Trog. Von wenigen Ausnahmen abgesehen, haben wir nach fünfzig nicht mehr viel zu erhoffen. Vorher lebt man immer auf irgendein ersehntes Ziel zu, nach fünfzig ist es nur die Pension und dann der Tod. Beruflich kannst du nichts mehr erreichen, in der Familie sind die Kinder ausgeflogen. Wenn die herrschende Doktrin es gestattet, darfst du hin und wieder mit den Enkeln im Park spazieren gehen."

„Ich kenne keine herrschende Doktrin, weiß aber aus Erfahrung, daß heute alle vernünftigen Menschen die Rolle der Großeltern in der Erziehung für wichtig ansehen."

„Danke für das theoretische Vertrauen. Trotzdem habe ich von meinen Enkeln wenig gehabt."

„Mödling ist nicht Wien."

„Praktisch zusammengebaut. Der Weg von Hietzing nach Nußdorf ist nicht kürzer als der nach Mödling."

„Soll das heißen, daß wir deine Enkelkinder von dir ferngehalten haben?"

„Ja. Erstens war da die Familie Karasek, und zweitens

habt ihr eure Kinder nicht den faschistischen Anschauungen des Großvaters aussetzen wollen."

„Was konstruierst du da? Ich kann mich sehr gut erinnern, daß du immer gegen die Nazis warst."

„Verzeihung: heute sagt man nicht mehr faschistisch, man sagt faschistoid, und faschistoid ist alles, was den Heutigen gegen den Strich geht. Da mir ihre Welt nicht gefällt, ist notwendig alles, was ich sage, faschistoid. Es beginnt damit, daß man spart und nicht verschwendet, sich wäscht, sein Zimmer in Ordnung hält, fremdes Eigentum achtet, also sofort nach Gebrauch unbeschädigt zurückgibt, was man geborgt hat, Vater und Mutter ehrt, seine Pflicht erfüllt, dem Nächsten hilft und ein Gewissen aufbaut, der eine gegenüber Gott, der andere gegenüber Kant. Es setzt sich fort in der Forderung nach Autorität und Elite, in der rücksichtslosen Bekämpfung des Drogenmißbrauchs, in der Verdammung der Pornographie, der Korruption als allgemeine Übung, einer Presse, die täglich Frauen gegen Männer, Kinder gegen Eltern und Schüler gegen Lehrer aufhetzt, und einer Gesetzgebung in Unterricht und Familienrecht, die unser Gemeinwesen untergraben muß. Füge noch meine persönlichen Ideale, nämlich Liebe, Opfer, Kameradschaft, Ehre und Treue hinzu, und frage dann deine Kollegen, ob das nicht faschistoid ist."

Leider mußte ich ihm recht geben. „Aber faschistoid ist eben ein Schlagwort, wie du selber sagst, und die meisten halten schon den Inhalt einer Forderung für faschistoid, obwohl das entscheidende Merkmal ja die Form der Durchsetzung ist. Vieles, was du da forderst, ist immer gefordert und selbst bei strengster Sanktion nie ganz erreicht worden. Korruption gibt es seit Adam und Eva, sonst säßen wir noch im Paradies; echte Autorität gilt auch heute, auf die geborgte können wir verzichten; echte Elite setzt sich durch, was immer dagegen geredet wird, und ich kann dir etliche Beispiele aus der guten alten Zeit aufzählen, in der

Österreicher auswandern mußten, weil sie zu tüchtig waren. Mitfühlende Eltern werden nach wie vor geachtet, viele Mitbürger wissen sehr genau, was Liebe, Opfer und Treue bedeuten, andere wissen es nicht. Glaubst du, daß das jemals anders war? Schließlich die Gesetzgebung. Die Gesellschaft ändert sich, und mit ihr ändert sich das Recht. Würdest du die Carolina für angemessen halten, nach der eine Hebamme, die ein Kind abtreibt, ertränkt werden soll? Oder möchtest du vielleicht ein Lehrer sein, der zugleich als Mesner die Kirchenglocken läuten muß und dem Pfarrer unterstellt ist?"

„Unter Hitler war ich nie einem Pfarrer unterstellt, und abtreibende Hebammen hat man wahrscheinlich enthauptet oder gehängt, ebenso wie Lustmörder, Kinderschänder, Rauschgifthändler, Berufsverbrecher, Feldpostmarder und Verdunkelungsdiebe. Bestialische Form der Durchsetzung, nicht wahr? Aber ein Gesetz, dessen Einhaltung nicht mit allen Mitteln erzwungen wird, braucht man erst gar nicht zu erlassen, es ist Augenauswischerei. Ich bin für die Durchsetzung. Bin auch für Sterilisierung bei schweren Erbkrankheiten und für die Tötung von Mißgeburten."

Ich vermutete zunächst, daß er mich bloß reizen wollte. „Das kannst du doch unmöglich im Ernst meinen!"

„Warum nicht?"

„Weil du immer für Humanität eingetreten bist!"

„Dann habe ich eben meine Ansicht von Humanität geändert, will human sein gegenüber den Opfern und nicht gegenüber dem Verbrecher. Ja, ich habe die Diktatur und die Lüge der Diktatur gehaßt und geglaubt, daß nach der deutschen Niederlage alles so sein wird, wie sie es versprochen haben. Jetzt blasen sie mir seit fünfunddreißig Jahren ihre Lügen ins Ohr und freuen sich schon auf die Zeit, wenn endlich die letzten Augenzeugen gestorben sein werden. Wie sagte man unter Hitler? An allem sind die Juden schuld. Wie sagt man heute? An allem war Hitler schuld. So einfach ist das. Folter, Hinrichtungen, Völkermord, das alles geht lustig weiter. Und in den eher friedlichen Gegenden? Forward Christian Soldiers haben sie gesungen. Was ist uns von den christlichen Soldaten beschert worden? Eine Kloake. Wir erleben einen totalen Sieg der Vulgarität. Ein mißverstandener Realismus hat die Sprache des Abschaums zur Literatur erklärt."

Jetzt erst glaubte ich den Grund seiner für mich so überraschenden Verwandlung begriffen zu haben. „Auf diesem Gebiet hast du sicher recht, Vater! Du bist verbittert, aber bitte versteh doch . . ."

„Nein, nein, nein!" schrie er. „Ich verstehe nichts mehr! Ich will nichts mehr verstehen! Wenn jemand so anfängt, dann will er mir Sand in die Augen streuen! Ja, ich bin verbittert, weil sie mir die Schönheit weggenommen haben, und den Glauben, und das Vertrauen auf eine Entwicklung nach meinem Tod! Mein Lebenswerk ist zerstört! Durch Jahrzehnte habe ich den geraden Weg von der Bibel und von Homer bis zu uns gewiesen, und sie ziehen dreitausend Jahren Kultur einen manipulierten Schallplattenstar vor, der nur ein paar Jahre überdauert! Sophokles, Lucrez, Vogelweider, Grimmelshausen, Goethe — wirft man das auf den Müll? Sieht man in Hoffmann nur den Librettisten von Offenbach? In Thomas Mann nur den Exponenten einer degoutanten Bourgeoisie? Von Klabund aber hat man überhaupt nie gehört?"

Ich legte ihm die Hand auf den Arm. „Reg dich nicht auf. Es ist ja nur vorübergehend."

Schon wollte er antworten, dann lachte er plötzlich. „Ja. Richtig. Vorübergehend. Lassen wir's. Ich bestelle mein Haus. Zähle meine Eichen und meine Gänseblümchen, schiebe die Giebel gerade, blase durch die Schornsteine, fege die Rumpelkammer und suche meine Bilder in alten Truhen. — Schau wieder einmal vorbei."

31

Daheim saßen sie beisammen wie zu einem Scherbengericht: Helga, Sandra und Konrad. Ich fragte nach Christoph, aber den hatte niemand gesehen. Ich ging ans Telephon, rief Voitl an, der nichts wußte, versuchte es mit Morello, der seine Kanzlei bereits verlassen hatte, erreichte ihn daheim und erfuhr bloß, daß Christoph wirklich mittags entlassen worden sei und sich bei ihm nicht gemeldet habe. Als ich aufgelegt hatte und mich dem Scherbengericht zuwandte, merkte ich, daß meine Hände zitterten. „Da sitzt ihr also!“ flüsterte ich. „Jeder ein Imperium für sich. Habt ihr euch um Christoph gekümmert? Wo ist er? Wohin kann er geflohen sein?“

„Laß das seine Sorge sein“, antwortete Sandra. „Schließlich ist er großjährig und wird schon wissen, was er tut. Uns geht es im Moment nicht um Christoph, sondern um das Imperium Greith. Du bist doch abgesägt worden, Tommi?“

„Ja. Allgemein bekannt.“

„Richtig. Nur die Form ist geheim. Sag ihm, was passiert ist, Helga!“

Die lächelte amüsiert. „Ich gebe zu, gestern war ich blau. Heute bin ich nüchtern und kann berichten wie ein verantwortungsbewußter Reporter, der du offenbar nicht bist. Am besten, wir fangen mit dem Anfang an. Vor ungefähr einer Woche erfährst du von deiner Ablösung, nennst sie aber daheim eine Versetzung zum Obersten Stab. Meinetwegen. Wer gibt schon gern Niederlagen zu. Am nächsten Tag werde ich ins Spital gebracht, höre zwei Tage später, daß man den Halbgott abgeschossen hat, du also wieder Mensch bist, schöpfe neue Hoffnung und entwerfe bei deinem Besuch einen Plan, wie wir in Paris unsere Ehe reparieren könnten; Paris, wohlgemerkt, als Urlaub gedacht. Du schweigst. Weitere zwei Tage später, am Samstag, kommst du mit Konrad, und wieder rede ich von Paris. Auch jetzt schweigst du, obwohl du um diese Zeit bestimmt schon gewußt hast, wohin man dich schicken wird. Gestern stirbt deine Mutter, du fährst nach Mödling zu deinem Vater, rufst nachher Sandra an, sehr menschlich, schließlich stirbt die Mutter ja nur einmal, man will reden, will sich anlehnen. Warum nicht bei mir? Erst durch Sandra erfahre ich von deinem Verlust. Nicht gerade schön für eine Frau, aber es kommt noch viel besser. Während du nämlich in Mödling bist, erscheint bei mir plötzlich ein ganz unerwarteter Besuch. Kannst du erraten, wer das war? Nein, du kannst es nicht. Der alte Messenbeck mit ein paar Blumen, die er wahrscheinlich am Stand vor dem Tor gekauft hat. Er stottert irgend etwas, daß er ganz in der Nähe wohnt, bittet um Entschuldigung, wenn er mich gestört haben sollte, aber ich dürfte mir keine Schwachheiten einbilden, auch er habe eine Saufperiode erlebt, man könne sich trotz allem wie Münchhausen am eigenen Zopf aus dem Sumpf ziehen. Hauptsache, man habe irgendeine Hoffnung, und die sei doch nun sicher gegeben, wenn du, wie er im Funkhaus gehört habe, die Kommentare aus Paris liefern sollst. Niemand halte uns zurück, keine Kinder, keine Enkel, wir könnten unbeschwert nach Paris fliegen und dort einen neuen Weg suchen. Genau das habe ich dir am Vortag in allen Einzelheiten vorgeschlagen, und du bist stumm geblieben."

„Soll ich vielleicht mit Redereien und Gerüchten antanzen? Und wenn nichts daraus wird? Du kennst doch das Haus. Bevor ich nicht den schriftlichen Bescheid in der Hand habe, schweige ich lieber."

„Ich hätte den Rückschlag, daß nichts daraus wird, eher ertragen als dein Schweigen. Nachdem Messenbeck gegangen war, bin ich noch fast zwei Stunden lang in meinem

Bett gelegen und habe mir den Kopf zermartert, was ich nun tun soll. Erst wollte ich mich umbringen, aber solange man fliehen kann, ist Flucht immer noch besser. Also bin ich ausgerissen und habe mich in etlichen Gasthäusern vollaufen lassen. Warum auch nicht? Münchhausen hat keinen Zopf mehr. Heute mittag war ich wieder soweit, schließlich sind ja Tabletten hier leichter zu erreichen als in einem Spital. Sandra hat mich überrascht, mit mir geredet und mir neue Hoffnung gegeben. Ich werde dich verlassen, Tommi."

Sicherlich war das die beste Lösung, nur hatte ich den Vorschlag schon so oft gehört, daß ich ihn nicht für ehrlich halten konnte. „Wenn du glaubst."

„Ich glaube es, Sandra glaubt es auch, und darum bin ich zu meinem Anwalt gegangen."

„Ach! Es wird also ernst?"

„Ja, und ich fürchte, nicht ganz billig für dich. Es gibt da nämlich einen genau bezeichenbaren Vermögenszuwachs während unserer Ehe, und davon gebührt mir die Hälfte: von der Eigentumswohnung hier, von den beiden Autos, vom Landhaus am Attersee, von den Versicherungen, den Aktien und Pfandbriefen. Das alles hast nicht du allein verdient, das waren wir beide, wir beide gemeinsam."

Mich packte die Wut. „Gemeinsam? Das traust du dich mir ins Gesicht zu sagen?! Was hast du schon getan? Deine Faulheit gepflegt, sie Frustration getauft und in Alkohol aufgelöst!"

Sie lächelte immer noch. „Nicht immer, mein Lieber. Getrunken habe ich erst, wie mir klar geworden ist, daß ich mit einem Menschen verheiratet bin, der nur an den eigenen Erfolg denkt. Daneben stehen die juristisch wichtigen Tatsachen. Ich habe mit dir und nur mit dir geschlafen, dir zwei Kinder geboren, dein Haus geführt, dir viele Wege abgenommen, eingekauft, gekocht, geputzt, gewaschen, gebügelt, deine Gäste bewirtet, die Unterlagen für die Steuererklärung gesammelt, sogar versucht, in meinem Beruf dazuzuverdienen. Mehr verlangt das Gesetz nicht, und du wirst kaum beweisen können, daß das nicht stimmt, was ich da aufgezählt habe. Vielleicht warst du enttäuscht, hast dir mehr erwartet. Das tut mir leid. Dann bin ich eben keine Superfrau, aber an gutem Willen hat es nie gefehlt."

Eine solche Situation hatte ich nie vorausgesehen und schon gar nicht überdacht, ich mußte mich schnell darauf einstellen und zunächst den Zorn ersticken, der nur schaden konnte. Es galt, den schwächsten Punkt im Angriff des Gegners herauszufinden; dazu brauchte ich Zeit, suchte darum etwas umständlich nach der Whiskyflasche, holte ein Glas, goß ein, starrte in die Flüssigkeit und seufzte tief.

Konrad lachte. „Großmeister Greith vor einem seiner berühmten überraschenden Gegenzüge."

Das verschaffte mir weitere Sekunden. „Ganz recht, mein Sohn. Die Dame gibt Schach. Decke ich den König mit dem Rössel oder mit dem Turm, der dann gleichzeitig die Dame bedroht? Ich glaube, ich wähle den Turm." Auf ein imaginäres Schachbrett sehend, nahm ich einen Schluck und wandte mich dann Helga und Sandra zu. „Ich bin einverstanden und überlasse euch die Wohnung mit Ausnahme meiner Bücher. Du behältst deinen Wagen, ich den meinen. Das Haus am Attersee, die Aktien und Pfandbriefe werden verkauft. Du kriegst die Hälfte des Erlöses. Die Buben sind großjährig und haben keinen Anspruch auf Alimentation. Was ihre eventuelle weitere Ausbildung betrifft, stehe ich zur Verfügung, selbstverständlich direkt und nicht über dich. Da du deine Bereitwilligkeit erwähnt hast, in deinem erlernten Beruf zu verdienen, erübrigt sich die Alimentation auch für dich. Wie schaut die Sache demnach aus? Du kriegst zwar Geld, von dem ich noch die Hälfte dieser Wohnung abziehe, hast aber ein miserables Einkommen. Auch ich kriege Geld und behalte dazu mein Spitzeneinkommen, mit dem ich nach Paris gehe. Das sieht ein wenig nach einem Eigentor aus. Wenn du das vermeiden willst, wäre es besser, nicht zu drohen, sondern zu verhandeln. Ich bin bereit."

Helga schwieg, Konrad applaudierte, Sandra nickte.

„Genauso habe ich mir das ausgerechnet, Tommi", sagte sie. „Vor ungefähr vierzehn Tagen, wenn du dich erinnerst, habe ich dir erklärt, daß Helga entweder von dir weg oder durch eine Behandlung soweit gebracht werden muß, daß sie den tödlichen Nußbaum erträgt. Die Behandlung war für die Katz, Helga muß also weg, und das wird auch dir gut tun. Frustration ist nicht nur ein Modewort, es gibt sie wirklich, und sie ist scheußlich, war es immer, bevor man noch den Ausdruck kannte. Durch Alkohol oder Medikamente kann man sie nicht bekämpfen, man muß dem Kranken die Gelegenheit geben, sich in einer Sache, die ihm wichtig erscheint, zu bewähren, mit seiner Arbeit Anerkennung zu finden. Helga in die Journalistik zu schikken, wäre ein Wahnsinn. Hingegen weiß sie, wie schon viele heutzutage, daß wir unser tägliches Leben falsch führen. Ich habe mit ihr darüber gesprochen. Sie ist begeistert, und ich glaube ihr diese Begeisterung. Da ist eine Bio-Farm. Mit ein wenig Kapital und ehrlichem Arbeitswillen könnte sie einsteigen. Daran gesund werden. Ich garantiere nichts. Ich sehe eine Chance."

„Wie bei der Logotherapie?"

„Mehr."

„Du drohst nicht? Du bittest?"

„Ich stelle zur Erwägung."

„Gut. Setzen wir auf die Chance."

32

Damit war auch über den Apostelhof das Urteil gesprochen. Wir baten unsere Anwälte, die notwendigen Maßnahmen zu treffen und Apostelhof, Landhaus am Attersee, Aktien und Pfandbriefe zu verkaufen. Die Beteiligung an der Biofarm war gesichert, Helga verschwand irgendwo im südlichen Burgenland, die Wohnung blieb mir, Konrad behielt sein Zimmer, von Christoph hörte ich nichts. Ein paar Tage vergingen, in denen ich mich sehr konzentriert auf meinen Posten in Paris vorbereitete. Am Freitag vormittag rief mich plötzlich die Baronin Rodakowski an und berichtete, daß in meinem Park Vermesser mit ihren Theodoliten und Latten aufgetaucht seien. Obwohl mich das kaum mehr berühren sollte, ärgerte ich mich und fuhr nach Mödling. Diesmal ging ich nicht durch das Gittertor, sondern wählte wieder das Pförtchen in der Mauer und traf wirklich bald darauf einen freundlichen Gesellen, der mir heiter versicherte, daß er zwar eine Latte halte, sonst aber nichts über den Zweck seiner Aufgabe erfahren habe. Der Mann am Theodoliten war weniger umgänglich; er erklärte mir, daß ich als Eigentümer vorschriftsmäßig eine Verständigung erhalten haben müsse; daß seine Anwesenheit hier im Park darum legal sei und er keine Befugnis habe, mir irgendwelche Auskünfte zu erteilen. Davon abgesehen stände ich in der Visierlinie und behindere somit die Amtshandlung einer Behörde. Ich wunderte mich, daß er nicht mit der Gendarmerie, sofortiger Verhaftung und lebenslanger Haft drohte.

Von der Rodakowska erfuhr ich eine ganze Menge mehr und fragte mich, wieviel ich davon als wahr und wieviel bloß als Ausschmückung hinnehmen sollte. Es begann mit der Prinzessin und ihrem Hermes, deren Vertragsverhältnis offenbar in eine kritische Phase geraten war, vor allem, weil die Prinzessin nach Florida fliegen, ihren Mödlinger

Sklaven aber nicht mitnehmen wollte. Dieses feudale Verhalten dürfte Hermes übel genommen haben, denn er vergaß jegliche Disziplin, rang die Prinzessin nieder, fesselte sie an einen Stuhl, beschimpfte sie, bespuckte, bepißte, bekackte sie sogar und veschwand. Die Rodakowska befreite die Unglückliche und wollte die Polizei verständigen, was die Prinzessin jedoch verbot, weil ihr die Behandlung irgendwie Spaß gemacht habe. In der auf dieses tabufreie Geständnis folgenden Unterhaltung sei überdies klar geworden, daß die Prinzessin den Apostelhof mehr als vorübergehende Laune aufgefaßt habe und froh sei, ohne Grunderwerb in Mödling in zivilisierte Gegenden zu enteilen. Hof hin, Hof her, man dürfe dieses Österreich doch wirklich bloß als verschlamptes Museum betrachten, und die Welt sei wesentlich größer, als Mödling sich das vorstellen könne.

Das war ein wenig überraschend, aber die Rodakowska bewies mir, daß sie im Umgang mit Geometern wesentlich geschickter war als ich, denn sie hatte einige davon zum Sprechen gebracht.

Freilich war alles nur Gerede, trotzdem blieben diese Vermesser Tatsache, und warum man sie geschickt hatte, konnte durch die Version, die mir die Rodakowska anbot, sehr glaubwürdig erklärt werden.

Jeder in Mödling wußte, daß der Hauptplatz verkehrsmäßig überlastet war, und man darum immer wieder erwogen hatte, eine gerade und genügend breite Nordsüdverbindung quer durch die Stadt zu legen, welchem Projekt allerdings ein Teil des gotischen Kerns geopfert werden mußte. An modischer Nostalgie und etlichen weltfremden Ästheten war der Plan bisher gescheitert, doch hieß das ja nicht, daß er nicht wieder aufgegriffen werden könnte, wenn die Vernunft der Bürger endlich dem lebenden Verkehr den notwendigen Vorrang vor der toten Gotik eingeräumt haben würde. Sollte aber diese neue Achse geschaffen werden, dann lag der Apostelhof plötzlich im Zentrum, sein Grundpreis mußte steigen, und das war es nicht allein: Errichtete man nämlich statt der abbruchreifen Gebäude einen Supermarkt und machte aus dem Park einen Parkplatz, dann durfte man Millionengewinne erwarten. Daß Rössler von solchen Spekulationen geschwiegen hatte, war nicht weiter erstaunlich; ebensowenig, daß er als möglicher Teilhaber einer Supermarktgesellschaft einen Verkauf an Stadt und Land kaum begrüßen konnte. Wenn er mir hingegen die Prinzessin empfahl, dann mußte er, früher als deren Anwalt, von dem Gesinnungswandel der Prinzessin bereits gewußt haben. Manche Nachrichten reisen eben schnell, und vielleicht war mein rotbehoster Hermes nicht ganz schuldlos daran.

„Gott ist mit uns", sagte die Rodakowska. „Jetzt sind unsere Sorgen vorbei, Sie brauchen nur abzuwarten und am Schluß werden Sie derjenige sein, der die Bedingungen stellt. Ich bin sicher, daß Sie höchstens den Park opfern, den Hof aber behalten werden."

„Wo ist Ihre Nichte?" fragte ich.

Wieder bemerkte ich, daß sie erschrak. „Warum? Sie müßten das doch besser wissen als ich!"

„Ich weiß es nicht. Sie hat mich angelogen. Was soll dieses Versteckspiel? Ich habe Anweisung gegeben, daß der Apostelhof verkauft wird. Jeden Augenblick kann es zu spät sein für Sie, für Marion und ihre Marionetten."

Eine Weile starrte sie mich verständnislos an, dann begann sie zu kichern, das Kichern wurde zu einem Krampf, sie ging zur Kredenz, holte das verborgene Glas hervor, trank, kicherte weiter.

„Beruhigen Sie sich. Warum diese Heiterkeit?"

Sie faßte sich endlich. „Weil Sie glauben, daß Sie mich brauchen. Was kann ich schon? Ein bisserl vermitteln. Den Schlüssel haben Sie! Ja, ja! Sie! Liebe versetzt Berge. Warum Goldene Stiege? Warum San Francisco, Kapstadt oder

Hammerfest? Denken Sie stark an die Bobrowska, und sie wird da sein!"

Das war Unsinn, denn ich hatte seit Tagen immer wieder an Marion gedacht, und sie war nicht gekommen. Trotzdem gehorchte ich, und gleich darauf klopfte jemand an die Tür. Es war freilich nicht Marion, sondern der Feldmarschalleutnant, der sich mehrmals entschuldigte und mich bat, mit ihm einen Kontuschowka zu trinken.

„Kontuschowka ist aus", antwortete ich.

„Kontuschowka ist nie aus", berichtigte er. „Baronin! Für mich und meinen Freund von den Kaiser-Ulanen den ganz alten!"

Sie wieselte in irgendeine Ecke, sie brachte die Flasche, sie brachte die Gläser, wir stießen an, wir tranken.

Der Feldmarschalleutnant verkaufte mit einer Geste die ganze Welt um einen Heller. „Was ist schon Leben? Blöde Frage. Wenn man es spürt. Wann spürst du es am stärksten? Wenn du stirbst. Nicht Weisheit der Philosophen. Weisheit der Ulanen. Stirbst du mit fünfundneunzig, bringst du keine Kraft mit. Stirbst du mit vierundzwanzig, bist du drüben ein Herkules. Weißt du, aber eigentlich komme ich für die Mariuschka. Die liebt dich nämlich. Schön. Aber ich liebe sie auch. Wir alle lieben sie. Wenn du der Mariuschka was antust, kommen wir über dich und du kannst Marterlkriechen. Weißt du überhaupt, was das ist?"

„Nein, Exzellenz."

„Laß die Exzellenz, wenn ich dir die Vierer angeboten habe — was ich übrigens noch werde verantworten müssen. Marterlkriechen ist eine alte Sitte. Wenn du was wirklich Böses getan hast, mußt du im nächsten Leben auf den Knien von Marterl zu Marterl kriechen, durch ganz Österreich. Wieviel Marterln man in Österreich findet, davon haben die heutzutage keine Ahnung. Es gibt mehr davon als Betriebsräte. Stell dir das vor! Traust du dich das?"

„Warum nicht? Ich werde Marion ganz bestimmt nichts antun."

„Sehr gut." Er stand auf. „Denk trotzdem an die Marterln."

Ich ärgerte mich ein wenig. „Entschuldigen Sie, Exzellenz", sagte ich, „vielleicht bin ich ungezogen, aber ich wüßte so gern, woher Sie das Anhängsel Montebello haben."

Einen Augenblick sah es so aus, als ob er böse würde, schließlich aber zuckte er nur mit den Schultern und antwortete in einem Ton, als wollte er sich entschuldigen: „Dafür wäre mein Vater zuständig. Ich kann nur wiederholen, was ich von Onkel Poldi darüber gehört habe. Dieses Montebello liegt ostwärts Custozza, südlich von Verona. Es war also sicher nicht in, sondern ziemlich neben der berühmten Schlacht, was weiß ich, was es wirklich war, Vorposten, Troß, Feldküchen, Regimentskassen, aber irgendwas muß mein Vater dort bis zum letzten Mann verteidigt haben und dafür ist er geadelt worden. Viel hat er nicht gehabt davon, weil er mit dem berühmten letzten Mann gefallen ist. — Übrigens, weil du von den alten Zeiten redest: Mir fällt da eine Geschichte in Polen ein. Unser Stab war in Wiener Neustadt, aber der Ersatz kommt aus Lemberg, ich muß einmal hin, und weil ich einen Freund bei den Neuner-Dragonern habe, die in Brody liegen, reite ich hinüber — heute ist das alles russisch. Was macht man in Brody? Man sauft in der Messe, und da ist ein Oberleutnant Poliankowski, der schwärmt von einem Mädchen in Przeworsk — dort ist er nämlich her —, wie schön seine Ludmilla ist, wie süß, wie treu, wie lieb, und daß er sie auf Händen tragen, daß er sie in Gold fassen wird. Drei Monate später hat er sie wegen einer bösen und aus der Luft gegriffenen Tratscherei erschossen. Soviel zu den Marterln. Tschau, Kamerad."

Jetzt hatte er seinen Abgang und nutzte ihn.

Die Tür ließ er offen, denn dort stand der Ober Loszek mit dem weißen Mantel über dem Arm, verbeugte sich und bedeutete mir stumm, daß ich in den Nebenraum kommen solle. Dieser Nebenraum war die Küche, sie sah nicht anders aus als bei meinem ersten Besuch: Gemüsereste auf dem Boden, schmutziges Geschirr rundum und dazu noch etliche Scherben. Loszeks wegen hatte ich Marion im Kostüm erwartet, aber Loszek war verschwunden, und Marion saß in grauem Rock und weißer Bluse auf einem der Küchenhocker.

„Was wollen Sie?" fragte sie und war nicht die Frau, die mir voll Zorn und Erbitterung Andeutungen über ihre zweite Wahrheit gemacht und mir nachher einen Kuß auf die Lippen gehaucht hatte. Kalt und abweisend sah sie mich an, als wäre ich irgendein zudringlicher Fremder.

Ich redete darüber hinweg. „Die Anzahl der Betriebsräte und der Marterln in Österreich. — Ich muß den Apostelhof verkaufen."

„Das weiß ich. Er ist Ihr Eigentum."

„Du hängst daran, und ich würde nicht verkaufen, wenn nicht Umstände eingetreten wären, die mich dazu zwingen. Es könnte sein, daß ihr für eure Vergangenheitsmessen keinen Raum mehr findet, aber die Vergangenheit ist tot. Vergiß die Gräfin Clerfayt und komm zu mir in die Gegenwart. Beide hatten wir ein Leben hinter uns, vielleicht gibt es ein zweites, besseres."

„Das gibt es, freilich nicht so, wie Sie meinen. Für Ihre Welt bin ich tot."

„Wirf doch die Flinte nicht ins Korn! Enttäuschungen lassen sich überwinden."

„Sie verstehen mich nicht. Gut. Bitte. Ich werde die Sprache Ihrer Zeit verwenden. Es gibt in ehelichen Beziehungen auch bei einer Frau etwas, das — nein, nein! Ich kann es nicht. Alles in mir sträubt sich gegen Ausdrücke, die entweder steril medizinisch oder abscheulich vulgär sind! Ich muß bei meiner Sprache bleiben. Damals sagte man: le moment. Schon das war frivol. Meine Großmutter hat mir einmal gestanden, daß sie in ihrer fast vierzigjährigen Ehe „nie das Glück gefunden“ habe, obwohl sie immerhin siebenmal niedergekommen war. Mit einiger Einfühlung müßten Sie jetzt auch ohne Dolmetsch verstehen, was ich meine. Also. Ich bin nicht imstande, Glück zu finden, wenn ich nicht von ganzem Herzen liebe. Herz. Herz. Ich kenne keine Lust ohne Namen; mein eigener Körper genügt nicht; irgendein anderer Körper genügt nicht. Und glauben Sie ja nicht, daß ich heuchle. Für mich ist Liebe ein Sakrament, das Mann und Frau einander spenden. Man braucht nicht einmal einen Priester dazu, man muß nur wissen, daß dieses Sakrament von Gott kommt, daß es heilig ist, und daß es an uns liegt, was wir daraus machen: einen Käfig, einen Vertrag oder die Rechtfertigung unseres Lebens. Verzeihen Sie einer Polin ihren Katholizismus.“

Bevor ich noch antworten konnte, war sie schon aufgesprungen und hatte die Küche verlassen.

33

„Was ist schon ein Bach?“ fragte Messenbeck. „Wasser, das von oben nach unten rinnt, also H_2O in einer Temperatur zwischen null und hundert Grad Celsius und Schwerkraft. Wenn Sie mich schon über den Wind haben reden lassen, gestatten Sie mir ein paar Worte über das Wasser, und lassen wir beiseite, daß wir aus dem Wasser kommen, ohne Wasser nicht leben könnten, aber auch alles übrige, nämlich Erdteile, Vegetation und Tierwelt, ohne Wasser nicht denkbar wäre. Nein, nein, ich rede nicht von diesem Wasser, rede nicht von H_2O mit mehr oder weniger NaCl-Gehalt. Ich beginne mit dem Rinnsal, das unter Farnen hervortropft. Es wirft ein paar Blasen, scheint zu versikkern, aber ein wenig tiefer ist es verstärkt wieder da, wird plötzlich von einem toten Ast gehemmt, staut sich ein wenig, besiegt das Hindernis, plätschert hinunter, bildet einen kleinen Tümpel, das Plätschern ist weiß, der Tümpel ist grün, und weiter geht es, immer weiß und grün: da wird ein Ufer unterhöhlt, dort Sand angeschwemmt, und das ändert sich in den weichen Windungen, mit einem Mal wird anderswo unterhöhlt, anderswo angeschwemmt, das Rinnsal, jetzt ist es schon ein kleiner Bach, eilt und steht, wirbelt, stürzt, ist immer lebendig, wechselt und bleibt trotzdem gleich. Es legt Felsen und Baumwurzeln frei, es fließt durch strauchdunkle Kanäle, verharrt an flachen Stellen mit funkelndem Sand und stillen Tiefen, über denen es leise kreist, während unten die Forellen mit kleinen Flossenschlägen stehen und auf Beute lauern. Manchmal fällt Sonnenlicht durchs Geäst, dann ist alles gepunktet, golden und schwarz wie die Salamander unter den Nesselpolstern. Erst wenn Bäche breiter werden, folgt ihnen manchmal ein Pfad, die kleinen bahnen sich unbeobachtet ihren Weg, kaum jemand nimmt sich die Mühe, zu ihrem Geheimnis vorzustoßen, die meisten werden ihrer erst bewußt, wenn sie ihnen einen Namen gegeben haben und damit entzaubern. Ich gestehe Ihnen offen: Das Plätschern eines winzigen Bachs im tiefen Wald gibt mir die Kraft, unseren heutigen Wahnsinn weiter zu ertragen."

Ich kenne nicht nur die Bäche, an denen mir Ahnung geschenkt wurde. Da sind die schweigenden Kathedralen, die abwesenden Burgruinen, die heimeligen Fachwerkhäuser, rote Dolomitenfelsen, weiße Wolkenburgen auf tiefblauem Himmel, im Schnee versunkene Dörfer, zugefrorene Teiche in der Winterdämmerung, Lampenschein aus einem Fenster, der Klang ferner Kirchenglocken, Duft von Zyklamen unter verfaultem Laub. O, ich weiß, was er meint, was ich bin.

Nein, was ich war, als Kind, bevor ich mir das real Erreichbare zum Ziel gesetzt habe. Diesem Ziel ist die Magie der Ahnung und damit die Verbindung zum Kosmos geopfert worden. Hilflos allein schwebe ich seither durch das von uns selbst geschaffene Chaos; nur selten wird mir ein kurzer Blick in die verlorene Welt gegönnt. Dank meiner Intelligenz, meines Fleißes und meiner Entschlossenheit, alle Hindernisse zu überwinden, habe ich erreicht, was ich heute bin: ein Kommentator.

Depressionen hat jeder, auch ich war daran gewohnt und erwachte am nächsten Morgen mit kühlem Kopf, nachmittags aber wurde meine Mutter zu Grabe getragen, und ich dankte Gott, daß mein Vater die Honneurs machte, wozu ich keinesfalls imstande gewesen wäre, weil ich mein Schluchzen nur mit Mühe zurückhalten konnte. Vater entledigte sich seiner Aufgabe in vorbildlicher Weise, drückte und küßte Hände, war der bestmögliche Conferencier dieser makabren Show und bewies in jedem Wort und jeder Bewegung die Haltung, die er mir durch Jahrzehnte gepredigt hatte. Angesichts solcher Vollkommenheit fiel es mir schwer, daran zu glauben, daß er meine Mutter je geliebt haben konnte. Umso härter traf mich am folgenden Tag die Nachricht, daß er sich nach dem Begräbnis mit irgendwelchen Tabletten umgebracht hatte.

Wieder fuhr ich nach Mödling. Vaters Leichnam war bereits entfernt, stand vielleicht schon dem Gerichtsmediziner für seine Tests zur Verfügung. Auf seinem Schreibtisch lag ein Brief.

„Lieber Tommi! Man sollte wissen, wann man abzutreten hat. Meine Zeit ist vorüber, und die Eure hasse ich. Ich folge Angela, zu der ich gehöre. Dein Vater. P.S. Wir waren fast immer verschiedener Meinung. Trotzdem hatte ich Dich sehr gern. Mach's gut."

Hätte er mir auf fünf Seiten erklärt, warum er nicht mehr leben wollte, dann wäre es mir leicht gefallen, den Brief ad acta zu legen. Die paar Zeilen warfen mich um.

Da lebt man durch Jahrzehnte neben einem Menschen, bekämpft ihn, weil er falsch denkt, achtet nicht auf seine Gefühle, weiß nur vom eigenen Plan, den man ausführen muß, und empfängt zum Schluß, wenn es zu spät ist, eine Liebeserklärung, auf die man nicht mehr antworten kann. Mein Lieber, du warst das verbohrteste Stück an Vater, das nur vorstellbar ist, mit deinen Fehlurteilen wären Bände zu füllen, aber was soll ich nun, hinter der Barriere des Todes, gegen diese paar Sätze tun? Du warst widerlich, weil du für eine tote Tradition eingetreten bist und nachher die Zeichen der neuen Zeit nicht verstehen wolltest; du warst widerlich, weil du, obwohl voll Haß gegen Hitler, in seinem Krieg mitgemacht hast; du warst widerlich in deinem sturen Festhalten an Werten, die nicht mehr gelten dürfen. Warum bestrafst du mich nach deinem Tod mit deiner Liebe? Soll ich noch über das Grab hinaus dein Geschöpf sein, wenn auch nicht im Nachbeten deiner Thesen, so doch im Kampf gegen sie? Und wie soll ich kämpfen gegen einen Geist, der mir unumwunden gesteht, daß er mich geliebt habe?

Der Tod meiner Eltern schleuderte mich mehr aus dem Zeitgleis, als es hundert Ulanenlanzen hätten tun können, obwohl ich nun längst wußte, daß diese Ulanen nichts anderes waren als die Mahnung an die Vergangenheit, mehr noch, nämlich Mahnung an die Magie, die ich geopfert hatte. Mir war ja inzwischen klar geworden, daß meine erste oberflächliche Erklärung der Lanzen als Freud'sche Phallus-Symbole kaum befriedigte. Die Lanze war gar nicht wesentlich, sondern die viereckige Tschapka, die technisch und militärisch keinen Sinn vermittelte. Gerade darum hatte sie ihn.

Als ich an diesem Punkt meiner Überlegungen angelangt war, riß ich mich zusammen. Ich durfte mich nicht in diese Richtung treiben lassen, sonst ging es mir mit dem Irrealen wie Helga mit dem Gin. Nicht allein bleiben, sagte ich mir. Aber wir hatten ja wieder einmal Sonntag, den meine Mitmenschen im Bad oder auf den Autostraßen verbrachten, und selbst meine Familie war inzwischen merklich kleiner geworden: die Eltern tot, Helga auf ihrer Farm, Christoph verschwunden. Konrad hatte ich seit dem Begräbnis nicht mehr gesehen, und Sandra war in Vertretung eines wegen Urlaubs abwesenden Arztes unterwegs. Diesmal brauchte ich nicht lange zu suchen. Ich rief die Triestinerin an, erreichte sie sofort und wurde in die Schwindgasse eingeladen.

Sie empfing mich nicht im thailändischen Gewand, sondern so, wie ich sie am ersten Abend in der Schiefen Laterne gesehen hatte, bot mir ihren spanischen Weinbrand an und sagte: „Bitte keine Einleitung. Was wollen Sie wirklich?“

„Ein wenig hier sitzen.“

„Sie lernen also. Alle regen sich auf über das Rauschgift. Aktivität ist auch eins. Irgendetwas Neues?“

„Mein Vater hat sich umgebracht.“

„Imponierend. Haben Sie ihn gern gehabt?“

„Eigentlich nicht.“

„Was haben Sie dann verloren?“

Ich fand zunächst keine passende Entgegnung. „Immerhin war er mein Vater“, antwortete ich nach einer Pause.

„Und? Soll das ein Grund sein? Sie haben nur Angst, weil Sie jetzt in der ersten Reihe stehen. Vor einer Woche habe ich Ihnen erklärt, daß der Unzerstörbarkeit der Materie die Unzerstörbarkeit des Geistes gegenübersteht. Für mich lebt Ihr Vater, für Sie ist er tot. Sie glauben mir nicht. Was wollen Sie von mir?“

„Ein wenig hier sitzen. Unter dem Bild eines echten österreichischen Admirals.“

Sie lachte und schüttelte den Kopf. „Ihr Agnostiker seid ein komisches Volk. Sie kommen zu mir, weil Sie etwas spüren, wenn Sie es aber spüren, schließen Sie die Augen, halten sich die Ohren zu, stecken die Hände in die Taschen und kommen trotzdem eine Woche später wieder."

„Wie bei den Ulanen. Auch die Marine gibt es ja nicht mehr. Hatte Tegetthoff bei Lissa nicht fast ausschließlich hölzerne Schiffe, während Persano gepanzerte besaß? Holzschiffe gegen Stahl! Lanzen gegen Tanks! Ob wir siegen, ob wir verlieren, die Zeit geht über uns hinweg."

„Sehr richtig. Der Kommentator Greith ist ablösbar. Er muß sogar abgelöst werden! Junge Leute glauben lieber jungen Leuten, also ist jetzt Petrovich am Zug. So sehr ich das bedauere: Sie sind einfach nicht mehr ‚in'. Sie sind ‚out', und in den nächsten Monaten werden Sie staunen, wie sehr Sie ‚out' sind. Wahrscheinlich haben Sie angenommen, daß alle Ihre Verehrer in einen Konsumentenstreik treten, wenn Sie nicht mehr auf dem Bildschirm zu sehen sind. Was war? Nichts. Man gewöhnt sich an Petrovich, in einem halben Jahr erinnert man sich noch wohlwollend an Sie, in drei Jahren hat es Sie nie gegeben. Ihre Bücher sind überholt und nicht einmal im Ramsch verkäuflich. Wir leben in einer schnellen Zeit; ob Sie weiter in den Massenmedien erwähnt werden, entscheiden neue Leute der neuen Generation. Wie sagt man so schön? Ihr Publizitätswert sinkt, und dagegen gibt es keine Berufung an die nächst höhere Instanz. Wenn man Sie entläßt oder Ihnen Ihr Grundgehalt kürzt, dann haben Sie Chancen beim Arbeitsgericht. Das Recht auf Ihre Verwendung schmieren Sie sich aufs Brot, denn auch der Liptauer wird demnächst teurer."

Ich stutzte. Diesen letzten Satz hatte ich doch schon einmal gehört. „Entschuldigen Sie! Dasselbe hat mir vor einiger Zeit mein Vater gesagt!"

„Leicht möglich. Keine Spezialweisheit von mir."

„Aber der Liptauer?"

„Warum nicht Liptauer? Er war früher einmal der billigste Brotaufstrich."

„Immerhin . . ."

„Was heißt immer? Was heißt hin? Sie enttäuschen mich, Herr Doktor. Manchmal verwenden Sie Ausdrücke, die Sie kaum überdacht haben dürften. Was heißt allerdings? Oder weiters? Hin und wieder? Auf und ab? Weit und breit? Eigentlich? Ich hoffe, Sie verstehen mich."

Ich verstand sie nur zu gut, denn auch mein Vater hatte solche Vorwürfe erhoben. Nach angemessener Zeit empfahl ich mich und überlegte, ob ich mich nun wirklich empfohlen oder verabschiedet hatte, und ob die Verwendung von zwei Vorsilben wie ver- und ab- zulässig sei. Selbstverständlich war zulässig selbst eigentlich zweifelhaft, eigentlich wiederum nicht zulässig und angemessen zu weit hergeholt. Daheim gönnte ich mir fünf sprachlogisch genehmigte Gläser Whisky und wollte eben zu Bett gehen, als mein Sohn Konrad, um Stunden verfrüht, ins Zimmer kam und ebenfalls Whisky verlangte, weil die tolle Sache mit dem Bubi Erlauffen geplatzt sei.

„Sollen wir unser Haus nicht ‚Villa Frustratia' nennen?" fragte er.

„Keine schlechte Idee. Mein Vater hat sich gestern umgebracht."

Er schüttelte den Kopf. „Nein, so was!" Und mit einem Anflug von Interesse: „Warum denn?"

„Er haßt unsere Zeit."

„Zu verstehen. Im Vergleich mit seiner Zeit sitzen wir wirklich bis über die Ohren in der Scheiße."

„Kann sein. Aber immerhin hat er ja zwei Weltkriege, eine Weltwirtschaftskrise und die Stunde Null im Jahre 45 mitgemacht."

„Früher war das alles nicht so wild, und schließlich ist er ja nicht gerade jung von uns gegangen. Gut. Ich verstehe. Dein Vater. — Weißt du was? Warum immer wir? Jetzt lassen wir einmal die anderen ausflippen." Er nahm den Hörer des Telephons von der Gabel und begann zu wählen. Es waren sechs oder sieben Nummern, die er anrief, sein Text jedoch, abgesehen von den Namen, war immer der gleiche: „Wir haben Ihre Tochter. Es wird ihr nichts geschehen, wenn Sie unsere Anweisungen befolgen. Hinterlegen Sie morgen um halb sieben in Ihrem Mülleimer eine Million in kleinen Scheinen und ohne laufende Seriennummern, dann geben wir Ihre Susi (Gabi, Vera, Conni etc.) um zehn Uhr frei. Wenn sie die Polizei einschalten, ist Ihre Tochter morgen Mittag tot."

Schon während des ersten Anrufs wollte ich ihn hindern, hatte aber keinen Erfolg, denn er wehrte mich mit gezielten Fußtritten ab. „Sei nicht so verdammt spießig! Niemandem geschieht etwas, wir bringen nur diese verdammten Geldsäcke für ein paar Stunden auf Trab! — Glaub doch nicht, daß ich jetzt ehrbare Arbeiter anrufe! Nur neue Gesellschaft, keine politische Partei bevorzugt! — Laß mich endlich! — Ich schwöre dir, es trifft keine Anständigen, die mit einem Durchschnittsgehalt bis zum Knochenbrechen besteuert werden und nie ein Lösegeld auftreiben könnten! — Merkst du denn nicht? Keine von diesen Hasen ist zu Hause, im Schoß der angeblich heiligen Familie. Alle jagen sie ihre Füchse. Und keine über zwanzig!"

Endlich lehnte er sich zufrieden zurück.

„Das ist eine Gemeinheit", sagte ich.

Er lachte. „Nur Spaß. Was machen die mit uns? Sie reden von Sozialismus, schieben einander die Millionen zu und quetschen uns aus wie Zitronen. Wir leben in einem Dorado der Korruption, du kommentierst brav das Weltgeschehen, verteidigst die sogenannte Demokratie und schweigst vom großen Geld. Da sind die Ölländer, da sind die Ölmultis,da sind die eigenen Behörden, die bei jeder Preiserhöhung schamlos die Hälfte in die eigene Tasche schieben und so tun, als ob nur die anderen daran schuld wären! Und das alles auf dem Rücken des kleinen Rentners, der die allgemeine Korruption abgelten muß, wenn er im Kanister Öl für seinen Ofen holt, den ihr ihm eingeredet habt! Glaub nicht, daß ich jetzt Schaufenster einschlage oder zu meiner Maschinenpistole greife wie der liebe Christoph. Der ist ein Idealist, der will eine gerechte Ordnung. Ich brauche das nicht, ich werde schon durchkommen durch die Scheiße, die ihr mit eurem großartigen Wiederaufbau und dem sogenannten Sozialismus hinterlassen habt. Der Großvater, der hat wenigstens noch an etwas geglaubt, wenn es auch falsch war. Wir glauben an nichts mehr. Nach dem Versagen des Sozialismus in Ost und West gibt es keine Rettung. Eine Welt von Gaunern, der man sich anpassen muß, also keine Änderung gegenüber der Welt vor zehntausend Jahren. — Komm, vergiß Opa, Mutter, Vater und alle Erfolgsgenerationen! Wir gehen jetzt los und zeigen den Scheißern, wie dreckig ihr angeblich sauberes Arschloch ist!"

Ich war schon ziemlich voll, also ging ich mit, um gegen das Establishment zu protestieren. Zuerst hoben wir mit Hilfe einiger fanatischer Studenten einen Privatwagen von der Straße zwischen zwei Alleebäume, von wo der Eigentümer am nächsten Morgen nur mit langem Manövrieren zu seinem Arbeitsplatz aufbrechen konnte, dann schoben wir bei einer Baustelle einem Wagen soviel Ziegelsteine unter die Hinterräder, daß die beim Losfahren durchdrehen mußten, und schließlich landeten wir den besten Coup vor einem Paßbildautomaten. Konrad verschwand hinter dem Vorhang, ließ sein nacktes Hinterteil knipsen, entnahm jedoch die Bilder nicht. Als sich knapp darauf ein nichtsahnender Kunde vor dem Apparat setzte und nachher im Auswurffach Konrads Aufnahmen vorfand, lachten wir alle überglücklich.

In irgendeinem Beisel stand ich neben einem jungen Mann, der eine Lederjacke trug und aussah wie ein Statist in einem drittklassigen Wildwest- oder einem modernen deutschen Problemfilm. „Die merken das nicht“, erklärte er mir. „Die merken gar nicht, daß die Lunte unter ihrem Sessel schon glimmt. Die glauben wirklich, daß Busen und Arsch das Zentrum der Welt sind. Okay. Ich kaufe den Busen, und ich kaufe den Arsch, wie ich mir einen Doppelten kaufe. Morgen oder übermorgen platzt die Seifenblase, und dann sind sie alle weg vom Fenster, und wenn ich Fenster sage, dann meine ich auch den Kasten da hinten und die Hosenscheißer, die da hineinwispern, und die Katzen, die keinen Busen haben und keinen Arsch, sich darum Brillen aufsetzen und großartig behaupten, daß sie besser sind als wir Männer. Wird langsam Zeit, daß die Welt wieder normal wird. Ohne Gewalt schlafen einem ja die Füße ein. Ein bisserl Terror wird gut tun.“

Konrad war verschwunden. Ich hatte genug und fuhr nach Hause, was immer das heißt, abgesehen von der Adresse.

34

Wenn ich Ruhe erhofft hatte, wurde ich enttäuscht, denn in meinem Zimmer saß Christoph, der dort auf mich gewartet hatte.

„Telephon nix“, sagte er. „Wenn du hingreifst, muß ich dich leider niederschlagen. Ich bin da, weil ich nicht ohne Adieu weggehen will. Wir waren immer verschiedener Meinung, und du bist ein hundsgemeiner Diskutierer, aber irgendwie glaube ich, daß du es ehrlich meinst, und darum habe ich dich gern. Du kannst einfach nicht anders, liegt vielleicht an der Generation, du bist genau der kreuzbrave Liberale, den diese Geschäftemacher zum Kaschieren ihrer Sauereien brauchen. Ich war nie gegen dich persönlich, ich war gegen deinen Weg, gegen einen Mann, der seine großen Fähigkeiten verkauft und sich von den Mächtigen dafür bezahlen läßt, daß er das Wesentliche verschweigt. Ich war gegen deine Funktion."

„Ich habe sie längst nicht mehr."

„Darum bin ich ja da. Seit man dich weggeschmissen hat wie einen alten Handschuh, wehre ich mich nicht mehr so dagegen, daß ich dich gern habe."

„Das letzte Mal hast du mir erklärt, daß mir die Begabung zum Gernhaben fehlt."

„Ich weiß. Ich könnte jetzt antworten, daß deine Begabung nichts mit der meinen zu tun hat, aber ich will nicht mit dir diskutieren, ich will dir in allem Frieden adieu sagen. Schau, du warst ein imponierender Vater. Politik, Geschichte, Geographie, Wirtschaft, Kultur, sogar Latein: nicht zu schlagen. Ich habe zu dir aufgeschaut wie zu Zeus, aber ich war ja immer der kleine. Den blöden Säbel hast du für Konrad gebastelt, Konrad war dein Ulan, dein Sohn; der weiche Christoph gehört zu den Weibern."

„Damals habe ich mich durchboxen müssen! Da war für Konrad nicht mehr Zeit als für dich!"

„Erkläre das einem kleinen Buben! Ich habe gedient um dich wie Jakob um seine Rachel, aber es war alles für die Katz, und in der Pubertät ist es noch schlimmer geworden. Da war wieder Konrad, der ältere, der Draufgänger, der Drahtige, der Schnittige, wie aus dem Bilderbuch: eleganter junger Mann aus guter Familie! Jeden Blödsinn hast du ihm nachgesehen, weil die Tanten begeistert waren von ihm und ihm die Mädchen nachgerannt sind, aber natürlich hast du nie gewußt, was für Mädchen das waren. Jede von ihnen zum Reden zu blöd, aber am ersten Abend zu haben. Den ganzen Ruß von Wien hat er mitgenommen. Warst du nicht überrascht, wie schnell und sorglos dein strahlender Ritter zur Korruption übergelaufen ist? Es ist aber kein Wunder, sein blitzendes Schwert hat ihm ja der Vater aus einer Jalousie und aus Konservenblech gebastelt."

„Wenn er aber Gerichtsvorsteher auf dem Land werden will, drehst du durch."

„Ja. Ich gebe zu, das war ein Blödsinn. Wenn Konrad Richter wird, dann bin ich schon längst Kardinal. Aber dir imponiert seine Angeberei immer wieder."

Ich konnte mich nicht länger halten. Ich lachte.

Er wurde böse. „Ich sehe keinen Grund zum Lachen!"

„Ich überall. Vorausgestellt: Ich habe Konrad gern, ich habe dich genauso gern, obwohl ihr beide es nicht gerade leicht macht. Wenn da irgendwelche Mißverständnisse aufgetaucht sind, dann nur, weil dich die Frauen für sich in Anspruch genommen und dir alles mögliche eingeredet haben. Mir war der Beruf viel wichtiger als die Fratzen daheim; so spielen wir das seit Jahrtausenden, und immerhin habe ich ja den Unterhalt für euch alle verdienen müssen. Du siehst in mir den Popanz Vater. Das stimmt zwar, aber glaubst du nicht, daß auch ich, genau wie du, ein Recht darauf habe, ein Mensch für mich zu sein! Ihr Kinder überseht das gern. Ein Vater ist ausschließlich für euch da. Gibt er euch nach, dann freßt ihr ihn kahl wie Maikäfer einen Ahorn, und sollte der kahl sein, bevor ihr flügge seid, dann macht ihr dem Ahorn den Vorwurf."

„Ich habe dir nie etwas vorgeworfen."

„Ach? Und wenn ich vor zehn Jahren gesagt hätte, daß es mich langsam anödet, immer als einziger in einer Wohngemeinschaft, Lebensgemeinschaft, Partnerschaft — nenn es, wie du willst, nur nicht Familie — für das Weiterbestehen dieser -schaft verantwortlich zu sein, während die anderen Mitglieder der -schaft tun, was ihnen paßt. Wären da nicht Vorwürfe gekommen?"

„Diese Verantwortung hast du freiwillig übernommen."

„Richtig. Rebus sic stantibus, wie die Juristen sagen. Damals war ich laut Paragraph 91 noch Oberhaupt der Familie, und meine Gemahlin angehalten, meine Befehle zu befolgen oder befolgen zu machen. Was würdest du sagen, wenn du einen Vertrag eingehst, in dem dir Leitung und volle Verantwortung eines Unternehmens zugestanden wird, dir der Gesetzgeber aber später die Leitung entzieht und die Verantwortung beläßt? Redest du in einem solchen Fall noch von Freiwilligkeit?"

Er schüttelte den Kopf. „Ich hätte es wissen können. Ich komme, um dir — was bei Gott nicht notwendig wäre — adieu zu sagen. Was kriege ich? Diskussionen. Wie immer."

„Keine Diskussionen. Eine Richtigstellung. Du magst mich. Ich mag dich auch. Als Mensch. Nicht als Vater, dem man alle Macht genommen hat. Du hast ein Recht auf dein eigenes Leben. Gestehst du mir nicht dasselbe zu? Wenn du dir die Geschichte anschaust, dann ist sie voll mit Beispielen von der Liebe der Väter zu ihren Söhnen, in der anderen Richtung gibt es nur wenige. Traditionsgemäß sind Väter zum Umbringen da, heute treten alle Massenmedien zu dieser Treibjagd an, und wir Väter haben keine andere Möglichkeit, als uns mit allen Kräften zu verteidigen, bis wir müde werden und uns dem unvermeidlichen Schicksal fügen. Im allgemeinen sind dann die Söhne schon zu Vätern geworden und treten unsere Nachfolge an. Heute ist ihr Erbe nicht gerade verlockend. Ich hoffe für sie, daß sie den rebellisch gewordenen Weibern besser standhalten können als wir."

Jetzt lachte er. „Das ist doch nur ein Krankheitssymptom eurer Parteienmißwirtschaft. Im Osten ist dieses eher untergeordnete Emanzipationsproblem längst gelöst. Mich interessiert es so wenig wie die Geschäftemacherei mit Boxen oder Fußball. Ich brauche Luft, reine Luft, laß es Tage sein, Monate, vielleicht sogar Jahre, ich frage nicht danach, nur euren Gestank will ich nicht mehr atmen. Ihr lügt doch alle, ob Politik, Wirtschaft, Kultur oder Sport, und durch die Explosion der Information ist eine Giftwolke entstanden, der ich entfliehen muß. Ich gehe los, ich gehe mit Kameraden, ich gehe in einer echten Gemeinschaft. Ich darf sauber sein unter Sauberen."

Er stand auf, umarmte mich, ging zur Tür.

„Halt!" schrie ich. „Du rennst in dein Verderben!"

Er wandte sich um. „Reiflich überlegt." Nickte mir zu.

Es war das letzte Mal, daß ich meinen Sohn sah.

35

Ich schlief schlecht und wenig, kam erst gegen elf ins Büro und erfuhr, daß ein Herr aus Mödling angerufen und der Intendant schon mehrere Male nach mir verlangt habe. Nach einer Erkundigung, ob mein Besuch jetzt angenehm sei, stieg ich ins obere Stockwerk, wurde freundlich wie immer empfangen, erhielt einen Mokka und einen Cognac und wurde mit aller Herzlichkeit in Kenntnis gesetzt, daß man Paris abgeschrieben habe.

„Die Geschichte mit Frankreich und Deutschland hat nicht soviel ergeben, wie wir erwartet haben", sagte Herwig Klima und lächelte bezwingend. „Wenn kein Wunder geschieht, wird Reagan im Herbst zum Präsidenten der Vereinigten Staaten gewählt, womit sich alles verschiebt. Wir sind ein kleiner Staat und können nicht überall eigene Büros aufmachen. Doktor Thomas Greith berichtet aus Paris: Das klingt sicher gut, aber Paris ist eben heute doch nicht wichtig genug."

„Wir haben ein eigenes Büro in Rom."

„Ein Nachbar."

„Auch Belgrad wäre ein Nachbar."

„Können Sie serbisch?"

„Bonn?"

„Da haben wir Lackner. Er bewährt sich."

Ich sah ein, daß es zwecklos war. Sie hatten entschieden über mich, ich durfte lediglich das Urteil entgegennehmen. Mit Mokka und Cognac, die unteren Dienstgruppen nicht zugestanden wurden.

„Wir haben also nachgedacht", erklärte mein Chef mit einer Handbewegung, als ziehe er ein Karnickel aus dem Zylinder. „Nachgedacht, wie wir Ihre fulminanten Fähigkeiten trotzdem voll einsetzen können, und sind auf etwas fulminant Phantasieloses gekommen, nämlich beim bewährten Alten zu bleiben. Da schreiben uns hunderte, schreiben uns tausende Leute, daß sie ihren Greith vermissen. Wir sind für das Publikum da, das Publikum befiehlt, und wir gehorchen. Es soll seinen Greith kriegen. Freilich können wir Sie hier beim Stab nicht entbehren, man muß also einen Ausweg finden, und wir haben ihn gefunden. Ihr Spezialgebiet war doch immer die Ost-West-Beziehung. Wann immer dieses Thema in den Vordergrund tritt, bringen Sie Ihren Kommentar. Wie bisher! Ja, ja, jetzt lachen Sie! Und mit Recht!"

Ich hatte nicht gelacht. „Die Redaktion ist wieder bei mir?"

„Diese Frage stellt sich für Sie nicht. Ihr Kommentar ist frei. Sie können sagen, was Sie wollen."

„Und wer bestimmt, wann ich reden darf und wann nicht?"

„Routinemäßig Herr Petrovich. Außerhalb der Routine die Programmsitzung. Sie können uns vertrauen."

Diesen Satz vom Vertrauen hatte ich schon oft gehört, jeder Politiker benutzte ihn, und von meinem Vater wußte ich, daß ihn auch Hitler gern verwendet hatte. Vertrauen hin, Vertrauen her, der Traum von Paris war ausgeträumt, mein ehemaliger Untergebener mein Chef geworden. Meine frühere Sekretärin würde mich nicht mehr anrufen, und viele meiner Mitarbeiter würden mich schon auf dem Weg ins untere Stockwerk nicht mehr grüßen. Wie hatte es die Triestinerin formuliert? Sinkender Publizitätswert. Qualität, Wissen und Erfahrung konnten beim Kampf um den

Platz am Trog nur schaden, denn Qualität schmeckt verdächtig nach Elite, und die wollen wir nicht haben; Wissen verbittert jeden Nichtwissenden, und Erfahrung nennt man eben untragbare Betonung des Gestern. Zur richtigen Gruppe muß man gehören — das allein entscheidet. Auch ich hatte ja einmal eine Gruppe hinter mir; heute sind diese Leute entweder pensioniert oder gestorben oder sie haben sich auf ihr Landhaus zurückgezogen. Warum ist mir nie klar geworden, daß ich meinen Aufstieg nicht etwa meinen Fähigkeiten zu danken hatte, sondern meiner Gruppe, von der ich hinaufgeschoben wurde? Jetzt ist eine andere Gruppe da, die ihre Leute schiebt. Diesen Leuten bist du im Weg. Grüß Gott, Herr Greith. Gut österreichisch: Gengans badn, Herr Doktor. Heit san mir dran.

Unten empfing mich Frau Schmiedel bereits mit ihrer früheren Indolenz. Während sie ihre frisch lackierten Nägel prüfend betrachtete, teilte sie mir lässig mit, daß Herr Klein nochmals angerufen habe; er sei im Hotel Babenbergerhof in Mödling erreichbar. Ich ließ mich verbinden. Herr Klein war sehr kurz mit mir.

„Hier Peter. Man sagt mir, daß du den Apostelhof verkaufen willst. Ich wäre interessiert. Kannst du um drei hier in Mödling sein?“

Ich brauchte eine ganze Weile, bis ich erfaßte, daß ich mit meinem Freund aus der Volksschule sprach. „Ach, du bist es. Was machst du in Mödling?“

„Apostelhof kaufen, wenn wir uns einigen. Drei Uhr?“

„Ihr Antrag kommt so plötzlich, Herr Graf. Ich weiß nicht, ob ich mich frei machen kann.“

„Ich bin von Montreal hergeflogen. Du hast es nicht so weit. Vielleicht schenkt man dir die zwei Stunden. Oder probt ihr gerade Berichterstattung über den dritten Weltkrieg?“

„Das nicht. Aber . . .“

„Drei Uhr Babenbergerhof. Okay?“

Ich sagte zu.

Peter Klein sah weder so aus wie als Achtjähriger noch so, wie seine Stimme geklungen hatte. Ein freundlicher gepflegter Fünfziger im Nadelstreif mit Weste, dunkler Hornbrille, dichtem, aber sehr kurz geschorenem Haar und großen Augen, weise wie die eines Schimpansen, der gelernt hat, mit Menschen nachsichtig zu sein.

Als er mir die Hand reichte, grinste er. „Unverändert, sagt der Mann von Welt in solchen Augenblicken. Ich hätte dich nie erkannt. Bauch haben wir beide vermieden, ich bin grauer als du, dafür hast du weniger Haare. Wir machen immer noch Schule. Du handelst mit Zeitgeist. Setz dich. Für Alkohol ist es zu früh. Der Kaffee schmeckt mir hier. Zweimal türkischen. Einverstanden?"

Wir bekamen unseren Kaffee mit einem Gläschen Orangenlikör und erledigten das Geschäftliche innerhalb von höchstens zwanzig Minuten, denn Peter hatte sämtliche Unterlagen von den Grundpreisen der Gegend bis zur geplanten Schnellstraße und bot mir wesentlich weniger als die Prinzessin, erklärte sich jedoch bereit, nichts am Gebäude und am Park zu ändern.

„Hauptbedingung der Gobelin. Du brauchst es mir nicht zu schwören. Ich habe mich überzeugt. Er ist da. Das danken wir deinem Vater."

„Er hat es immer geleugnet."

„Nein, herausposaunen wird er: der Gobelin ist bei mir!"

„Nach 45 hätte er das doch gekonnt."

„Und Scherereien kriegen mit den Behörden? Arisierung von jüdischem Eigentum?"

„Deinem Vater hätte er schreiben können."

„Hat er. Max Schwarzrock auch."

„Und warum hat er keine Rückstellung verlangt?"

„Da kennst du den Alten schlecht. Der redet doch unentwegt von der Anständigkeit, die wir heutigen verloren haben. Der Major hat ehrlich bezahlt. Greith und

Schwarzrock waren menschlich und brüderlich zu ihm in einer Zeit, in der ihn andere angespuckt haben. Greith und Schwarzrock dürfen in keiner Weise geschädigt werden; bei ihnen sind Apostelhof und Gobelin in den richtigen Händen. Erst auf die Nachricht hin, daß du an eine obskure deutsche Prinzessin verkaufen willst, bin ich losgeschickt worden."

„Das hast du also gewußt."

„Natürlich. Unsere Spione sitzen überall. Im konkreten Fall ein Mödlinger Buchhändler, mit dem wir befreundet waren und noch sind."

„Fast wärst du zu spät gekommen."

„O nein. Im Preis dieser Prinzessin war der Gobelin eingeschlossen, und den hätte sie nie gekriegt. Bei uns liegen die Briefe von deinem Vater und deinem Onkel. Der Gobelin gehört uns. Darum war auch mein Angebot wesentlich niedriger. Warum bist du sofort darauf eingegangen?"

„Weil du nichts ändern willst."

„Alles ändert sich ununterbrochen."

„Es gibt Dinge, die erst lebendig werden, wenn sie sich nicht mehr ändern. Die Bibel. Die griechische Philosophie. Das Tao-te-king."

„Davon verstehe ich nichts, ist mir auch egal. Was mich interessieren könnte, wäre dieses Schnellstraßenprojekt. Aber ich kaufe ja nicht für mich. Ich kaufe für ihn."

„Und warum kauft er?"

„Hör weg. Er will noch einmal durch den Park gehen, den Gobelin sehen und eine Taste von dem Flügel anschlagen, auf dem Beethoven gespielt hat. Er will hier sterben."

Dieser sentimentale Wunsch eines alten Mannes war uns beiden peinlich, wir wechselten schnell das Thema, und er begann zu fragen, nach dem oder jener, die wir damals gekannt hatten, Kinder oder auch Erwachsene, und ich gab Auskunft, so weit ich das vermochte. Das Thema war schnell erschöpft, denn sehr viel Gemeinsames hat man nicht, wenn man schon im Alter von acht Jahren auseinandergerissen wird, aber den toten Punkt gaben wir nicht zu, wir gingen über zu Erzählungen von Freunden und von Mädchen, vom Beruf, von Reisen, der Familie und den Kindern. Es wurde Abend darüber, wir aßen, gingen dann auf Peters Zimmer, bestellten eine Flasche Whisky, tranken, sprachen, tranken. Ich fürchte sehr, es war viel Unsinn dabei, was wir uns da von der Seele plapperten. Die Welt, in der wir gelebt hatten, ballte sich zu einer großen weißen Dunstwolke, aus der einmal dieses und dann wieder jenes Bild deutlich und farbig hervortrat. Wie es zu sein pflegt, wenn Alkohol und Gespräch zwei Männern Flügel verleihen, schwebten auch wir durch die Zeiten und fanden für Stunden eine unio mystica mit unserem Leben, dem wir sonst nur noch fluchend und immer schneller ermüdend gehorchten. Menschen zogen an uns vorüber, Gefährten, alte Schwätzer und junge Angeber, kluge Frauen, schöne Frauen, hohlköpfige Weiber und verehrenswürdige Mütter, rührende Kinder, enttäuschte Greise, Bären und Gazellen, Kater und Pfauen, Pferde und Papageien, Vampiere und Lämmer. Es schien uns, als ständen wir auf einer riesigen Galleone mit im Wind gebauschten Segeln, vielen Kanonen hinter geöffneten Pforten, Tauwerk und festen Planken, Wanten und Reling, Kajüte, Kombüse und Logis vor dem Mast, wir aber wären Kapitäne über eine vielköpfige Mannschaft. Manchmal trieben wir durch tiefblaue Buchten träumerischer Inseln, dann wieder warf ein Sturm haushohe Wellen über das Deck, und immer war es schön, wir beherrschten das Meer, das Land und den Himmel, wir wußten, daß es ein Morgen gab, an dem wir neuen Sonnen entgegensegeln, an dem alle unsere Vergangenheiten zu Zukünften und die Zukünfte zu Vergangenheiten werden würden bis in alle Ewigkeit. Der alte Traum aller Knaben, der mit einsickerndem Alter nur mehr durch Alkohol erweckt werden kann.

Es war lange nach Mitternacht, als wir aufbrachen. Durch vierzig Jahre getrennt, hatte uns eine Flasche Whisky wieder zusammengeführt. Am nächsten Morgen erhielt Peter Klein die Nachricht, daß sein Vater gestorben war. Er nahm die nächste Maschine nach Montreal.

36

Er erreichte mich noch daheim und verabschiedete sich. Als ich mein Büro betrat, wartete dort sein Anwalt, wir besprachen kurz einige wesentliche Einzelheiten, und eine halbe Stunde später saß ich schon beim Studium letzter Berichte, weil mir Uwe Petrovich für die Abendnachrichten meinen ersten Kommentar unter seiner Leitung angeboten hatte. Am frühen Nachmittag fuhr ich nach Mödling, meldete mich beim Notar, einigte mich mit dem Bestattungsinstitut und ging dann zu Fuß in die Goethegasse, eine längere Strecke auf demselben Weg, den ich vor vielen Jahren täglich vom Gymnasium nach Hause zurückgelegt hatte.

Ich brauchte nicht zu läuten; es hätte mir ja auch niemand geöffnet. Alles vertraut, alles fremd. Wohnzimmer, Platz meiner Mutter auf der Polsterbank, offene Tür zur Veranda mit ihren Korbstühlen, Herrenzimmer, früher Olymp, jetzt Wühltruhe für Antiquare. Mir fiel plötzlich ein, wie sich das damals abgespielt hatte, wenn ich aus der Schule heimgekommen war. Selbstverständlich hatte ich keinen eigenen Schlüssel und läutete darum dreimal kurz am Tor. Dann erschien meine Mutter im Fenster und schleuderte einen wattierten Beutel, in dem der Schlüssel verwahrt war, über den eisernen Gartenzaun. Wie lange ist es her? Sagen wir: vierzig Jahre. Vielleicht erst achtunddreißig.

Seit meinem Eintritt ins Gymnasium hatte ich in einem

der beiden großen Mansardenräume gewohnt, ein Jasminstrauch reichte mit seinen obersten Zweigen bis an mein Fenster, und über ihn hinweg sah man in die kleinen Gärten der angrenzenden Villen unseres Blocks, fast in jedem wachte ein Hund, und wenn einer zu bellen anfing, dann fielen die anderen im Chor ein. Die heute üblichen Geräusche gab es damals kaum, denn in Mödling besaßen die wenigsten ein Auto. Ich erinnere mich an den Fruchteismann, der einen kleinen Karren vor sich herschob und mit einer kleinen Glocke bimmelte; erinnerte mich an den sogenannten Mistbauer, der auf einem von Pferden gezogenen großen Wagen kam und mit einer großen Glocke bimmelte — er holte den verderblichen Müll. Auf einem anderen Wagen schrie der Kutscher: „Eisen! Altes Eisen!" Auf einem dritten: „Der Hadernmann ist da!" Wir hatten damals noch sehr wenig Abfall. Manchmal bimmelte es, manchmal schrie jemand, manchmal bellten Hunde, sonst sangen bloß die Vögel und an heißen Sommertagen trug der Westwind den fernen Lärm des Stadtbades in dumpfen Wellen zu uns herüber.

Jetzt saß ich wieder auf meinem Bett und sah rundum. Jahrzehnte hatte Mutter dafür gesorgt, daß hier nichts verändert werde. Das Bett war da, der alte Schreibtisch mit den Schnittkerben meines Taschenmessers in der Vorderkante, der altmodische Schrank, der Sessel für Besucher, das spinnenbeinige Gestell für das Radio; an den Wänden hingen die Bilder, Drucke nach Gemälden von Feininger, van Gogh und Dali. Da aber das Zimmer so lange leer gestanden war und Vater der zunehmenden Bücherflut nicht hatte Herr werden können, ragten auf jedem freien Raum Stapel von Büchern empor. Fast bis in Augenhöhe war ich eingeschlossen vom Wegwurf meines Vaters, und ich begriff angesichts dieser Barrikaden, daß das früher einmal heilige Wort nichts mehr gelten konnte.

Stefan Klein hatte also seinen geliebten Gobelin nicht

mehr sehen und auch hier nicht sterben dürfen. Nur diese Tatsache berührte mich, an den Mann selbst konnte ich mich kaum erinnern, wußte nur noch, daß seine damals dreijährige Tochter den Wunsch nach ‚bauen Bumpfi', also blauen Strümpfen, ausgesprochen hatte, der Vater zwei Wochen lang in ganz Wien blaue Kinderstrümpfe suchte, sie endlich fand, daheim aber keinen Dank erntete, weil der Wunsch inzwischen längst vergessen war. Nein, Stefan Kleins Tod bedrückte mich nicht; ich dachte an den Satz der Triestinerin, daß mir im Grunde nur daran liege, nun in der ersten Reihe zu stehen. Sicherlich richtig. Die Alten sterben weg. Wir rücken vor, selbst wenn wir uns versehentlich immer noch für jung halten sollten.

O Herr, gib jedem seinen eigenen Tod, betet Rilke. War ich reif dafür? Ich hatte einen beruflichen Rückschlag erlitten und meine Familie verloren, gewiß kein Grund, die Flinte ins Korn zu werfen. Rückschläge können überwunden werden, eine Scheidung nach fünfundzwanzig Jahren Ehe ist besser als Hölle durch weitere fünfundzwanzig Jahre, Kinder werden erwachsen. Nein, darum ging es nicht, ging vielmehr um meinen Argwohn, daß ich das Gefühl für meine Zeit verloren hatte, schärfer ausgedrückt, daß ich meine Zeit in jeder ihrer Äußerungen haßte. Architektur oder Werbung, Gesellschaft oder Journalistik, Wirtschaft oder Unterhaltung, alles zusammen am besten charakterisiert durch das augenfälligste Wahnsinnssymptom: eine dunkle Diskothek, die immer wieder von vielfarbigen Lichtbündeln gepeitscht, von Maschinenrhythmen erschüttert wird, darin Körper mit wirrem Haar und verglasten Augen, eine wabbernde Masse Mensch, die mit ihrem Veitstanz Abschied von unserer Kultur nimmt. Dieselben Schütteltänze gab es auch im vierzehnten Jahrhundert, als das Mittelalter starb und wir uns daran machten, die Natur zu beherrschen. Vielleicht würden spätere Zeiten ein ähnliches Urteil über unsere Epoche fällen, die für mich kein

Gesicht, sondern nur Genitalien hatte. Heute war ich noch allein, aber selbst bei ehrlichem Bemühen, unsere technischen und vor allem medizinischen Fortschritte zu würdigen, konnte ich mich meiner Sympathie für die Vergangenheit nicht mehr erwehren.

Betroffen stellte ich fest, daß ich dachte wie mein Vater. War nicht das Erlebnis mit der Sotnie der Anfang dieser Entwicklung gewesen? Wanderte die Zeit nicht nur in entgegengesetzter Richtung, weil ich mich durch den nahenden Tod von ihrem Diktat der Einseitigkeit löste?

Ich liege im Gras, ich weiß, daß ich verwundet bin, ich weiß noch nicht, daß ich hier sterben werde. Es dunkelt, die Verbindung zur Gegenwart wird immer schwächer, ich denke zurück und trete in eine freundlich getönte Welt. Ein Handwerksbursch mit Felleisen und Knotenstock geht auf gewundener staubiger Landstraße einer fernen Burg auf ihrem Felsen zu, vor dem Bach mit seinen Erlen steht die Mühle, das Rad dreht sich, ein Müller mit Zipfelmütze und weißer Schürze hebt einen Sack auf einen Esel, drüben bei dem Bauernhof spielen zwischen Hühnern und Gänsen ein paar Kinder mit einem Hund, eine Postkutsche fährt vorüber, der Schwager stößt in sein Horn, und dort vorn ist der Gasthof zur Post, weit ragt das Hauszeichen über die kleine Treppe, die zur Gaststube emporführt, und in dieser Stube sitzen drei beleibte Männer vor ihren Schoppen. Deutsche Romantik, nimm mich auf, tröste mich, in dir konnte man leben, in dir starb man nicht, man wurde auf dem Kirchhof beigesetzt. Wenn man aber in den Krieg zog, dann war der nicht von Computern für den Weltuntergang gesteuert. Wir stürzten von Pferden, wurden im Sturmlauf von der Kugel getroffen, bissen ins Gras und nicht in Chemiemüll, gingen unter mit unseren Fregatten, und der Admiral stand am Heck, die Hand zum Zweispitz erhoben. Heil war sie gewiß nicht, diese Welt, aber Spitzweg wachte über uns, und der Sinn umgab uns wie der schützende Mantel der Madonna. Großer Rittmeister der Ulanen, gib unserem heutigen Tod wieder Sinn!

Sterben müssen wir so und so.

Mein Knabenzimmer. Von hier war ich ausgezogen im Glauben, daß nach Tyrannei und Bomben auf Kinder endlich ein Morgen angebrochen war. Wie sagt Schiller, würde mein Vater fragen: In den Ozean schifft mit tausend Masten der Jüngling; still, auf gerettetem Boot, treibt in den Hafen der Greis. Flaggen niedergeholt, Segel zerfetzt und verloren, Masten gekappt. Gott hat sich hinter den Pilzen der Bomben verborgen, die Gesellschaft weiß bereits, daß sie nur im Elend bestehen kann, der Jahrtausende alte Pakt zwischen den Geschlechtern und den Generationen ist zerrissen. Wo wäre ein Hafen für den stillen Greis in seinem Boot? Im großen Dunkel der Seen und Himmel sehe ich nur mehr ein einziges fernes Licht, das ich mir bewahrt habe. Die Leuchttürme der Vaterländer und der begeisterten politischen Ideen sind längst erloschen, Nachbarschaft, Gastfreundschaft und Kameradschaft zu Worten verdünnt, alle menschlichen Konzepte zu Papier platt gewalzt, der Schwung verflogen, der Glaube erstickt. Eine Wüste der Moral. Und schließlich: Fortpflanzung ist künstlich erreichbar; Sex ist unpersönlich und statistisch erfaßbar. Nur die Liebe bleibt dem Fortschritt entzogen. Sollte sie einen meßbaren und somit bezifferbaren Wert erreichen, ist sie keine Liebe mehr.

Trotzdem gibt es sie. Alles habt ihr umgebracht. Sie nicht.

Ich fuhr hinüber in den Apostelhof, betrat den Park durch das Pförtchen in der Mauer und setzte mich unter eine Platane. Nun wußte ich schon, daß Konzentration genügte. Marion kam und setzte sich neben mich.

„Man leidet doch nicht an der Welt“, sagte sie und streichelte meine Schulter. „Du hast von Spitzweg gesprochen. Nimm irgendein Bild mit den Winkeln, Stiegen und

Schwibbogen seiner Kleinstädte, geh in das Bild hinein und tu dein Herz auf in dieser Heiterkeit. Während Spitzweg aber dieses Bild malt, sterben tausende tuberkulöse Kinder, die täglich vierzehn Stunden in Fabriken arbeiten mußten, krepieren Soldaten auf den Schlachtfeldern, verfaulen Kranke, die keinen Arzt bezahlen können, werden die Mütter unehelicher Kinder in den Tod oder zur Prostitution getrieben, und daneben gibt es die vielen kleinen Gemeinheiten, Verleumdungen, Bosheiten, Betrügereien des Alltags wie seit dem Beginn der Menschheit. Spitzweg hat also gelogen? Nein. Er malt eine eigene Welt, und diese Welt ist wahr. Die sogenannte Wirklichkeit von damals gibt es nicht mehr; seine Welt lebt und wird immer leben, auch wenn eine spätere Wirklichkeit seine Bilder schon lange vergessen hat. Die Anerkennung durch die Wirklichkeit ist Zufall, meistens Lüge oder Unverstand und ganz unwichtig. Stoffwechsel und Fortpflanzung ergeben doch bloß Humus. Die wahre Schöpfung vergeht nicht. Sie ist nicht an Tatsachen gebunden und dem kleinen Wechsel entzogen. Du willst ungläubig sein, Thomas, aber du glaubst an die Wahrheit."

„Ich kenne den Satz. Mit ihm hast du begründet, warum ich eurem Maskeradenkreis würdig erscheine. Und dann erklärst du mir wieder, daß es unzählige Wahrheiten gibt."

„Menschliche. Man muß sie erst hinter der einen tyrannischen Wirklichkeit erkennen, dann kann man diese unzähligen Wahrheiten zu einer überirdischen vereinigen."

„Gut. Ich verstehe. Es existiert nur ein Absolutum, und das nennen wir Gott. Du redest wie ein Pfarrer; wenn dem die Beweise fehlen, dann verlangt er Glauben. Ich glaube nicht an deine schillernde Wahrheit. Ich glaube an die Logik. Was dem Wechsel entzogen ist, lebt nicht; es ist tot. Nehmen wir einmal an, daß Spitzwegs Bilder in irgendeinem Magazin eines Museums aufbewahrt werden, aber niemand sie anschaut. Dann sind sie tot. Ein Bild ist Kommunikation, es braucht Sender und Empfänger."

„Und wenn hundert Jahre kein Empfänger da war und plötzlich einer auftaucht und die Kommunikation eintritt? Wie erklärst du das? Wirkt die Materie? Leinwand, Ölfarbe, Firnis? Oder ist es vielleicht doch die Idee?"

„Wir haben eben gelernt, unsere menschlichen Aussagen zu konservieren. Das macht sie noch nicht unsterblich. Was ist, wenn die Bilder vermodern? Wo bleiben ihre Ideen?"

„In ihrem Reich. Hast du dich nicht einmal gefragt, wie du dich an deine Mutter erinnern sollst, wenn sie gestorben ist? Und bist du nicht damals auf die Lösung gekommen, daß jeder Mensch nach dem Tod zu seiner Idee wird, der man schwer ein Gesicht geben kann, weil die Idee eben der Wirklichkeit nicht unterworfen ist?"

Davon hatte ich nie mit ihr gesprochen, und jetzt fiel mir auch auf, daß ich an Spitzweg drüben in der Goethegasse gedacht hatte. „Woher kennst du meine Gedanken?" fragte ich leise.

Sie lachte. „Woher? Das wundert dich? Ich bin deine Idee. Deine Idee der Liebe."

Ich wandte mich ihr zu, aber der Platz neben mir war leer, und Marion kam eben auf dem schmalen Weg zwischen Fliederbüschen auf mich zu.

„Wie gut, daß Sie da sind", sagte sie . „Gestern hat uns Herr Klein aus Kanada besucht, er will den Hof kaufen und nichts daran verändern! Wir sind die Prinzessin los, die Geometer, die Schnellstraße und den Supermarkt! Der Gobelin ist gerettet, sogar die Platane, unter der Sie hier sitzen!"

„Nein, so was!" Ich ärgerte mich ein wenig. „Freilich leben nicht einmal Platanen ewig, und darauf wollen Sie doch hinaus, Gräfin? Wenn Gräfin aber an die Idee glauben, warum legen Gräfin dann so großen Wert darauf, die

Materie zu erhalten? Der Gobelin: ein Sack Wolle. Der Apostelhof: eine Ladung Steine. Die Katze, die unser Hermes dort begraben hat: zunächst noch ein Balg, dann Gartenerde. Ci git un chat, pas le chat, hat er gesagt. Offenbar nicht nur eine männliche Hure, sondern auch Neu-Platoniker. Schau mich nicht so an! Setz dich! Hierher. Neben mich."

Mit einem Achselzucken gehorchte sie.

„Gräfin sind zu gütig. Würden Gräfin jetzt darüber hinaus noch so gütig sein, mir auf eine Frage zu antworten, die für mich sehr wichtig ist: Sind Gräfin nicht schon vor fünf Minuten hier neben mir gewesen?"

Sie zögerte nicht einen Augenblick. „Ja."

„Wie ist das möglich?"

„Sehr einfach. Sie haben mich gedacht."

„Und jetzt?"

„Jetzt denken Sie mich auch."

„Du hast mich an der Schulter berührt!" schrie ich. „Das war nicht gedacht!„ Ich legte die Hand auf ihr Knie. „Das bist du! Haut, Fleisch, Knochen! Keine Gedanken!"

„Was bewußt werden soll, muß gedacht werden, und ihr denkt Welten, aber die Torwächter der Wirklichkeit nehmen euch das Beste ab und lassen euch nur mit Plunder passieren."

„Es ist die Wirklichkeit, in der ich lebe."

Sie schüttelte den Kopf und sah mich ein wenig mitleidig an. „Wie arm wärest du, wenn du recht hättest!" Plötzlich schloß sie die Augen, ihr Gesicht entspannte sich, sie umarmte mich, preßte mich an sich. „Spürst du mich?" flüsterte sie in mein Ohr. „Spürst du mich? Meine Wange, mein Haar, meine Brust, meine Arme, meine Hüfte? Ist das nicht wirklich? Leg das Gefühl nicht auf die Prüfbank, nimm es für dich, ein Geschenk für dich allein! Glück wird nicht zugeteilt wie eine Rente, faß es, laß sie reden hinter ihren Computern! Vergiß die Moleküle, komm zu uns!„

O ja, ich spürte sie, und trotzdem war da nicht diese Qualle Sex, das Gefühl hob mich über mich hinaus, und ich begriff zum ersten Mal das Sakrament, die Erlösung, die Gnade, die Einheit.

Es ist sehr hell in mir. Ich liege auf meiner Wiese; ich weiß, daß ich verwundet bin; ich weiß, daß ich hier leben werde.

37

Es fehlt der Schluß. Ich will es versuchen.

Da ich in der letzten Zeit mehr mit meinen eigenen Schwierigkeiten belastet gewesen war, vermutete ich zunächst nichts Schlimmes. Helga hatte offenbar im Burgenland ein Ziel gefunden, Christoph blieb verschollen und auch von Konrad hörte ich nichts. Nach mehreren vergeblichen Anrufen fragte ich im Büro an, wo man mir keine Auskunft geben konnte oder wollte. Auf seinem Schreibtisch fand ich eine kurze Notiz, daß er für einige Zeit verreisen werde. Damit schien alles so weit in Ordnung, dann aber kam Konrads Mitteilung, er habe endlich den Haupttreffer gemacht und fliege am nächsten Tag nach Madrid. Natürlich wollte ich mit ihm sprechen, rief wieder im Büro an, immer noch nicht da, fuhr hinüber, durchstreifte die leere Wohnung, wurde angesichts etlicher Dinge, die man auf eine längere Reise mitnimmt, ein wenig argwöhnisch, suchte auf dem Schreibtisch und entdeckte, eigentlich mehr durch Zufall, die Mappe mit der Niederschrift. Sofort begann ich zu lesen, überschlug manches mir Bekannte und legte schon nach zwei Stunden den Bericht aus der Hand. So verworren die Geschichte war, traf sie mich doch sehr hart, weil ich mich persönlich schuldig fühlte. Im Rahmen meiner Hausbesuche fuhr ich nach Mödling und sprach mit Frau Rodakowski.

Sie empfing mich in ihrer höchst bemerkenswerten Küche, wirkte zwar scheu und verschreckt, ließ sich aber in ihrer Arbeit nicht stören. Ohne mich anzusehen, rührte sie in einem Topf, den sie zwischen den Knien hielt, und versicherte mir, daß sie niemals eine Nichte gehabt habe.

„Gräfin Clerfayt, geborene Bobrowska, genannt Marion?"

„Nein, nein! Das wäre gar nicht möglich. Von den Clerfayts weiß hier niemand was, aber die Bobrowskis, nämlich die, um die es gehen könnte, sind schon vor mehr als hundert Jahren ausgestorben. Sie dürfen mir ruhig glauben — ich bin Polin und kenne unsere Familien."

„Da war doch eine ganze Runde, Männer und Frauen, die sich um die Geschichte des Apostelhofs bemüht haben und regelmäßig vor dem Gobelin drüben zusammengekommen sind."

Sie blickte auf, starrte mich eine Weile verständnislos an und schüttelte dann den Kopf. „Eine Runde? Das kann nur vor meiner Zeit gewesen sein. — Ja, weil sie es sagen, jetzt fällt es mir ein, Herr Schwarzrock hat mir einmal von seinen Forschungen erzählt, aber das ist lange her. Seit ich hier wohne, hat sich bei uns niemand getroffen. Und von der Historie weiß ich nur, daß Beethoven hier gespielt haben soll. Nach dem Tod von Herrn Schwarzrock hat sich eine Prinzessin für den Hof interessiert, daraus ist nichts geworden, und vor ein paar Tagen hat ein Herr Klein aus Kanada den Hof gekauft."

„Sie sprechen von Schwarzrock und Klein. Warum erwähnen Sie nicht Doktor Greith? War der nie bei Ihnen?"

„O ja. Ein paarmal. Aber es war ja von Anfang an klar, daß er den Hof nicht behalten will."

„Das ist nicht richtig. Er wollte. Ich bin seine Schwester."

„Wirklich? Das freut mich. Wollen Sie ein Gläschen Kontuschowka?"

„Kontuschowka ist aus. Nur für den Feldmarschalleutnant von den Kaiser-Ulanen war noch einer da."

Sie schwieg eine Weile, dann lachte sie. „Sie sind schon komisch. Genau wie Ihr Bruder. Was für ein Feldmarschalleutnant?"

„Beneder von Montebello."

„Wie kann heutzutage jemand Feldmarschalleutnant sein? Den Rang hat es in der Deutschen Wehrmacht nicht gegeben, er muß von der Zeit vor 1918 sein; wenn man nicht gerade Erzherzog war, ist man Feldmarschalleutnant kaum vor fünfzig geworden, das gibt heute ein Alter von mindestens hundertzehn."

„Er war ja auch gar nicht der richtige. Er hat diesen Beneder nur gespielt. Und ich hätte gern gewußt, wie er wirklich heißt."

Sie stand auf und stellte ihren Topf so heftig auf den Tisch, daß die Masse darin überschwappte und in dicken Tropfen auf den Boden fiel. Es störte sie nicht. „Jetzt hören Sie aber auf! Seit Herr Schwarzrock senil geworden ist, proben wir hier auf Irrenhaus! Da kommt eine verrückte Prinzessin, da läuft jemand in roter Badehose und mit englischem Stahlhelm als Hermes durch den Park, da erscheint später Ihr Bruder und will mir eine Nichte andichten, die auf der Goldenen Stiege wohnt, erfindet sich einen Feldmarschalleutnant, den es wahrscheinlich nie gegeben hat, und jetzt sind Sie da und wollen im gleichen Stil weitermachen! Ich habe genug. Grüß Gott, Frau Greith oder wie sie heute heißen."

„Mein Bruder ist seit Tagen verschwunden. Ich bin auf der Suche. Könnten Sie mir nicht ein klein wenig helfen?"

„Nein!" schrie sie. „Ihr spinnt ja alle!"

Ich wartete eine Weile. „Nur noch eine Frage. Wie erklären Sie sich, daß der Wagen meines Bruders draußen auf dem Parkplatz steht?"

Auch sie brauchte einige Zeit, bevor sie antwortete. „Ich

erkläre mir gar nichts. Das alles geht mich nichts an. Wenden Sie sich an die Polizei. Die ist zuständig. Oder gleich die Psychiatrie."

38

Das war nicht gerade ermutigend, und man wird sich fragen, warum ich es nicht damit bewenden ließ, vor allem aber: Warum ich überhaupt diese Niederschrift fortsetzte und mich ihm mehr verantwortlich fühle als die Ehefrau und die beiden Söhne. Selbstverständlich habe ich nicht alles wortwörtlich so gesagt, wie er es mir in seinen Dialogen in den Mund legt, aber es stimmt, daß er meine große Jugendliebe war und ich ihm das vor drei Wochen gestanden habe. Wäre ich doch bei meiner Ablehnung geblieben! Nein, ich mußte „nachvollziehen"! Die Enttäuschung darüber geht aus seiner Darstellung deutlich hervor. Sicherlich war er ein absolut maskuliner Erfolgstyp, aber man braucht doch heute nicht mehr dem Klischee zu folgen; selbst Schwergewichtsmeister können weinen und Jagdflieger lyrische Gedichte schreiben. Der angeblich nur den greifbaren Tatsachen zugewandte Doktor Greith war im Grunde ein höchst sensibler Charakter, der seine Sensibilität aus rationalen Gründen durch Jahrzehnte verdrängte und im Engpaß der Fünfziger erkennen mußte, daß er mit seinem Vernunftprogramm gescheitert war. Ich bin überzeugt, daß er auch ohne die Schicksalsschläge der letzten Zeit bald in seine Grenzsituation geraten wäre, denn er spricht ja schon früh von einem Gefühlsnotstand, keineswegs verwunderlich in einer Zeit, die Liebe durch Sex ersetzt hat. Hilfesuchend ist er zu mir gekommen, und ich habe mich benommen wie alle andern auch. Aber wie hätte ich mich denn benehmen sollen? Mit einer guten Ehe und zwei Kindern?

Nein, das ist keine Entschuldigung; gerade Ehe und Kinder hätten ja die Ablehnung gefordert, bei der ich hätte bleiben sollen, und wie die Niederschrift zeigt, ging es Thomas ja nicht um ein erotisches Abenteuer, sondern um Gefühl.

Das entlastet mich ein wenig, denn ich muß — so weh das auch tut — doch zugeben, daß er dieses Gefühl bei mir nie gefunden hätte; er wollte ja aus Wertschätzung Liebe machen, und das ist nicht möglich. Was sagt er über mich im Vergleich mit meiner Schwester: „Kein Mann hätte Sandra geheiratet, wenn er Helga haben konnte." Und sogar an jenem Abend vor drei Wochen: „Verständnis und Zuneigung dürfte man in unserem Alter Liebe nennen." Abschließend: „Am nächsten Morgen verstand ich mich nicht mehr." Nein, nein, nicht einmal bei unbedingtem Einsatz hätte ich ihm helfen können.

Trotzdem werde ich mich nicht lossagen von meinem eigenen Gefühl, selbst wenn Jahrzehnte darüber vergangen sind. Ich muß ihn suchen. Er hat ja auch niemanden mehr als mich.

Der Intendant im Funkhaus war ein Fehlschlag wie Frau Rodakowski. „Ich fürchte, wir können Ihnen da nicht helfen", erklärte mir Herr Klima. „Ihr Schwager hat am Dienstag, 24. Juni, seinen Kommentar über die Ostwest-Beziehungen gesprochen und ist am nächsten Morgen nicht zum Dienst erschienen. Seither wissen wir nichts von ihm. Inzwischen haben wir leider erfahren, daß gewisse interne Umstellungen, die ihn am Rande betroffen haben, unglücklicherweise mit dem Tod seiner Eltern zusammengefallen sind. Da Ihr Schwager immer ein Beispiel konsequenter und exakter Pflichterfüllung gewesen ist, sind wir wegen etwaiger Kurzschlußhandlungen ein wenig besorgt."

Mir fiel die Triestinerin ein. Ich rief sie an, sie meldete sich nicht. In der Schwindgasse stand ich vor der verschlossenen Wohnungstür, wandte mich endlich an die Hausmeisterin. Die teilte mir verärgert mit, daß Frau Reininger schon vor zehn Tagen gestorben sei.

„Stimmt das genau? Mein Bruder war noch vor knapp einer Woche bei ihr eingeladen und hat damals mit ihr gesprochen."

„Wird schon so sein, wie Sie sagen", antwortete die Frau gereizt. „Denken Sie nach, wann Ihr Bruder da war, das ist schließlich Ihre Sache. Eins steht fest: am 18. Juni ist sie gestorben, am 25. begraben worden. Mehr kann ich Ihnen nicht bieten."

Daheim stellte ich fest, daß Thomas seine Dutzi vier Tage nach ihrem Tod besucht haben wollte. Befremdend war dabei, daß er ihr damals Äußerungen zuschrieb, die angeblich sein Vater gemacht hatte. Ich fühlte mich ein wenig überfordert, aber ich gab nicht auf.

Die Polizisten belehrten mich, daß Selbstmörder selten verschwinden, und verlangten eine Leiche. Sollte die Leiche fehlen, müsse man bei einen Fünfzigjährigen eher Flucht, bei einem Prominenten auch Entführung vermuten. Ich erkundigte mich bei den Fernsehleuten, die seinen letzten Kommentar aufgenommen hatten. Ihnen war nichts Besonderes an seinem Benehmen aufgefallen. Der Mödlinger Buchhändler, der mit Kleins befreundet war, gab mir die Adresse in Montreal, ich verschaffte mir die Telefonnummer und rief drüben an. Peter Klein lehnte die Möglichkeit eines Selbstmordes entschieden ab; wenn da nur die kleinste Neigung vorhanden gewesen wäre, dann hätte er das im Verlauf des sehr feuchten Abends bemerken müssen. Inzwischen waren die Polizisten an die Arbeit gegangen, hatten Apostelhof, Park und Thomas' Wagen genau durchsucht und die Nachbarn befragt, aber nicht den geringsten Hinweis aufgespürt. Die Massenmedien griffen den Fall auf, eifrige Reporter entdeckten die Beziehung Christophs zu Haidvogl, und so wurde die Theorie einer Entführung durch Terroristen geboren.

Ich hielt das für allzu romantisch, und obwohl mein Fachgebiet nicht die Psychiatrie ist, interessierten mich die Angaben der Niederschrift wesentlich mehr. Was bedeutete die oftmalige Erwähnung der Ulanen? Ging es bloß um den Knabentraum? Oder um die Flucht aus einer pluralistischen Welt in die archaische Einfachheit: Angriff, Sieg, Tod? Erst spricht er über die Lanze, dann lehnt er sie ab und nennt die viereckige Tschapka, weil sie keinen Sinn vermittelt. Ein Thomas Greith, der überall den Sinn aufstöbert und als Wahrheit verteilt! Waren es Sinn, Vernunft und Zweck, die ihm plötzlich leer erschienen? Ich weiß es nicht, werde es wahrscheinlich nie wissen. Die Ulanen waren ein Symbol, und Symbole verlieren ihre Sendung, wenn man sie vernunftmäßig deutet.

Dann die sieben Leute in ihren Kostümen. Gemäß polizeilicher Auskunft hatte kein Nachbar etwas von täglichen Mittagstreffen mehrerer Personen bemerkt, Frau Rodakowski leugnete weiter, und in dem Verschlag hinter dem Gobelin wurden keine Kostüme gefunden. Wenn es nun diese sieben nicht gab, dann gab es auch keine Marion, die ja die letzte Verantwortung trug. Maria Clerfayt, geborene Bobrowska, aber gab es, wie ich in mehreren Archiven feststellte, nur war sie schon 1839 gestorben. Ihre zweite, jetzt lebende Besetzung aufzuspüren, dazu fehlten mir die Unterlagen.

Und Thomas blieb verschwunden.

Schließlich fiel mir der mehrfach zitierte Messenbeck ein, der doch für Thomas nicht so unwichtig gewesen sein konnte, wie ich zunächst geglaubt hatte. Ich rief ihn mindestens fünfmal an und erreichte ihn nie. Dann fuhr ich zu ihm, er öffnete sofort und erklärte mir, daß er zwar ein Telephon habe, um selbst anzurufen, aber nicht etwa, um durch Anrufe in seiner Ruhe gestört zu werden. Er lud mich zu einer Tasse Hagebuttentee ein und ließ sich erzählen.

39

Als ich fertig war, schüttelte er nur den Kopf. „Das muß doch ein Blinder sehen, daß es um den Apostelhof geht, und was machen diese Idioten? Sie suchen Fingerabdrücke! Was hat er geschrieben von mir? Wind und Bach? Das hat ihm gefallen. Luft und Wasser. Aber ich habe ihm auch vom Feuer erzählt, von den Flammen, die kaum noch jemand kennt, weil wir dazu die Feuerwehr haben, und von der Erde, ebenso vergessen, weil die letzten Soldaten, die sich in ihr vergraben und in ihr überlebt haben, inzwischen Greise geworden sind und die Bauern bloß mit schlechtem Dünger größere Ernten erwarten. Kommen Sie, kleine Frau, gehen wir dorthin, wo alles angefangen hat."

Frau Rodakowski schien äußerlich dieselbe zu sein, unter seinem Blick aber verwandelte sie sich. Er küßte ihr die Hand, nannte sie Baronin, deutete auf mich, zuckte mit den Schultern und sagte: „Verzeihen Sie ihr! Sie ist gar nicht die Schwester, nur die Schwägerin. Unwichtig, sie liebt ihn, und das adelt, nicht wahr? Wir wollen den Gobelin sehen. Sie haben den Schlüssel?"

Keine Auseinandersetzung, keine Fragen. Wir bekamen den Schlüssel und stiegen hinauf. Dann stand ich in diesem kleinen Saal vor Beethovens Flügel und dem sagenhaften Gobelin. Er war überladen und gefiel mir gar nicht.

Messenbeck lachte nur. „Frau Doktor! Warum machen Sie sich Sorgen? Es stimmt doch alles! Nicht für die Polizei, nicht für die Gesellschaft. Aber für Ihren Mann brauchen Sie nicht mehr zu fürchten. Er hat seine Weihe erhalten. Da ist er! Erkennen Sie ihn nicht? Der zweite Herold im Königszug!"

Ich erkannte ihn.